Klaus Wanninger

Schwaben-Nachbarn

KBV

MIX
Papier aus verantwortungsvollen Quellen
FSC® C083411

Originalausgabe

www.kbv-verlag.de
E-Mail: info@kbv-verlag.de
Telefon: 0 65 93 - 998 96-0
Umschlaggestaltung: Ralf Kramp
Lektorat: Volker Maria Neumann, Köln
Druck: CPI books, Ebner & Spiegel GmbH, Ulm
Printed in Germany
ISBN 978-3-95441-587-8

Die Personen, Namen und Handlungen dieses Romans sind frei erfunden. Jede Ähnlichkeit mit lebenden Personen oder tatsächlichen Ereignissen wäre rein zufällig. Selbst innerhalb Stuttgarts gibt es von Vorort zu Vorort teilweise verschiedene Ausspracheformen.

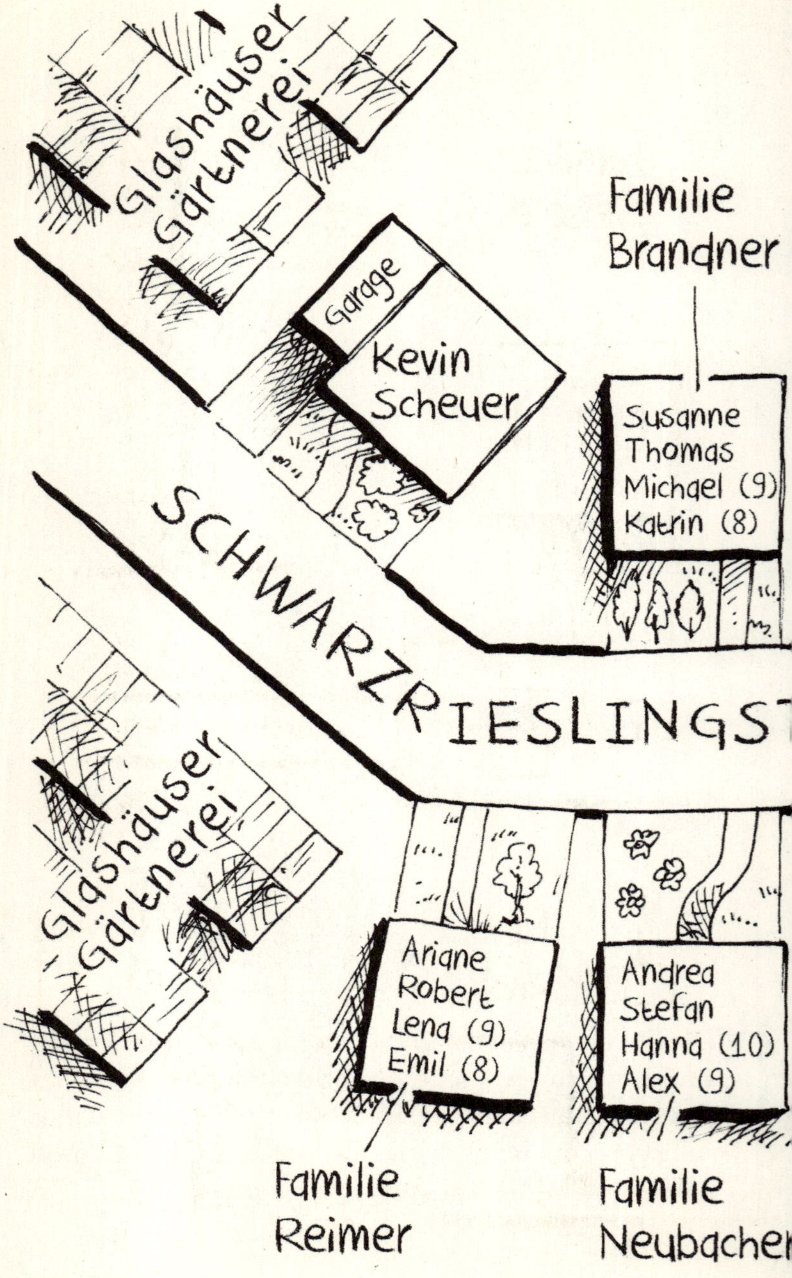
Glashäuser Gärtnerei
Garage
Kevin Scheuer
Familie Brandner
Susanne
Thomas
Michael (9)
Katrin (8)
SCHWARZRIESLINGST
Glashäuser Gärtnerei
Ariane
Robert
Lena (9)
Emil (8)
Andrea
Stefan
Hanna (10)
Alex (9)
Familie Reimer
Familie Neubacher

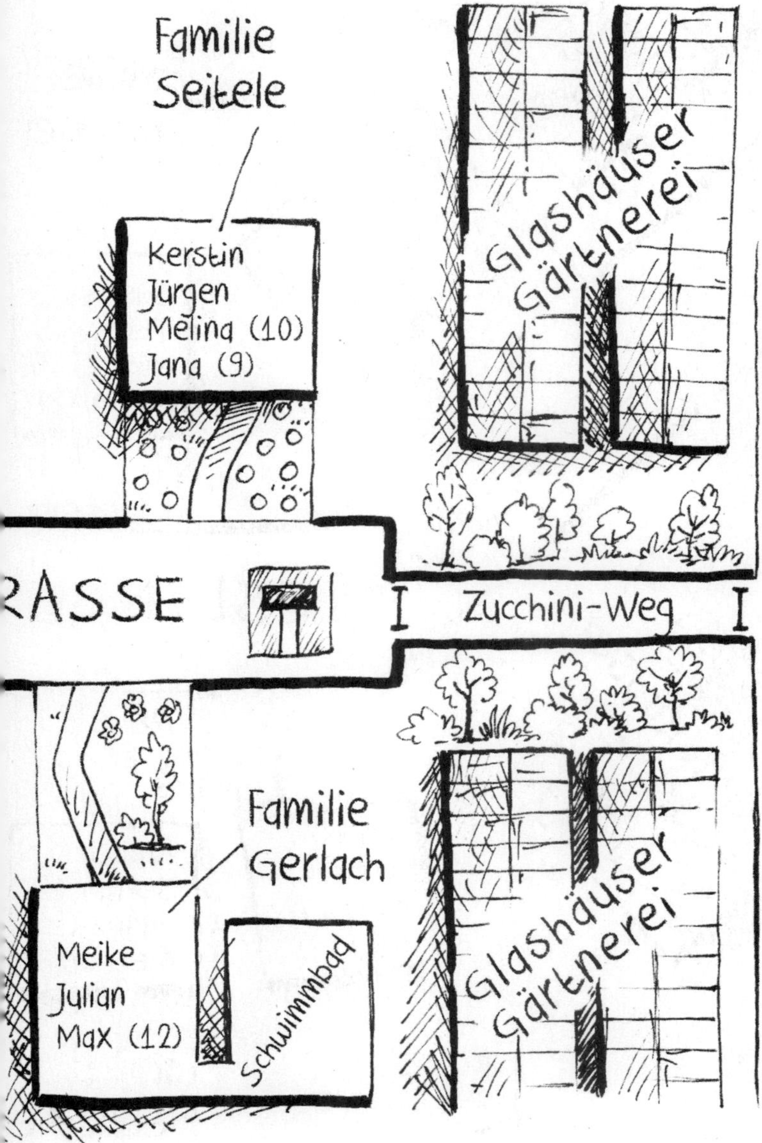
Familie Seitele
Kerstin
Jürgen
Melina (10)
Jana (9)
Glashäuser Gärtnerei
RASSE
Zucchini-Weg
Familie Gerlach
Meike
Julian
Max (12)
Schwimmbad
Glashäuser Gärtnerei

1. Kapitel

Nachbarn.

Ich weiß nicht, welche Gedanken dieser Begriff bei Ihnen auslöst. Angenehme, neutrale oder weniger erfreuliche. Vielleicht müssen Sie erst noch überlegen, welche Erfahrungen Sie bisher mit Nachbarn gemacht haben?

Ich nicht. Ich muss keine Sekunde überlegen. Bei mir sprudeln die Assoziationen sofort.

Nachbar? Dreckskerl, Verbrecher, sadistischer Gewalttäter, verkommener Halunke …

Ich kann Ihnen hier gar nicht alle Schimpfwörter wiedergeben, die mir durch den Kopf schwirren, sonst wären Sie bis zum Ende des Monats mit der Lektüre beschäftigt. Anders aber lässt sich die diabolische Existenz, die mich und meine Familie seit Jahren schikaniert, drangsaliert, bei Tag und oft auch des Nachts in den Wahnsinn treibt, nicht beschreiben.

Religiöse Fanatiker versuchten zu allen Zeiten, Menschen mit der Schilderung einer unvorstellbar bösen Gestalt einzuschüchtern, die im Jenseits auf sie warte, falls sie sich nicht augenblicklich den Vorstellungen der Religiösen unterwarfen. Mich können sie selbst mit den schlimmsten Schilderungen nicht beeindrucken, ich habe die widerlichste Ausprägung dieses Teufels in meiner unmittelbaren Umgebung über Jahre hinweg erlebt. Mein Nachbar. Verglichen mit diesem verkommenen Halunken sind die übelsten von Menschen erfundenen Horrorgestalten harmlose Wesen. Mein Nachbar. Der real existierende Teufel.

»Es kann der Frömmste nicht in Frieden leben,
wenn es dem bösen Nachbarn nicht gefällt.«

Was für ein hohles Gefasel, dachte ich früher, wenn mir das Sprichwort zu Ohren kam. Heute urteile ich anders. Besser lässt sich unsere Situation nicht formulieren. Du kannst noch so viel Rücksicht nehmen, deine eigenen Interessen und Rechte so weit zurückstellen, dich fast unsichtbar machen, dem vermaledeiten Halunken gelingt es trotzdem jedes Mal aufs Neue, dich bis aufs Blut zu reizen, dich anzugreifen, fertigzumachen und zu erniedrigen, dir deine menschliche Würde zu rauben, so lange, bis du jede Lust am Leben verloren hast.

Und wenn du längst jede Gegenwehr aufgegeben hast und von seinen Aggressionen zerschmettert wehrlos am Boden liegst, sieht er keinen Anlass, Ruhe zu geben, sondern trampelt selbst dann noch voll sadistischer Häme auf dir herum, um dir endgültig den Rest zu geben.

Es sei denn …

Es sei denn, du begreifst, dass es so nicht weitergehen darf. Dass du es nicht länger einfach so hinnehmen kannst, dass der Kerl aus purer Rücksichtslosigkeit und bösem Willen Tag für Tag die Gesundheit und das Leben deiner Familie gefährdet und auf deine Kritik, deinen Einspruch, deine Drohungen in keiner Weise reagiert. Dass es damit ein Ende haben muss. Und dass dieses Ende nicht in ferner Zukunft, sondern unmittelbar vor dir liegt. Weil der Kerl wegmuss. Weil es sonst keine Ruhe gibt. Und weil du ein gutes Werk tust, wenn du für das Ende dieses Halunken sorgst. Ein gutes Werk? Das beste Werk der Welt!

Und dann raffst du dich auf und wehrst dich. Du stellst dich hin und schlägst zurück. Mit solcher Wucht und Gewalt, dass es ein Ende hat mit all seinen Aggressionen.

Ein endgültiges Ende …

2. Kapitel

Steffen Braig fuhr sich mit dem Handrücken über die Stirn. Schweißtropfen liefen ihm übers Gesicht, perlten über die Brust und den Rücken. Sein T-Shirt klebte auf der Haut. Die Luft schien zu stehen, das Thermometer zeigte an die dreißig Grad. Normale Temperaturen an einem Sommertag im August, nicht gerade der ideale Zeitpunkt für schwere körperliche Arbeit.

Seit mehr als zwei Stunden waren sie jetzt schon dabei, die zahlreichen mit Kies ausgelegten Flächen des Nachbargrundstücks von ihrem steinigen Ballast zu befreien. Schaufel auf Schaufel des schweren Materials landete in Dr. Genkingers Schubkarre; der Tierarzt bugsierte das schwankende Gefährt an den Rand des Gartens, wo es von ihrer Nachbarin Dr. Nicolette Mander in Empfang genommen und auf einem stetig wachsenden Hügel gelagert wurde. Braigs Partnerin blieb es gemeinsam mit ihrer Tochter und Katharina Mander vorbehalten, auf den Knien über den Boden zu robben, die Überreste der unter den Kieseln gelagerten Folien aufzuklauben und die Oberfläche mit spitzen Hacken mühsam aufzulockern. Mehr und mehr gelang es ihnen, den ursprünglichen Zustand wiederherzustellen.

Braig hielt einen Moment inne, nahm das Ergebnis ihrer schweißtreibenden Bemühungen erfreut wahr: Das kahle, bisher nur von ein paar Bonsaisträuchern notdürftig aufgelockerte Gelände war endgültig dabei, den Charakter der leblosen Steinwüste zu verlieren. Fehlte nur noch das am Rand des Grundstücks gelagerte Gemisch aus Muttererde und Humus, das im Anschluss an ihre Arbeit verteilt werden musste.

Wenige Jahre erst war es her, dass sie die grundlegende Veränderung des benachbarten Anwesens hatten mitansehen müssen. Im Gefolge des Verkaufs an die neuen Eigentümer war das alte, einen morbiden Charme verströmende Haus seiner Dachgauben und des rechteckigen Erkers beraubt worden, zudem der verwilderte, üppig grüne Garten terrassenförmig voneinander abgesetzten Kieselflächen zum Opfer gefallen. Mit ständig steigendem Verdruss hatte Braig mitsamt seiner Partnerin und ihrem Vermieter den Umbau verfolgt – juristisch ohnmächtig, weil alle vorgeschriebenen Bauleitlinien wie auch die notwendigen Abstände zur Grenze eingehalten worden waren. Der ganzjährig üppig grüne Dschungel vor der Haustür hatte einem kahlen, wüstenähnlichen Areal Platz gemacht.

Höhepunkt seines Missmuts war die Tatsache, dass sich ausgerechnet Söderhofer, der Oberstaatsanwalt, dessen aufgeblähte Geltungssucht und fachliche Inkompetenz Braig seit Jahren beruflich zu schaffen machte, als neuer Nachbar herausstellte. Daran vermochte auch die noch so freundliche Einladung zum Kennenlernen der neuen Eigentümer nichts zu ändern, ganz im Gegenteil. Braig hatte den Abend, obwohl er inzwischen mehrere Jahre zurücklag, noch allzu gut in Erinnerung.

»Das ist ein *Magez*«, hatte Söderhofer die Gäste begrüßt und auf eine Vitrine im Wohnraum gezeigt. »Ein junger Berliner Künstler. *Harmonie des Seins.* Wir dachten, wenn wir uns schon hier in der Provinz niederlassen, wollen wir Ihnen wenigstens einen Hauch international anerkannter Kunst zuteilwerden lassen, zu der Sie ja sonst keinen Zugang hätten. Zwei völlig unterschiedliche Materialien – und doch gelingt es dem Künstler in einzigartiger Weise, sie harmonisch miteinander in Beziehung zu bringen, finden Sie nicht auch?«

Braig hatte die beiden annähernd gleich großen, Maulwurfshügeln ähnlichen Ansammlungen betrachtet: links eine helle, am Rand ins Weiße tendierende Masse, rechts dasselbe in schlammig-dunklem, am Ende tiefschwarzem Ton. Sosehr er sich bemüht hatte, einen Zugang zu dem angeblichen Kunstwerk zu finden, es war ihm nicht gelungen. Seine einzige Assoziation war der Matsch der schlammigen Pfütze im Garten, in dem seine Tochter wenige Tage zuvor mit vor Begeisterung strahlenden Augen geplanscht hatte. Die *Harmonie des Seins* hatte verblüffende Ähnlichkeit mit dem übel riechenden Zeug, das sie ihr anschließend von der Haut und aus den Haaren gewaschen hatten.

Söderhofers neue Lebensgefährtin hatte Braig von der allzu intensiven Beschäftigung mit dem Kunstwerk befreit. Salopp in Jeans und eine bunte Bluse gekleidet, war die Zahnärztin mit leicht geröteter Miene auf sie zugekommen. Dem lauten Schimpfen nach, das kurz vorher zu hören gewesen war, hatte sie wohl eine heftige Auseinandersetzung mit ihrer Tochter gehabt, die den Besuchern mit unübersehbar mürrischem Blick und Kaugummi kauend gegenübergetreten war. Ihrer Mutter wie aus dem Gesicht geschnitten, hatte sie sich deutlich in ihrer Aufmachung unterschieden. Blaue Haare mit blutig roten Strähnen, zerrissene, von mehreren Löchern gezeichnete Jeans. Es hatte keiner Erläuterung bedurft, in welcher Lebensphase sie sich befand.

»Das ist unsere Katharina. Sie ist fünfzehn.«

Nicolette Manders Worte waren im Protest ihrer Tochter untergegangen. »Sechzehn«, hatte sie sie angegiftet. »In sechs Wochen bin ich sechzehn.« Sie hatte das Kaugummi vor ihrem Mund zu einer großen Blase anwachsen lassen, es dann mit einem lauten Knall zum Platzen gebracht.

Braig war es gerade noch gelungen, das Nasenpiercing der jungen Dame zu bewundern, da hatte sie sich schon wieder davongemacht.

Das Gesicht des Hausherrn war hochrot angelaufen. »Sie müssen entschuldigen«, hatte er mühsam hervorgebracht. »Katharina …«

»Sie ist in einem schwierigen Alter«, war ihm seine Partnerin zu Hilfe gekommen. Sie hatte sich beeilt, sie auf das außergewöhnlich reichhaltig ausgestattete Büfett aufmerksam zu machen, und darauf gedrängt, sich zu bedienen.

Das Feinste vom Feinen, war es Braig aufgefallen, ein fast unübersehbares, mit Delikatessen aller Art bestücktes Angebot. Er hatte lange überlegt, zu welchem der unzähligen, üppig belegten Fisch-, Fleisch-, Wurst-,

Käse- oder Pflanzenhäppchen er greifen und welches Getränk er wählen sollte, hatte sich dann an seiner Partnerin orientiert.

Er war gerade dabei gewesen, eine Käsespezialität zu genießen, als er die Stimme unmittelbar neben sich hörte.

»Ihnen geht dieser saublöde *Magez* doch voll am Arsch vorbei.«

Überrascht hatte er sich zur Seite gewandt, Katharina Manders Blick auf sich gerichtet gesehen. »Der *Magez?*«

»Geben Sie es zu. Ich sehe es Ihnen doch an.«

Er hatte sich insgeheim ertappt gefühlt, mühsam nach einer Antwort gesucht. »Hauptsache, Ihrer Mutter gefällt es«, war es ihm stockend über die Lippen gekommen. »Und Ihrem Vater auch.«

»Ach was, mein Vater!« Das blau-rote Haarbüschel vor ihm war heftig in Bewegung geraten.

»Erstens ist der Typ nicht mein Vater, und außerdem: Der tut doch nur so scheinheilig, als würde ihm das gefallen. In Wirklichkeit kotzt der schon aus allen Rohren, wenn er nur den Namen eines dieser Künstler hört.« Ihre Stimme hatte alle Verachtung dieser Welt zum Ausdruck gebracht. »Der macht das nur, um anzugeben.«

»Na ja.« Braig hatte versucht zu beschwichtigen. »So ist das nun mal mit der Kunst. Den einen gefällt's, den anderen nicht.«

»Das ist keine Kunst. Das ist Scheiße!«

Sie hatte ihre Worte so laut von sich gegeben, dass es weithin zu hören gewesen war. Mehrere Gäste hatten

Braig und seine Gesprächspartnerin ins Visier genommen.

Oh Gott, womit habe ich das verdient?, war es ihm durch den Kopf gegangen. Weshalb hat sich das gepiercte Monster gerade mich zum Streiten ausgesucht?

Vor Katharinas Mund war eine neue Kaugummiblase gewachsen. Sie hatte sich immer weiter ausgedehnt, sich seinem Kinn bis auf wenige Zentimeter genähert. Obwohl er den Kopf zur Seite wandte, hatte er die Feuchtigkeit in seinem Gesicht gespürt, als die Blase platzte.

»Sie haben wohl Schiss, was?«, hatte das Monster gepoltert. »Und ich dachte, Sie sind Bulle.«

Braig hatte sich denken können, woher sie seinen Beruf kannte. Er wollte gar nicht wissen, was Söderhofer über ihn erzählt hatte. »Wieso soll ich Schiss haben?«, war er contra gegangen. »Und vor wem?«

»Was weiß ich. Für einen Bullen sind Sie jedenfalls ganz schön lahm.«

Ob seine Tochter sich in wenigen Jahren in ein ähnliches Monster verwandeln würde? Was konnte er tun, das zu verhindern? »Was erwarten Sie denn von mir? Soll ich meine Waffe ziehen und losballern?«

»Haben Sie überhaupt eine?«

»Sie kennen meinen Beruf. Dann wissen Sie doch aus dem Fernsehen, dass sich Verbrecher nur selten ohne Waffeneinsatz festnehmen lassen.«

»Fernsehen, pah!«, hatte sie gezischt, unablässig ihr Kaugummi schmatzend. »Wie abgefahren ist das denn? Glauben Sie, ich weiß nicht, dass diese dämlichen Krimis nichts mit Ihrem Job zu tun haben?«

Braig hatte seine Überraschung nicht verbergen können. »Darüber haben Sie sich schon Gedanken gemacht?«

»Sie halten mich für voll bescheuert, was? Das kleine Baby aus der Nachbarschaft. Hat noch keine Ahnung von der Welt. Soll erst mal erwachsen werden.«

»Das habe ich nicht gesagt«, hatte er sich verteidigt.

»Gesagt nicht, aber gedacht.« Sie hatte ihn mit durchdringendem Blick gemustert. »Geben Sie es zu?«

Er hatte nach Luft geschnappt. »Ich gebe es zu, ja.«

Einen Moment lang war sie ruhig geblieben. Sogar ihr lautes Schmatzen war plötzlich verstummt. Unsicher, wie er ihr Verhalten beurteilen sollte, hatte er sie misstrauisch betrachtet.

Erst nach mehreren Sekunden schien wieder Leben Besitz von ihr ergriffen zu haben. »Sie sind echt ein cooler Typ«, hatte sie erklärt, ihre Aussage mit mehrfachem Kaugummischnalzen bekräftigend.

»Cool? Wieso?«

»Sie sind der erste Erwachsene, der es zugibt.«

»Na ja.«

»Kann ich sie mal sehen?«

»Was?«

»Ihre Waffe natürlich. Also, ob Sie mir die mal zeigen?«

»Ja, wenn Sie wollen … Im Moment habe ich sie aber nicht hier. Ich bin ja privat eingeladen, nicht als Kriminalbeamter. Nehme ich jedenfalls an.«

»Das finde ich irre. Sie sind echt cool.« Das Monster hatte sein Kaugummi mehrmals schnalzen lassen.

Braig hatte sich eine Antwort erspart, weil die Gastgeberin mit fragendem Gesichtsausdruck auf sie zugetreten war.

»Oh, ich hoffe, liebe Nachbarn … Ich sehe schon die ganze Zeit meine Tochter in Ihrer Nähe. Hoffentlich hat sie sich ordentlich benommen …«

Lautes Kaugummischnalzen hatte ihre Worte unterbrochen.

»Kind, wie oft habe ich dir schon … Das gehört sich nicht! Tu das Zeug aus dem Mund!« Ihre Stimme hatte an Schärfe gewonnen.

»Er will mir seine Waffe zeigen«, hatte ihre Tochter erklärt. »Der ist echt cool.«

Nicolette Mander war verlegen zur Seite getreten. »Oh, mein Partner hat mir erzählt, dass Sie als Kommissar beim Landeskriminalamt tätig sind. Als sein bester Mann. Oder wollen Sie das nicht an die große Glocke …«

»Doch, Mama, das dürfen alle wissen, dass er Bulle ist«, war ihr das Monster ins Wort gefallen. »Und er will mir wirklich seine Waffe zeigen.«

»Bu… Katharina!« Die Zahnärztin hatte ihren Mund weit aufgerissen, Sekunden lang um Luft gekämpft. »Oh, Herr Kommissar, Sie müssen entschuldigen! Unsere Tochter ist in einem schwierigen Alter …« Am liebsten wäre sie wohl im Boden versunken. »Nehmen Sie es ihr bitte nicht …«

Braig hatte es ihnen nicht übel genommen. Weder der Mutter noch der Tochter. Er hatte in den folgenden Monaten nur versucht, ihnen aus dem Weg zu gehen, besonders der Tochter. Was sich aufgrund seiner beruflichen Belastung als nicht allzu schwierig erwiesen hatte. Das Monster war ihm gegenüber, nachdem er ihm seine Dienstwaffe gezeigt und ausführlich deren

Aufbau und Bedienung erklärt hatte, zwar überraschend freundlich und geradezu zivilisiert aufgetreten, was er sich in den folgenden Monaten jedoch von Söderhofer über dessen familiäre Situation hatte anhören müssen, kündete nicht gerade von revolutionären Verhaltensänderungen der Heranwachsenden. War der Oberstaatsanwalt anfangs noch peinlich darauf bedacht gewesen, sein Privatleben mit angeblich authentischen Heile-Welt-Schilderungen zu erklären, begann die Fassade bald mehr und mehr zu bröckeln. Kurzen Bemerkungen über vorlaute Gören folgten bald ausführliche Tiraden über missratene Wohlstandsbälger und verweichlichte, zu konsequenten Erziehungsmaßnahmen unfähige Mütter. Wie weit die Situation im Nachbarhaus nach kurzer Zeit eskaliert war, hatte Braig am Rand eines dienstlichen Gesprächs von der Sekretärin des Oberstaatsanwalts erfahren.

»Nehmen Sie sich in Acht«, hatte sie ihm am Telefon zugeflüstert. »Heute ist er überhaupt nicht zu ertragen.«

Braigs Konter: »Ist das nicht immer so?«, hatte sie eine Erklärung angefügt.

»Er schläft seit Tagen im Büro. Der Haussegen hängt schief. Und wie. Seine Tochter. Da herrscht Kriegszustand.«

Er hatte die Information kommentarlos aufgenommen, sich Söderhofer gegenüber nichts von seinem Kenntnisstand anmerken lassen. Mitleid mit dem Mann war selbst dann nicht in ihm aufgekommen, als dem Oberstaatsanwalt mitten in einer beruflichen Unterhaltung eine seine private Situation entlarvende Frage herausgerutscht war.

»Braig, wie oft hat Ihre Tochter Sie schon als Arschloch bezeichnet?«

»Meine Tochter?«

»Vergessen Sie's!«

Wenige Monate später hatte er das Monster nach einem arbeitsreichen Tag zu Hause im Kreis seiner Familie angetroffen.

»Katha hat mit mir die Igel versorgt«, hatte ihn seine Tochter mit vor Begeisterung leuchtenden Augen empfangen. »Sie will jetzt jeden Tag mithelfen.«

Braigs Überraschung war ihm unübersehbar ins Gesicht geschrieben gewesen.

»Nur, wenn Sie nichts dagegen haben«, hatte das Monster zögernd erklärt.

»Papa hat nichts dagegen«, war ihm Ann-Sophie zuvorgekommen. »Er freut sich.«

In der Tat wurde im Haus Dr. Genkingers jede helfende Hand dringend benötigt. Der Tierarzt, bekannt für seine altruistische Ader, wurde überhäuft mit verletzten, hungernden oder bei ihren bisherigen Besitzern nicht mehr erwünschten Tieren. Alle paar Wochen fanden sich Kartons oder Taschen mit schreienden oder winselnden Geschöpfen im Randbereich des Grundstücks, fast alle anonym entsorgt. Braig, dessen Partnerin in der Praxis mitarbeitete, lebte wie der Veterinär seit Jahren mit einer ständig wechselnden Zahl von Tieren, ein Zustand, der von seiner Tochter mit großer Begeisterung begrüßt wurde. Immer neue Freundinnen und Mitschülerinnen waren im oder ums Haus mit der Betreuung beschäftigt. Was war da gegen zwei weitere helfende Hände einzuwenden?

So skeptisch Braig das plötzliche Auftauchen des Monsters in seinem Umfeld anfangs wahrgenommen hatte, das Verhalten der jungen Nachbarin strafte alle Vorurteile Lügen. Sie half mit bei der Versorgung der Tiere, beteiligte sich bei der Futtersuche im Garten und in der freien Natur, war sogar in der Küche tätig, wenn es galt, nicht nur Braigs Familie, sondern auch den Tierarzt und dessen Partnerin gemeinsam zu verköstigen. Bei immer mehr Mahlzeiten war sie wie selbstverständlich dabei. Braig nahm verwundert wahr, wie sie den Tierarzt mit tiefschürfenden Fragen nach den Bedürfnissen, dem Wohlergehen und der Überlebensfähigkeit biologischer Arten bestürmte, merkte am Verhalten des Veterinärs, wie sehr er sich über das Interesse der Heranwachsenden freute. Dr. Genkinger gab sich nicht mit einfachen Antworten zufrieden, er versuchte vielmehr, bis ins Detail auf die jeweilige Problematik einzugehen und Katharina Mander zu weitergehendem Nachforschen zu ermuntern, bot ihr sogar an, ihn auf ausgewählte Hausbesuche zu begleiten. Begeistert sagte sie zu.

Kurz darauf sah Braig sie gemeinsam mit ihrer Mutter in einer der mit Kies ausgelegten Flächen vor ihrem Haus arbeiten. Er begriff erst nach einer Weile, womit die beiden Frauen sich da abplagten: Sie schaufelten die Steine aus dem etwa fünf auf sechs Meter großen Areal und füllten es stattdessen mit Erde auf.

»Meine Tochter engagiert sich jetzt bei *Fridays for Future* für den Klimaschutz. Und zum Zeichen dafür, dass wir es ernst meinen, pflanzen wir unser eigenes Gemüse an. Wir versuchen es zumindest«, erklärte Nicolette Mander.

Braig glaubte, einen stolzen Unterton in ihrer Stimme gehört zu haben.

Die Gurken, Zucchinis und Salate schienen zwar bei Weitem nicht so erfolgreich zu gedeihen, wie sich die junge Gärtnerin das erhofft hatte, ihr Beispiel jedoch wirkte ansteckend.

»Papa, in ein, zwei Jahren, wenn ich etwas älter bin«, eröffnete ihm Ann-Sophie eines Abends, »arbeite ich auch bei *Fridays for Future* mit. Unser eigenes Gemüse können wir aber jetzt schon anbauen.«

In Absprache mit Dr. Genkinger zimmerten sie in den folgenden Wochen zwei mehrere Meter lange Hochbeete, füllten sie mit Pflanzenresten und Erde und versuchten es mit ersten Salat- und Gemüsesetzlingen.

Dass es sich bei dem überraschenden Engagement der jungen Nachbarin nicht um einen dem Zeitgeist geschuldeten Spleen handelte, merkte Braig, als er Katharina Mander mit Beginn des Sommers mehrere Tage nicht mehr zu Gesicht bekam und dies seiner Tochter gegenüber zum Ausdruck brachte.

»Ferien, Papa«, sagte Ann-Sophie vorwurfsvoll. »Katha ist weg.«

»Sie wollte ans Meer, baden, oder?«

»Oh, du vergisst aber auch alles«, schimpfte seine Tochter. »Katha ist in Tübingen auf einem Seminar.«

Er hatte es nicht glauben wollen, aber Katharina Mander hatte ihre Ankündigungen wahr gemacht. Zwei Wochen, ihre kompletten Pfingstferien opferte sie einem eigens für junge Leute angebotenen Kolleg von Wissenschaftlern der Universität Tübingen. *Von al-*

ternativen Formen der Landwirtschaft bis zur Verkehrswende – Maßnahmen gegen den Kollaps des Weltklimas.

Es musste sich um eine tiefgründige Einarbeitung in das hochkomplexe Thema gehandelt haben, wurde Braig jedes Mal klar, wenn er sich in der Folgezeit mit der jungen Frau unterhielt. Sie sprühte vor hintergründigem Wissen, war zudem ständig bemüht, es um die neuesten wissenschaftlichen Erkenntnisse zu erweitern und sich in der Auseinandersetzung mit Gegenargumenten zu schulen. Offensichtlich war sie auch nicht bereit, dem üblichen Gehabe der Erwachsenen gemäß über ihre Erkenntnisse nur zu schwafeln, auf die notwendigen praktischen Konsequenzen aber zu verzichten.

»Braig, das unverschämte Biest verlangt, dass meine Partnerin und ich unsere Autos aufgeben«, schleuderte ihm Söderhofer ein paar Wochen darauf mitten in einer dienstlichen Besprechung mit vor Entrüstung bebender Stimme entgegen. »Wir sollen auf Elektrofahrräder umsteigen oder mit Bus und Bahn fahren. Ich, als Oberstaatsanwalt! Und wissen Sie, wen die verkommene Göre uns ständig als Kronzeugen präsentiert, dass der Schwachsinn machbar sei: Sie, der coole Kommissar mitsamt Familie!« Seine Stimme drohte sich zu überschlagen.

Braigs Konter: »Sie können stolz sein auf Ihre Tochter! Herzlichen Glückwunsch!«, nahm er nur mit unübersehbarem Widerwillen wahr.

Dann, unmittelbar vor den Sommerferien, kam die Idee von der Realisierung eines an ökologischen Leitlinien orientierten Gartens auf dem Nachbargrundstück auf. Braig hörte aus dem Mund seiner Tochter zum ersten Mal davon.

»Da machen wir alle mit, Papa«, erklärte sie. »Ich habe es Katha fest versprochen.«

Ohne eine Sekunde zu zögern, hatte er zugesagt, seiner jungen Nachbarin zuliebe. »Mit dem Risiko, mitten während der Arbeit an irgendeinen Tatort gerufen zu werden. An dem Wochenende habe ich Bereitschaft.«

Braig war gerade dabei, eine neue Ladung Kiesel in Dr. Genkingers Schubkarre zu versenken, als er sein Handy läuten hörte. Der Signalton verhieß nichts Gutes. Der Anruf kam aus dem Amt. Er warf die Schaufel zur Seite, zog sein Mobiltelefon aus der Tasche, nahm das Gespräch an. »Braig.«

»Es ist so, wir haben eine Leiche«, hörte er Stöhrs Stimme.

»Wo?«

»Männlich, sieht übel aus.«

»Wo?«, brüllte er.

Ann-Sophie schaute zu ihm auf, verzog ihr Gesicht.

»Mhm, Stadtrand Stuttgart, Richtung Fellbach. Schwarzrieslingstraße. Sie übernehmen?«

»Ja. Dreißig Minuten. Ich muss zuerst noch duschen. Spurensicherung?«

»Ist informiert«, bestätigte der Kollege. »Es ist so, alle Infos per Mail, wie immer.«

Braig steckte sein Handy weg, hob beide Hände. »Tut mir leid. Ihr müsst es ohne mich schaffen.«

»Ein Toter?«, hörte er Katharina Mander fragen.

Seine Tochter nahm ihm die Antwort ab. »Wenn die Papa rufen, hat es immer jemand erwischt.«

»Einfach cool, dein Vater.«

3. Kapitel

Ein sanfter Wind strich durch die Büsche und Blumenrabatten, als Braig in der Schwarzrieslingstraße anlangte. Der intensive Duft unzähliger Blüten stach ihm in die Nase.

Er bemerkte, dass er keine zwölf Minuten für den Weg benötigt hatte, nahm die völlig veränderte Umgebung wahr. Es musste mehrere Jahre her sein, dass er sich zum letzten Mal hier aufgehalten hatte. Die vom ständig tosenden Autolärm verunstaltete Straße war an ihrer schmalsten Stelle gekappt und in eine verkehrsberuhigte Sackgasse verwandelt worden, ein genialer Schachzug der Stadtplaner und zuständigen Politiker. Zwischen den großen Gewächshäusern zweier Gärtnereien erstreckte sich jetzt ein kleiner, etwa hundert auf dreißig Meter großer Park, der nur von einem asphaltierten, allein Fußgängern und Radfahrern vorbehaltenen Weg durchquert wurde. Der Zucchini-Weg mündete direkt in das Ende der zur Sackgasse umfunktionierten Schwarzrieslingstraße, die von gepflegten Vorgärten und schmucken Einfamilienhäusern gesäumt wurde. Sommerlich grüne Büsche und Bäume, Blumenrabatten in allen Farben, die Wände hochrankende Rosen, akkurat kurz geschnittene Rasenflächen vor hell verputzten, von schmalen Erkern und spitzgiebligen, roten Ziegeldächern geprägten Gebäuden. Eine gutbürgerlich wirkende, auf Ordnung und erträgliches Miteinander bedachte Gegend, in der Kriminalbeamte, zumindest in der Ausübung ihres Berufes, fehl am Platz waren, überlegte Braig.

Das geradezu traumhaft wirkende Panorama, das sich über den Häusern der östlichen Straßenseite auftat, verstärkte diesen Eindruck noch: Eingebettet in ein fast unübersehbares Meer im warmen Licht der Sonne leuchtender, sanfte Hügel erklimmender Weinreben erhob sich die bewaldete Anhöhe des Kappelbergs. Etwas weiter entfernt schien das filigrane Gebäude der Grabkapelle der Königin Katharina im Dunst der mittäglichen Hitze über den Dächern zu schweben. Hier, wo die Ausläufer Stuttgarts und Fellbachs kaum merklich ineinander übergingen, bot sich eine landschaftliche Szenerie, die ihresgleichen suchte. Ein fast überirdisch schönes, pittoreskes Postkartenidyll.

Braig hatte Mühe, sich zu erinnern, dass er sich aus beruflichen Gründen hierher aufgemacht hatte, stieg an der Mündung des Zucchini-Wegs in die Schwarzrieslingstraße von seinem Pedelec. Er sah die mit bunter Kreide auf den Asphalt gemalten Markierungen, die Kinder für ihre Spiele nutzten, erinnerte sich augenblicklich an seine Zeit als Heranwachsender, die er mitten in der Großstadt hatte verbringen müssen. Für Kinder hatte man dort keinen Platz reserviert, weder in der viel zu kleinen Wohnung noch draußen auf dem über und über mit Blechkarossen aller Art vollgeparkten Asphalt. Das Haus ohne Begleitung seiner Mutter zu verlassen, war viel zu gefährlich gewesen, überall hektischer Verkehr. Der schmale, alle paar Meter von Fahrzeugen zugestellte Gehweg kaum passierbar, der nächste Zebrastreifen zum Überqueren der von kreischendem Lärm erfüllten Betonpiste mehrere Hundert Meter entfernt. Was für ein Kontrast zu diesem eigens Kindern gewidmeten Paradies!

Braig passierte einen Vorgarten mit einer auffällig bunten Skulpturenkolonie, die fast bis zur Straße reichte, schob sein Fahrrad an Gruppen sich laut miteinander unterhaltender Leute vorbei. Als er sich einer leichten Rechtskurve der Straße näherte, bemerkte er unmittelbar dahinter die Ansammlung mehrerer Menschen auf der rechten Seite. Kinder, Jugendliche und Erwachsene standen am Rand der Straße, von zwei uniformierten Polizeibeamtinnen nur mühsam ferngehalten. Zwei mit hellen Arbeitsmonturen bekleidete Techniker waren dabei, das Innere der offen stehenden Doppelgarage mit einer großen Plane abzudecken. *LKA* prangte in dicken Lettern auf ihren Gerätschaften.

Er passierte die Ansammlung laut krakeelender Neugieriger, wies sich den uniformierten Beamtinnen gegenüber aus. Eine der beiden Frauen hob das rot-weiße Flatterband in die Höhe, ließ ihn passieren.

Er stellte sein Fahrrad ab, grüßte die Kriminaltechniker.

»Ideales Wetter zum Radfahre.« Helmut Rössle richtete sich auf, warf einen anerkennenden Blick auf Braigs Gefährt. »Wenn i mi net um die Sauerei do kümmere müsst, wär i au mit meim Drahtesel onderwegs.« Er zeigte hinter die inzwischen stabilisierte, blickdichte Plane.

Braig sah die stark lädierte Rückfront eines klobigen, schwarz lackierten SUVs vor sich, der fast drei Meter aus der Doppelgarage ragte. Die rückwärtige Scheibe war vollkommen zersplittert, in ihrer linken Hälfte gähnte ein großes Loch. Das breite Fahrzeug beanspruchte den größten Teil des Innenraums für sich, ließ nur noch einem guten Dutzend neben- und übereinander gestapelter Kisten und Kartons sowie einem Motorrad Platz. Zwei große Deckenleuchten tauchten die Garage der Tribüne eines Theaters ähnlich in helles Licht. Kein Wunder, dass die Menschenmenge auf der Straße nur schwer zu beruhigen war. Wie neugierige Zuschauer einer Premierenaufführung warteten sie darauf, einen ungetrübten Blick in die Garage werfen zu können. Fehlten nur noch die Ferngläser, überlegte Braig, die lauten Kommentare hinter sich im Ohr.

»Wieso versauet die Dackel ons die Sicht mit der Scheißplane? I han extra mei Handy mitbrocht, weil i den Kerl fotografiere wollt. Wenn der wirklich he isch, müsset mir des doch feiere.«

»Der isch doch völlig zermatscht, du Bachel. Von dem isch nix me übrig.«

»Woher willsch denn des wisse?«

»Weil die Ariane des gsait hat. Ihrn Robert war in der Garasch und hat den entdeckt. Der war so fertig, dass er net amol mehr die Bollizei hat rufe könne. Des hat sei Ariane für ihn do.«

Braig versuchte, das nervende Geschrei nicht an sich heranzulassen. Gaffende und mit ihren Handys ungeniert das notdürftig abgeschirmte Gelände filmende Passanten gehörten inzwischen zu fast jeder Szenerie, an der ein Mensch verunglückt oder getötet worden war. Oft genug hatte er es schon erlebt, dass skrupellose, sensationsgeile Typen die Polizeiabsperrungen durchbrachen und die verunstalteten, wehrlosen Opfer mit ihren Kameras abzulichten versuchten. Das waren die Momente, in denen er jedes Mal aufs Neue Mühe hatte, die Contenance zu bewahren.

Er richtete seinen Blick ins Innere der Garage, bemerkte die dunklen Schlieren auf dem Boden. Sie verliefen unter und neben dem Auto, schienen bis zur Rückwand zu reichen. Er hüllte Schuhe und Hände in Plastiküberzüge, hörte die Stimme Rössles.

»Sei vorsichtig! Des isch koi scheene Sach!«

»So schlimm?«

»Des isch koin Ausdruck«, mahnte der Spurensicherer. »So was g'hört verbote!«

Braig verweilte für den Moment einer Sekunde unmittelbar vor der Rückfront des Wagens, starrte durch das offensichtlich durch den Aufprall eines schweren Gegenstands verursachte Loch ins Innere. Ein scharfer, nach Jauche stinkender Geruch stach ihm in die Nase. Er stellte fest, dass der gesamte Innenraum von unzähligen Glassplittern übersät war, bemerkte die großflächige Verschmutzung, die die meisten Sitze und deren Rückenlehnen verunstaltete. Bräunliche Placken mit dicken, dunklen Rändern, wohin er auch sah. Auf dem rechten Vordersitz entdeckte er eine aufgerissene, grüne Plastikflasche mit ausgelaufener, graubrauner Flüssigkeit, direkt daneben einen klobigen, runden Stein. Angewidert von dem Gestank schob er sich auf die linke Seite des Fahrzeugs.

Der Anblick war unmöglich zu ertragen. Trotz der Warnung des Kollegen sah er sich völlig überrumpelt. Er spürte, wie ihm der Schweiß aus den Poren schoss, rang nach Luft. Seine Atmung schien für einen Moment auszusetzen. Ein Schwindelanfall ließ ihn taumeln. Er klammerte sich an einer großen Kiste fest, wandte den Kopf zur Seite. Der Anblick ging ihm trotzdem nicht aus dem Sinn. Er hatte sich ihm innerhalb einer Tausendstelsekunde eingebrannt.

Der Mann auf dem Boden der Garage. Von den Haaren bis zur Schulter unter dem breiten Auto hervorragend. Seine weit aufgerissenen, scheinbar von Überraschung gezeichneten Augen. Die dunkle, längst vertrocknete Lache um seinen Kopf. Sein Hals. Der Ansatz seiner Brust. Der Rest …

Die Vorderräder des Fahrzeugs jenseits des Körpers. Der größte Teil des Bodens von einer fleischigen Masse bedeckt. Den Teilen des Körpers, die von der schweren Karosse überrollt worden waren …

Braig kramte in seiner Hosentasche, ertastete eines der Hustenbonbons, die er selbst im Hochsommer für Momente wie diesen fast immer bei sich trug, zog es hervor. Es dauerte eine Weile, bis er es endlich aus seiner Umhüllung befreit hatte. Der mentholhaltige Geschmack verschaffte ihm Erleichterung. Er schob das Bonbon auf seiner Zunge hin und her, spürte, wie sich seine Verkrampfung löste. Langsam zwar, quälend langsam, aber immerhin. Nach zwei, drei Minuten fühlte er sich wieder imstande durchzuatmen.

Er wagte einen neuen Blick auf den Toten, versuchte, sein ursprüngliches Aussehen und sein Alter zu erahnen. Es war unmöglich. Die Muskulatur des Gesichts zu verzerrt, die meisten Hautpartien zu stark verformt und verfärbt.

Er richtete seine Augen auf die seltsam verzogene Schulter des Mannes, konnte den Ansatz eines Sweatshirts und einer Jacke erkennen. Viel zu warm für diesen Tag bekleidet, ging es ihm durch den Kopf, der musste ganz schön geschwitzt haben.

Quer über den Hals der Leiche hinweg, fast parallel zu dem Fahrzeug, lagen die beiden jeweils etwa zwei Meter langen Stränge eines zur Schlinge geformten Seils. Neuwertig aussehendes, helles Material, etwa einen Zentimeter dick, die Schlinge nur wenige Handbreit vom Körper des Toten entfernt. Was hatte es mit dem Seil auf sich? Hatte er sich damit gegen seinen Mörder wehren wollen, war aber von dessen schneller Attacke daran gehindert worden?

Es kostete einige Überwindung, über den Kopf des Mannes und die gewaltige eingetrocknete Blutlache zu steigen. Hatte er rücklings auf dem Boden gelegen, als er von dem schweren Fahrzeug überrollt wurde, oder war er von dem Monstrum erst umgestoßen und dann zerquetscht worden? Braig musterte die Frontpartie des SUV, entdeckte vor allem auf der rechten Seite mehrere große Kratzer und eine ganze Menge tiefer Dellen. Die Kratzer zogen sich fast alle quer über die Beifahrerhälfte, einige tief in den Lack reichend, die Dellen … Er sah sich außerstande, ihre Herkunft zu beurteilen, musste die Techniker bitten, sich darum zu kümmern.

Braig wandte sich der Rückwand der Garage zu, entdeckte ein dunkles Kabel. Es ragte in mittlerer Höhe aus einer Steckdose, schlängelte sich dann ungefähr zwei Meter weit über den Boden. Ein Ladekabel, wurde ihm klar. Es schien sich um ein Elektroauto zu handeln.

Er umrundete den SUV, sah sich den Überresten eines Fußes gegenüber. Das rechte Vorderrad hatte den untersten Teil des Körpers überrollt, nicht viel davon übrig gelassen. Er bückte sich nieder, suchte nach dem zweiten Fuß, spürte erneut Übelkeit in sich aufsteigen. Das rechte Bein des Mannes …

»Willsch net wieder an d' frische Luft?«

Er hörte die Stimme Rössles, ließ von dem Auto ab. Als er ins Freie trat, sah er beide Spurensicherer vor sich.

»Ist ganz schön heftig, wie?«, meinte Dr. Kai Dolde.

Braig war zu keiner Antwort fähig. Er massierte seine schmerzenden Schläfen, deutete ein kurzes Nicken an. Sooft er sich in seinen mehr als zweieinhalb Jahrzehnten Berufserfahrung auch schon mit dem Anblick und der Untersuchung toter Menschen konfrontiert gesehen hatte, zur Routine war ihm dieser Vorgang nicht geworden. Smarte, mit coolem Grinsen von einer Leiche zur nächsten spazierende Kommissare gab es vielleicht in Fernsehkrimis – mit der Realität, wie er sie kannte, hatte das nichts zu tun. Einen Toten zu begutachten, gehörte zu den unerfreulicheren Momenten seines Berufes – auch langjährige Praxis hatte daran nichts geändert. Es handelte sich schließlich nicht um eine aus Kunststoff gefertigte Puppe, deren Überreste er vor sich sah, sondern um einen vor kurzer Zeit mitten aus dem Leben gerissenen Menschen, dem in seinen letzten bewussten Augenblicken übel mitgespielt worden war.

»Das war kein Unfall«, versuchte er, seinen Eindruck auf den Punkt zu bringen. »Der kam nicht aus Versehen ins Rollen.«

»Alle achtzig Deifel von Sindelfinge, danach sieht's wirklich net aus«, pflichtete Rössle ihm bei. »Der Karre hat vorne mehrere Delle. Der isch mit Karacho uf den druff und hat ihn überrollt. Mir gucket uns das Blech genau a.«

»Der Schlüssel scheint auch zu fehlen«, setzte Dolde hinzu. »Wir haben ihn jedenfalls noch nicht entdeckt.«

»Der Schlüssel?«

»Darüber han i mi au gwundert«, erklärte Rössle. »Damit isch die Sach wohl klar.«

»Was ist mit dem Stein? Wurde er während der Fahrt damit attackiert?«

»Wohl kaum«, meinte Dolde. »Wir fanden einen winzigen Glassplitter, hier, keine dreißig Zentimeter von dem Auto entfernt. Er scheint zu der Scheibe zu gehören. Vielleicht der einzige, der nicht im Innenraum landete.«

»Das heißt, der wurde hier …« Braig spürte, wie es hinter seinen Schläfen pochte, fuhr sich über die schmerzenden Stellen. So schnell würde das nicht nachlassen, dafür kannte er seinen Körper inzwischen gut genug.

»Hier verbringen Sie also Ihren Samstagmittag«, riss ihn eine bekannte Stimme aus seinen Gedanken. »Schöne Gegend, fast wie im Urlaub. Wer macht uns Arbeit?«

Braig sah auf.

Dr. Schäffler, der Gerichtsmediziner, kam auf sie zu, begleitet von erneuter Unruhe hinter dem rot-weißen Flatterband.

»Dän't Se mol gfälligschd die Plane weg!«, rief eine ältere Frau. »Mir wellet sehe, ob's den Dreckskerl tatsächlich erwischt hat!«

»Der scheint net bsonders beliebt gwese zu sein«, kommentierte Rössle.

Braig schüttelte angewidert den Kopf, konzentrierte sich auf den Arzt.

»Sie sehen mitgenommen aus«, erklärte der Mann. »Ist es so schlimm?«

Der Kommissar atmete kräftig durch, nickte.

»Leck die Katz am Arsch«, bestätigte Rössle. »Des isch wirklich heftig.«

Der Gerichtsmediziner musterte ihn mit großen Augen, pfiff leise. »Wenn Sie das sagen, Rössle. Und ich dachte, ich hätte das Schlimmste hinter mir.«

»Nicht Ihr erster Einsatz heute?«

Dr. Schäffler schlüpfte in seine Schutzkleidung, schüttelte den Kopf. »Autounfall auf der B 14. Zwei Tote.« Er blies Luft durch die Zähne. »Achtzehn und neunzehn Jahre jung. Hätte eigentlich gereicht für dieses Wochenende.«

Braig wartete, bis der Arzt in die Garage getreten war, erkundigte sich nach bisher vorliegenden Informationen. »Wissen wir, um wen es sich handelt?«

Rössle nickte. »I han 's dir grad gmailt. Ein Kevin Scheuer wohnt hier. Älloi. Seit a paar Jahr gschiede.«

»Wer hat ihn entdeckt?«

»En Nachbar. Guck in der Mail, wie der hoißt, i krieg's im Moment net genau uf d' Reih. Reimer oder so. Der hat sich gwundert, dass die Garasch de ganze Morge ufgschdande isch. So früh scho, des wär net normal. Weil älles ruhig bliebe isch, hat er kurz vor Middag neiguckt. Des wär nämlich au net normal, des mit der Ruh am Samstagmorge. Sei Frau hat die Kollege verschdändigt, der war net mehr imschdand dazu. Ka i verstehe. So was, ohne Vorwarnung. Den Ablick wird der gute Ma net so schnell vergesse. Mehr woiß i net.«

»Die Garage war den ganzen Morgen offen? Das heißt, es ist schon …« Der Kommissar sah Dr. Schäffler ins Freie treten, hielt inne.

»Mindestens zwölf Stunden«, erklärte der Arzt. »Eher vierzehn.«

»Zwölf bis vierzehn Stunden?« Braig starrte überrascht zu seinem Gesprächspartner. »So lange?« Er warf einen Blick auf sein Handy. »Dann ist es mitten in der Nacht passiert?«

»Vor Mitternacht, schätze ich mal. Eine, vielleicht auch zwei Stunden vorher. Genauer …« Dr. Schäffler ließ den Rest des Satzes offen.

Braig verstand augenblicklich. *Genauer kann ich es erst nach der Obduktion sagen.* Die Standardbemerkung des Mediziners. Logisch, dass er den endgültigen Befund erst nach gründlicher Untersuchung bekannt geben konnte, so arbeiteten seriöse Wissenschaftler nun mal. Der Kommissar ging dennoch davon aus, dass es gegen 23 Uhr oder etwas früher geschehen sein musste. Wenn sich der Gerichtsmediziner zu dieser schnellen Aussage hinreißen ließ, war er sich seiner Sache sicher. Braig wusste nach etwa zwei Jahrzehnten gemeinsamer Arbeit, wie kompetent Dr. Schäffler war. Er galt weit über seinen Wirkungskreis hinaus als Koryphäe seines Faches. Auf sein Urteil, auch ein ausnahmsweise so schnell getroffenes, war absolut Verlass. Besonders in schwierigen Ermittlungen empfand er es als unbezahlbare Hilfe, den Mann an seiner Seite zu wissen.

Wenn es also in der frühen Nacht geschehen war …

»Die Garage ist der Tatort«, erklärte der Arzt, Braigs fragende Miene vor Augen. »Kein Zweifel.«

»Es war aber kein Unfall.«

»Das zu ermitteln, ist Ihre Aufgabe, Braig.« Dr. Schäffler wog seinen Kopf hin und her. »Ich kann es mir aber nicht vorstellen. Der Mann wurde mit immenser Wucht auf den Boden geschleudert. Die Rückseite seines Schädels ist völlig deformiert.«

»Von dem Stein, der in den Wagen geworfen wurde?«

»Der liegt doch uf dem rechte Sitz. Den kann der uf der Fahrerseit gar net abkriegt han«, warf Rössle ein.

»Er kann nicht auf seinen Hinterkopf geprallt und von dort auf den Beifahrersitz gefallen sein?«

Der Spurensicherer kratzte sich am Hals. »Ka i mir net vorstelle. Der isch von hinte links nach vorne rechts gfloge, dem Loch nach. Mir gucket uns des aber noch genauer a, der Ufprallwinkel müsst rauszukriege sei.«

Braig sah Dr. Schäfflers zustimmendes Nicken. »Dann saß er auf dem Beifahrersitz, als ihn der Stein traf«, überlegte er laut, den Gerichtsmediziner im Blick.

Der Arzt winkte ab. »Untersuchen Sie erst mal den Stein. Wenn er den Mann am Kopf traf, müssten Anhaftungen von Haut- oder Haarpartikeln oder von Blut festzustellen sein. Was die Deformation des Schädels betrifft, kann ich Ihnen jetzt nur meine erste oberflächliche Inaugenscheinnahme darlegen. Die erbrachte allerdings ein mir durchaus bekanntes Bild. Das bekomme ich nämlich alle paar Tage, manchmal auch alle paar Stunden zu sehen. In verschiedenen Variationen zwar, aber immer nach dem gleichen Grundtypus. Wenn Fußgänger oder Radfahrer Opfer eines schnell fahrenden Autos wurden, dann sieht das so aus. Dazu benötigen Sie keinen Stein. Der Aufprall des Fahrzeugs reicht völlig aus. Allerdings kein aus Versehen ins Rollen gekommenes Fahrzeug. Nein, der Wagen muss mit ordentlichem Tempo auf ihn zugerast sein. Dass er dann auch noch überrollt wurde, ist für die Deformation des Schädels sekundär.«

»Der Platz hier ist vollkommen eben«, fügte Dolde hinzu. »Es gibt keine Neigung, die das Auto ins Rollen gebracht haben könnte. Das unterstützt Ihre Darstellung.«

»Dann verstehe ich aber nicht, wie der Stein ins Spiel kommt«, zweifelte Braig.

»Untersuchen Sie ihn auf mögliche Anhaftungen. Vorher ist es müßig, darüber zu spekulieren.«

»Was ich auch noch nicht einordnen kann: der üble Gestank im Wageninneren. Er scheint vom Inhalt einer Plastikflasche zu stammen, die auf dem rechten Vordersitz liegt. Hat der Mann davon abbekommen? Ich meine …«

»Pflanzendünger«, meinte Dr. Schäffler. »Irgendeine Guano-Mischung. Meine Kinder haben uns verboten, es zu benutzen.« Er wies auf seine Nase. »Nicht nur Ihre Kleidung, auch die Haut und die Haare nehmen den Geruch auf. Für Stunden. Und wenn Sie sich nicht gründlich waschen, auch für Tage. Ich werde bei der

Obduktion darauf achten. Bisher habe ich nichts davon bemerkt. Seine Haare, nein.«

Braig gab dem Arzt insgeheim recht. So streng es aus dem Innenraum gestunken hatte, außerhalb des Fahrzeugs hatte er nichts davon wahrgenommen. Nirgendwo.

»Der Dünger und der Stein«, spekulierte Dolde. »Sind das nicht Hinweise auf einen Streit oder einen Kampf? Er wurde damit angegriffen und sprang aus dem Wagen.«

»Und dann übernahm sein Kontrahent das Steuer und raste auf ihn los?« Braig musterte den Kollegen mit fragender Miene.

»Vielleicht.«

»Wer immer es war, er schaffte es auf jeden Fall, das Auto trotz der hohen Geschwindigkeit, mit der er ihn anfuhr, rechtzeitig zum Stehen zu bringen, bevor er mit der Rückwand der Garage kollidieren konnte«, erklärte Dr. Schäffler. »Der Fahrer wollte sich vor dem Aufprall schützen. Haben Sie Spuren an der Frontpartie entdeckt?«, fragte er, Rössle zugewandt.

Der Spurensicherer nickte. »I han bis jetzt nur an erschte Überblick. Aber es gibt a paar Delle, ja. Vorne und an der linke Seit.« Er wies auf das Auto. »Und dann fehlet ja au die Fahrzeugschlüssel.«

»Die fehlen?«

Rössle nickte erneut. »I han se net gsehe. Gut, vielleicht müsset mir die Kischde genauer untersuche.«

»Sie denken, der Mörder könnte sie an sich genommen haben?« Dr. Schäffler blickte ratlos in die Runde, machte sich dann an seinem Koffer zu schaffen.

»Koi Ahnung. I han mi nur gwundert.«

»Was ich auch nicht verstehe, ist das Seil. Liegt auf dem Hals des Toten, die Schlinge in seiner Nähe. Kräftiges Material, soweit ich das beurteilen kann.«

»Vielleicht benutzte er es als Waffe. Wie ein Lasso. Um den anderen damit einzufangen«, meinte Dolde. »Die beiden Teile sind ungefähr zwei Meter lang, damit kannst du weit ausholen.«

»Hat aber net klappt«, fügte Rössle hinzu.

»Das hat es nicht, nein«, gab Dolde zu.

»Der Stein, der Dünger, das Seil. Im Moment passt überhaupt nichts zusammen«, stöhnte Braig. »Ich hoffe, dass sich das bald ändert.« Er wandte sich den beiden Spurensicherern zu. »Wissen wir schon, wem das Fahrzeug gehört?«

»Kevin Scheuer. Es isch uf ihn agmeldet«, antwortete Rössle. »I han nachguckt.«

»Dann müssen wir das GPS des Autos überprüfen. Und sein Handy. Ob er gestern Abend unterwegs war, wo und bis wann. Kam er gegen 23 Uhr hier an? Und während er auf den Vorplatz abbiegt und auf die Garage zufährt, wird er mit dem Stein und dem Dünger attackiert und steigt aus. In dem Moment springt sein Mörder in das Fahrzeug und überfährt ihn. In letzter Sekunde erwischt er noch das Seil und versucht, sich damit zu verteidigen. Kann es sich so etwa abgespielt haben?«

»Der Mörder hat hier uf ihn gwartet?« Rössle kratzte sich ausgiebig am Kinn.

»Vielleicht wohnt er in der Nähe, sieht ihn zu später Stunde, als die meisten schon schlafen, zufällig kommen und nutzt die Gelegenheit.«

»Und genauso zufällig hatte er den Stein und den Dünger bei sich?«, wandte Dolde ein.

»Vielleicht lag der Stein irgendwo in der Nähe. Es handelt sich um ein auffälliges Exemplar. Kreisrund geschliffen. Vielleicht gelingt es uns, seine Herkunft zu ermitteln. Und genauso diesen Dünger. Möglicherweise war er von der Gartenarbeit am Mittag oder am Abend übrig. Oder der Täter sah ihn bei einem Nachbarn stehen. Das müsste sich doch feststellen lassen, wer dieses ekelhafte Zeug benutzt«, überlegte Braig. »Auf jeden Fall ist jemand ausgerastet, als er den Mann sah. Oder er wollte eine alte Rechnung begleichen.«

»Des muss aber a gewaltige Rechnung gwese sei.«

»In der Tat. Ich denke, da war ganz schön viel Hass im Spiel. Den direkt zu überfahren ...«

»Erbitterter Streit unter Nachbarn«, meinte Dolde. »Den Kommentaren nach, die vorhin von dort zu hören waren«, er wies in die Richtung der neugierigen Gaffer, »könnte das hinhauen. *Mir wellet sehe, ob's den Dreckskerl tatsächlich erwischt hat*«, ahmte er die Stimme einer Frau hinter dem Absperrband nach. »Und war nicht sogar vom Feiern die Rede, vor lauter Freude, dass der Mann *he* sei? Das klingt nach heftigen Auseinandersetzungen.«

»Do müsst doch jemand was ghört han. Oine bis zwoi Stund vor Mitternacht, wie der Doc sait, Freitag obeds. Do schlofet doch no lang net älle.«

»Der Stein«, ergänzte Dolde. »Das hat bestimmt einen Mordsschlag getan, als der auf die Scheibe prallte.«

Braig fand die Argumentation der Kollegen überzeugend, er nickte. »Die Nachbarn. Vielleicht hat jemand etwas beobachtet.«

»Du musch dich gründlich umhöre«, schlug Rössle vor. »Alle Idiote von Sindelfinge, wär doch verrückt, wenn net irgendoiner was mitkriegt hätt.«

4. Kapitel

Das Haus der Reimers lag auf der anderen Seite der schmalen Straße, dem der Scheuers schräg gegenüber. Ein niedriger Holzstaketenzaun schirmte den von üppig grünem Gras und mehreren in voller Blüte stehenden Pflanzenstauden bewachsenen Vorgarten vom öffentlichen Gelände ab. Braig musterte das halbe Dutzend voluminöser Rosenbüsche, bewunderte ihre vielfarbige Pracht. Alles wirkte sehr gepflegt, sogar die Spielsachen am Rand der kleinen Wiese lagen ordentlich aufgereiht nebeneinander: mehrere Bälle, zwei Kinderfahrräder, Federballschläger. Was nicht passte, war der Zaun am Rand des Grundstücks: Auf einer Länge von etwa drei Metern lag er in mehrere Teile zerbrochen auf dem Boden, Teile der dort wachsenden Pflanzen unter sich begrabend.

Braig warf einen Blick auf die Straße, die an dieser Stelle eine leichte Rechtskurve machte, sah, dass sie im weiteren Verlauf beidseits von großen Glashäusern einer oder mehrerer Gärtnereien gesäumt wurde. Erst nach etwa hundert Metern folgten die nächsten Wohngebäude. Er suchte nach Scheuers Garage, merkte, dass sie von hier nicht einzusehen war. Lediglich der Vorplatz, jetzt in Teilen hinter der Plane verborgen, lag im Blickfeld.

Er passierte den mit Steinplatten ausgelegten Weg zum Haus der Reimers, näherte sich einem etwa eineinhalb Meter hohen, weiß gestrichenen, hölzernen Flechtwerk, das etwa der Hälfte des Hauses vorgelagert war. Als er unmittelbar davorstand, merkte er, dass es sich um die von einer Sichtschutzwand abgeschirmte Terrasse des Gebäudes handelte. Überrascht nahm er den etwa 50-jährigen, erschöpft wirkenden Mann wahr, der dort in einem Gartenstuhl lehnte und an einer brennenden Zigarette sog.

»Herr Reimer?« Braig blieb stehen, zog seinen Ausweis aus der Tasche, stellte sich vor.

»Robert Reimer«, bestätigte sein Gegenüber. »Ja, ich habe ihn gefunden.« Er war sich offensichtlich sofort darüber im Klaren, weshalb ihn ein Polizeibeamter aufsuchte, wies auf einen der Stühle.

Braig nahm das Angebot an, setzte sich mit dem Rücken zur Hauswand neben eine große Palme, die dort aus einem breiten Kübel wuchs. Die Terrasse war auf drei Seiten vor fremden Blicken geschützt, ließ aber den Sonnenstrahlen – zumindest jetzt im Sommer – freien Zutritt. Neben der Palme stand ein weiterer Kübel mit einem üppig gewachsenen, Braig unbekannten grünen Strauch, etwas weiter kämpfte sich eine im unteren Bereich stark verholzte, dunkelrote Rose die Hauswand hoch.

»Auch einen?«, fragte der Mann. Er hatte dunkle, lockige Haare und intensiv blaue Augen, war mit einem grünen Hemd bekleidet, das vorne offen stand und Teile seiner behaarten Brust zeigte. Mit seiner freien Hand griff er nach einem mit einer gelben Flüssigkeit gefüllten Glas, das neben einer halbvollen Flasche auf dem schmalen Gartentisch stand.

Braig musterte die Flasche, suchte vergeblich nach einem Etikett.

»Birne«, erklärte der Mann. »Eigene Früchte. Selbst angesetzt.« Er sah die abwehrende Handbewegung seines Besuchers, nahm einen kräftigen Schluck. »Es war so stad«, sagte er, stellte das Glas dann zurück auf den Tisch.

»Stad?«

Robert Reimer sog an seiner Zigarette, stieß eine blaue Qualmwolke von sich. »Samstag morgens. Da ist es immer laut.«

Braig begann zu verstehen. Der Mann hatte einen leichten österreichischen Akzent, benutzte anscheinend auch Ausdrücke, die nur dort gebräuchlich waren. »Scheuer?« Er wies auf das gegenüberliegende Grundstück.

»Jeden Samstagmorgen. Ab acht, spätestens neun Uhr. Manchmal auch noch früher. Er schraubt an einem seiner Fahrzeuge, seinen Autos oder seinem Motorrad, lässt den Motor aufheulen, rast die Straße auf und ab. Irgendwas ist immer.«

»Aber heute Morgen blieb es ruhig?«

»Das sage ich doch. Irgendwas stimmte da nicht. Unsere beiden Kinder sind diese Woche zum Glück bei der Oma, zum ersten Mal seit Corona. Sonst hätten die garantiert längst nachgeschaut.«

»Das wäre nicht gut ausgegangen.«

»Weiß Gott, nein«, schnaufte der Mann. »Zum Glück blieb das mir überlassen.«

»Um wie viel Uhr war das?«

Reimer musste nicht lange überlegen. »Gegen halb zwölf, glaube ich. Meine Frau kam in dem Moment vom Markt zurück. Gerade als ich rüberging.«

Das konnte hinkommen, überlegte Braig. Um 11:35 Uhr war der Anruf bei den Kollegen eingegangen. Ausgeführt von einer Ariane Reimer. »Sie liefen sofort zur Garage?«

Sein Gegenüber reagierte mit ratlosem Blick. Er nahm die Zigarette aus dem Mund, tippte die Asche ab.

»Oder läuteten Sie zuerst an der Haustür?«, präzisierte Braig seine Frage.

»Ach so, nein. Ich schaute zur Garage, lief auf den Vorplatz. Sein neuer SUV. Mit zersplitterter Scheibe und Riesenloch. Das war der Wahnsinn. Sein neues Auto, sein Heiligtum in *dem* Zustand. Normalerweise ließ er es keinen Moment aus den Augen. Kaum angekommen, brachte er es sofort in der Garage in Sicherheit. Und jetzt stand es den ganzen Morgen so seltsam da. Halb drinnen, halb draußen. Dazu total demoliert. Und weit und breit kein Scheuer. Irgendwas stimmte da nicht.«

»Ihre Frau war dabei?«

»Wo?«

»Als Sie zu der Garage liefen?«

Reimer schüttelte den Kopf. »Die war mit ihren Einkäufen beschäftigt. Nahm sie vom Fahrrad und trug sie ins Haus. Deshalb bekam sie es erst nach einer Weile mit, als ich zurückkam.«

»Sie sahen ihn liegen?«

Der Mann hob beide Hände, fuchtelte mit der Zigarette in der Rechten durch die Luft. »Ich weiß nicht, was meine Neugierde auslöste. Das demolierte Auto, die offene Garage. Keine Ahnung, warum ich nicht einfach wieder umkehrte … Aber plötzlich, daran erinnere ich mich noch genau, sah ich diese Lache auf dem Boden, diesen Schatten … Wahrscheinlich lief ich deswegen weiter, drei, vier Schritte … und da lag er plötzlich vor mir.«

Braig merkte, welche Mühe es seinem Gesprächspartner bereitete, sich weiter auf diesen Moment einzulassen, nahm dankbar das Erscheinen der Frau wahr, die auf die Veranda trat. Sie schien mindestens zehn, eher fünfzehn Jahre jünger als der Mann, so Mitte dreißig, war salopp mit einem hellen T-Shirt und dunkelblauen Jeans bekleidet. Die Haare trug sie zu einem Pferdeschwanz gebunden.

»Ariane Reimer«, stellte sie sich vor, legte ihrem Mann die Hand auf den Arm, um ihn zu beruhigen.

Braig wies sich auch ihr gegenüber aus, erkundigte sich nach den Minuten, als sie ihre Einkäufe ins Haus getragen hatte.

»Ich mühte mich damit ab, die Sachen im Kühlschrank zu verstauen. Ich hatte eine ganze Menge gekauft, weil die Kinder Anfang nächster Woche wiederkommen. Da stand er plötzlich in der Tür«, erklärte sie. »So habe ich ihn noch nie erlebt. Nicht einmal nach dem Unfall von Max. Er war weiß wie eine Wand, brachte kein Wort mehr vor. Zähneklappern, wie es das Sprichwort sagt. Bisher wusste ich nicht, was das bedeuten soll. Zähneklappern. Jetzt ist es mir klar. Robert hatte Zähneklappern, anders kann ich das nicht ausdrücken.«

»Na«, wandte ihr Mann sich ihr zu. Er stotterte, brach mitten im Satz ab. »So kannst du das doch nicht …«

»Doch«, beharrte sie. »Genau so. Zähneklappern. Das trifft es voll und ganz. Und du warst weiß wie eine frisch gestrichene Wand.« Sie tätschelte seine Schulter, zog sich einen Stuhl her, nahm neben ihm Platz. »Er war außerstande zu erzählen, was er gesehen hatte. Das dauerte eine Weile, ich würde mal sagen, mehrere Minuten. Dann ging ich sofort ans Telefon, Ihre Kollegen verständigen.«

»Ohne selbst in der Garage nachzuschauen?«

Ariane Reimer prustete laut. »Sein Zustand. Der war überzeugend genug. Das musste ich mir nicht auch noch antun.« Sie griff in ihre Tasche, zog eine zerknitterte Schachtel vor, steckte sich eine Zigarette in den Mund. »Ich kam gerade vom Einkaufen. Er wollte nachsehen, wieso das Auto drüben immer noch im Freien stand. Mit zerstörter Scheibe«, wiederholte sie. »Und wieso es so ruhig war. Schon den ganzen Morgen.«

»Das waren Sie nicht gewohnt.«

Die Frau lachte laut auf, steckte die Zigarette in Brand. »Nein, das gab es selten bei uns. Samstags mal in Ruhe ausschlafen. Obwohl wir unser Schlafzimmer längst auf die Rückseite des Hauses verlegt haben. *Ihn* haben wir überall gehört.« Sie wies auf die andere Straßenseite. »Höchstens, dass er mal im Urlaub war.«

Der Tonfall, in dem sie über den Nachbarn sprach, ließ Braig aufhorchen. »Die Scheuers und Sie – das ist nicht das beste Verhältnis, nehme ich mal an.«

Ariane Reimer musterte ihn mit durchdringendem Blick. »*Die* Scheuers«, sagte sie spitzzüngig, eine gewaltige Rauchwolke in die Luft blasend. »Falsch. Laura und der kleine Manuel – wir verstanden uns gut. Die

Kinder spielten miteinander, und wir haben uns unterhalten, als sie noch hier wohnten. Mal zusammen eine gepafft. Oder auch zwei. Und einen gezwitschert. Einen guten, so wie den hier.« Sie wies zu der Flasche. »Aber nur, wenn *er* nicht da war.« Sie schüttelte den Kopf. »Ein widerlicher Dreckskerl. Sie werden niemand finden, der etwas anderes sagt. Um den ist es nicht schade, im Gegenteil. Neulich erst hat er beinahe unseren Emil angefahren, ich habe es mit meinen eigenen Augen beobachtet. Wenn meinem Jungen etwas passiert wäre …« Die Frau richtete sich auf, wedelte mit der Zigarette durch die Luft. »Ich hätte den Saukerl …« Sie verstummte, winkte ab. »Laura wusste, warum sie geht. Das war ihre beste Entscheidung.«

»Die sind geschieden?«, fragte Braig. Er versuchte erfolglos, dem Qualm auszuweichen.

»Seit drei oder vier Jahren. Genau weiß ich das nicht mehr. Die beste Entscheidung, die sie treffen konnte«, wiederholte sie. »Weg von dem Scheusal.«

»Wissen Sie, wo sie jetzt lebt?«

»In Esslingen, glaube ich. Aber wo genau? Keine Ahnung. Sie lässt sich seither nicht mehr blicken. Nur ihr Sohn. Manuel. Der ist manchmal für einen Tag da.« Sie überlegte einen Moment, sog langsam an ihrer Zigarette, setzte dann hinzu: »Ein unauffälliges Kind. Ganz anders als sein Vater. Ist kaum zu hören. Der spielt die ganze Zeit im Garten.«

»Gestern am späten Abend. Sie haben nichts gehört?« Braig wandte den Kopf zur Seite, um der nächsten Qualmwolke auszuweichen, wies zur Straße.

»Am späten Abend?«

»So gegen 23 Uhr. Kurz davor oder danach.«

Seine beiden Gesprächspartner schienen zu überlegen. »Soll das gestern Abend schon …?« Ariane Reimer brach mitten im Satz ab. Sie nahm die Zigarette aus dem Mund, musterte ihn fragend.

»Möglicherweise.«

»Tut mir leid.« Sie schüttelte ihren Kopf. »Wir waren den ganzen Mittag und Abend bei unseren Nachbarn, Familie Gerlach. Sie bauen ihr Schwimmbecken aus, und wir halfen dabei. Und später haben wir noch ordentlich einen gezwitschert. Im Haus, weil es draußen zu kühl war. Da bekamen wir nicht mehr viel mit. Außerdem waren die Fenster geschlossen. Wollen Sie einen probieren? Selbst gebrannt.« Ihr Fingerzeig richtete sich auf die Flasche.

Braig schüttelte den Kopf. »Haben Sie etwas gehört?«, fragte er, an Robert Reimer gewandt.

»Nein.« Der Mann nahm einen letzten Zug von seiner Zigarette, drückte sie in einem kleinen Teller auf dem Tisch aus.

Braig wies auf das Gelände jenseits der Holzwand. »Ihr Garten«, sagte er. »Benutzen Sie zufällig Guano-Dünger?«

Ariane Reimer prustete vernehmlich. »Wie kommen Sie darauf? Riecht es derart schlecht bei uns?«

In der Tat, lag es ihm auf der Zunge, *euer widerlicher Zigarettenrauch stinkt bestialisch.* Er blieb aber ruhig, wedelte abwehrend mit der Hand durch die Luft. »Nein. Mich interessiert nur, ob es hier in der Umgebung jemanden gibt, der Guano-Dünger benutzt. Sofern Sie das zufällig wissen.«

»Sie haben von Scheuers Gülle-Attacke gehört. Fragen Sie deshalb danach?«, erkundigte sich die Frau. Sie reichte ihrem Mann die Zigarettenschachtel, half ihm, sich eine neue anzuzünden.

Braig wusste nicht, wovon sie sprach. »Gülle-Attacke?«, hakte er nach.

»Im Frühling«, erklärte sie, in die Richtung der Straße weisend. »Scheuer warf den Brandners eine Flasche Guano-Dünger ins Haus. Den Gestank bekamen die wochenlang, was sage ich, monatelang nicht mehr raus.«

»Wie bitte?« Braig hatte Mühe, an sich zu halten, schüttelte heftig den Kopf. Seine Zweifel schienen ihm ins Gesicht geschrieben.

»Sie glauben mir nicht, wie?« Ariane Reimer stemmte ihre Hände in die Hüfte, musterte ihn mit strengem Blick. »Ich war selbst drüben. Mir sticht das Zeug jetzt noch in die Nase. Mitten in ihr Wohnzimmer. Die mussten zwei ihrer Teppiche wegwerfen. Zum Glück ist der Boden gefliest. Hätte der Dreckskerl das bei uns getan, wir hätten unser Parkett rausreißen müssen.«

Braig bemerkte das zustimmende Kopfnicken ihres Mannes, pfiff leise durch die Zähne. »Irgendwie klingt das nach Volkstheater. Komödienstadel oder so.« Er wandte sich wieder der Frau zu. »Die haben ihn angezeigt?«

Sie nahm den letzten Zug von ihrer Zigarette, drückte sie auf dem Teller aus. »Angezeigt? Wozu denn? Damit er vollends in Rage kommt und noch den Kindern was antut? Wissen Sie, wie oft der mit seinen Monstertrucks die Straße entlangraste, trotz unserer Kinder?«

Braig wusste keine Antwort.

»Eine oder zwei Wochen vorher war drüben der Teufel los. Wieder mal. Scheuer brüllte und tobte. Er hatte getrunken und wohl einen Eimer mit Brandners Kompost angefahren. Abends, es war noch nicht ganz dunkel, stürmte er mit einer Schaufel rüber, trampelte in ihren Beeten rum und verteilte den Kompost in alle Richtungen. Der Gestank sei nicht auszuhalten. Er werde dem jetzt ein Ende setzen. Endgültig, brüllte er. Eine oder zwei Wochen später landete die Guano-Flasche in ihrem Wohnzimmer. Nachts, mitten im Frühling. Sie hatten die oberen Flügel des Fensters offen.«

»Scheuer hatte sich beschwert«, vergewisserte sich Braig, »weil die Brandners ihren übel riechenden Guano-Kompost nahe an seinem Grundstück lagerten?«

»Doch nicht Guano!«, maulte die Frau. Sie erhob sich, griff nach einem der Gläser, die übereinandergestapelt am Rand des Tisches standen, schenkte sich fast bis zum Rand ein.

Braig sah, wie sie die Flasche wortlos vor ihm durch die Luft schwenkte, wehrte erneut ab.

»Es handelte sich um ganz normalen Kompost. Nicht einmal viel. Was halt so anfällt in einem kleinen Garten. Der riecht überhaupt nicht, er ist ja mit Gras und Zweigen abgedeckt. Außerdem lagert er nicht da an Scheuers Seite«, sie deutete zur Straße, »sondern mitten in ihrem Garten. Von Brettern eingefasst, Sie nehmen das gar nicht wahr.«

»Weshalb machte Scheuer dann so ein Theater?«

»Weshalb? Sie kennen den Kerl nicht, sonst würden Sie nicht fragen.« Sie ließ sich wieder auf ihrem Stuhl nieder, nahm einen großen Schluck.

»Auf Krawall gebürstet«, spekulierte Braig laut.

»Tag und Nacht. Das hat der in den Genen. Und wehe, er säuft. Dann ist es vollends aus.« Ariane Reimer stellte das Glas ab, nahm eine kleine, grau getigerte Katze, die sich ihnen leise miauend näherte, auf den Arm, streichelte sie. »Wenn es hier irgendwo nach Guano riecht, haben Sie das den Neubachers zu verdanken. Es war deren Geschenk.«

Braig folgte dem Fingerzeig der Frau, der ihrem Nachbarhaus galt. »Was für ein Geschenk?«, fragte er.

»Nach Scheuers Attacke auf Brandners Wohnzimmer. Das bekamen alle mit. Die ganze Straße. Erst tobte der Dreckskerl in ihrem Garten, dann warf er die Flasche.« Sie drehte sich zur Seite, setzte die Katze wieder ab, hustete laut. »Kurz darauf überreichte Andrea Neubacher ihnen demonstrativ drei Flaschen Guano-Dünger. Extra für ihren Garten.«

Braig glaubte, nicht richtig zu hören. »Drei Flaschen?«

Ariane Reimer nickte. »Drei große. Die ließen sich das was kosten. Extra wegen Scheuer. Ich glaube nicht, dass die Brandners schon alles verbraucht haben. Die gehen sparsam damit um, schon allein des Geruchs wegen.«

»Wenn Scheuer wirklich der Täter war, hat er der Familie auf jeden Fall übel mitgespielt«, erklärte er.

Die Frau griff erneut nach dem Glas, ließ ein kräftiges Lachen hören. »Er war es, das können Sie mir glauben. Und er hat nicht nur den Brandners übel mitgespielt«, nahm sie seine Worte auf. »Dass der Kerl uns nicht mehr länger schikanieren kann, wird keine große Trauer auslösen. Hier in der Umgebung jedenfalls nicht. Im Gegenteil, ich könnte Ihnen eine ganze Menge Leute aufzählen, die sich darüber freuen. Tierisch freuen. Da werden viele feiern. Mit etlichen Gläsern Sekt. Rauschende Feste. Heute Mittag schon. Mit allem, was das Leben schöner macht.«

»Die Namen«, forderte er sie auf.

Ariane Reimer schüttelte den Kopf. Sie trank das Glas mit einem großen Schluck leer, zog die zerknitterte Schachtel vor, führte eine neue Zigarette zum Mund. »Tut mir leid. Petzen konnte ich schon in der Schule nicht leiden«, erwiderte sie, den Glimmstängel mithilfe ihres Mannes in Brand steckend. »Und das habe ich meinen Kindern schon an ihrem ersten Tag im Kindergarten verboten.«

Braig versuchte vergeblich, der neuen Rauchwolke auszuweichen.

5. Kapitel

Er kam nicht mehr dazu, auf die provozierende Antwort der Frau einzugehen, weil sein Handy läutete. Er verabschiedete sich von den Reimers, lief auf die Straße, sah, dass seine Kollegin ihn zu sprechen wünschte.

»Wir haben einen Toten?«, fragte Neundorf, nachdem er sich gemeldet hatte.

»Vom eigenen SUV überfahren. Sieht übel aus. Eindeutig Fremdverschulden. Der Tathergang ist mir allerdings noch nicht klar. Das Auto wurde mit einem Stein und übel riechendem Dünger attackiert.«

»Wer ist das Opfer?«

»Ein Kevin Scheuer. Den Nachbarn nach, die ich bisher sprechen konnte, kein besonders beliebter Zeitgenosse.«

»Familie?«

»Frau und Kind. Sie leben aber getrennt. Angeblich in Esslingen bei ihrer Mutter. Name und Adresse sind mir noch nicht bekannt.«

»Das kann ich übernehmen«, bot sie an.

»Du traust dir das zu?«, fragte er.

»Heute habe ich einen besseren Tag. Bis jetzt jedenfalls. Sonst hätte ich mich nicht zur Bereitschaft gemeldet.«

»Das würde mir sehr helfen. Ich möchte erst mal mit weiteren Nachbarn sprechen.«

Braig nahm das Angebot seiner Kollegin dankbar an. Neundorf war erst seit wenigen Wochen wieder im Dienst, nachdem sie sich im vergangenen Herbst das Corona-Virus eingefangen hatte.

Angefangen hatte es mit Kopfschmerzen, von Stunde zu Stunde unerträglicheren Kopfschmerzen, wie sie sie nie zuvor empfunden hatte. Sie blieb zwei Tage im Bett, kämpfte um Luft, verlor ihren Geschmacks- und Geruchssinn. Als sich dann auch noch alles um sie herum zu drehen begann und sie die Realität nicht mehr von Wahnvorstellungen unterscheiden konnte, landete sie im Krankenhaus. Im Gegensatz zu vielen anderen blieb ihr der Aufenthalt auf der Intensivstation erspart; zwei Wochen nach den ersten Symptomen war sie wieder bei sich.

»Sie hatten Glück. Einfach Glück.« Die Expertise der behandelnden Ärzte offenbarte deren medizinische Ratlosigkeit. Zu einer genaueren Definition als »Multiorganerkrankung mit langwierigem Genesungsprozess« sahen sie sich nicht in der Lage.

Neundorfs Glück reichte jedoch nicht aus, sie sofort ins alte Leben zurückfinden zu lassen. Und der »langwierige Genesungsprozess« sollte sich als äußerst langwierig erweisen. Ständige körperliche und geistige Erschöpfung raubte ihr über Wochen hinweg die Kraft. Die Wohnung wenigstens für kurze Spaziergänge zu verlassen, gelang erst nach mehr als einem Monat und auch dann nur in Begleitung ihres Partners oder Sohnes. Der Berufsalltag schien lange weit außerhalb ihrer Möglichkeiten. Fast auf den Tag genau ein halbes Jahr nach dem Ausbruch der Erkrankung war sie so weit, zum ersten Mal wieder den Fuß in ihr Büro setzen zu können. Nach ärztlicher Diagnose »auf unbestimmte Zeit ungeeignet für den Außendienst«.

»Du weißt, wann die Scheiße bei mir anfing?«, hatte sie Braig gefragt.

Er war sich sofort darüber im Klaren, wovon sie sprach. Einen Tag vor ihren ersten Symptomen war sie zur Beaufsichtigung einer jener unsäglichen Corona-Leugner-Demonstrationen eingeteilt gewesen, anlässlich der sich Unzählige ohne den vorgeschriebenen Mund- und Nasenschutz versammelt hatten. Hunderte um ihr Leben kämpfender Menschen lagen zu der Zeit bereits auf den Intensivstationen der Krankenhäuser, unzählige litten unter höllischer Atemnot, Tausende starben streng isoliert von allen Angehörigen einen einsamen Tod.

»Ich wünsche jedem von denen, dass es sie voll erwischt«, hatte sie ihm voller Wut erklärt.

Seither versuchte sie, die laufenden Ermittlungen, so weit es ihr möglich war, zu unterstützen.

Braig steckte sein Handy weg, überquerte die schmale Straße. Das von einem fast unübersehbaren Meer üppig blühender apricot- und rosafarbener Rosen bewachsene und bis in den letzten Winkel äußerst gepflegt wirkende Grundstück der Brandners grenzte auf der einen Seite an Scheuers Garten und Haus, auf der anderen Seite an die auffällige Skulpturen-Kolonie, die Braig schon bei seiner Ankunft ins Auge gefallen war. Im Gegensatz zum Garten der Reimers waren die Gärten auf dieser Straßenseite nirgends von einem Zaun geschützt, was ihnen eine besonders großzügige, einladende Atmosphäre verlieh. Lediglich eine niedrige, akkurat auf etwa dreißig Zentimeter Höhe gestutzte, grüne Hecke schirmte Brandners Gelände gegen die Straße ab, das benachbarte Areal mit den bunten Figuren reichte dagegen ohne jede Abgrenzung fast bis an die Fahrbahn.

Braig musterte das vielfältige Gewirr, bemerkte bei genauerem Hinsehen, dass es sich bis auf eine einzige, inmitten der Anlage auf einem kleinen Hügel thronende Ausnahme keineswegs um herkömmliche Gartenzwerge, sondern um individuelle, filigran gearbeitete, etwa einen halben Meter hohe Figuren handelte, die sich allesamt deutlich voneinander unterschieden. Insgesamt wohl an die zwanzig Stück, war ihnen nur die meist schrille Farbe und das skurrile Aussehen gemeinsam. Ihm am nächsten sah er eine fette, aus ihrer Kleidung platzende männliche Gestalt, in großspuriger Manier an ein Auto gelehnt, das unübersehbar einem SUV nachgebildet war. Neben dem feisten Mann ein nicht minder dickes Kind, die hintere Fahrzeugtür öffnend. Die Gesichtszüge beider Figuren waren lebendigen Menschen ähnlich bis ins kleinste Detail herausgearbeitet, Mund-, Nasen- und Augenpartie filigran modelliert. Braig blieb mit seinem Blick an der Miene des feisten Mannes hängen, war sich augenblicklich bewusst, dass er ihm bekannt vorkam. Sollte die Figur einen realen Menschen darstellen?

Er betrachtete die übrigen Skulpturen der Anlage, merkte, dass sich nicht nur weitere feiste Gestalten, sondern auch eine ganze Menge nackt modellierter

Figuren darauf tummelten, alle an dicke Karossen angelehnt oder ihnen entsteigend wie der Kerl an dem SUV. Schwabbelnde Bäuche, Fettpolster gigantischen Ausmaßes an Brüsten, Beinen, Hintern, abstoßend dicke Männer und Frauen in natürlichem, unverhülltem Zustand dargestellt. Ihr Anblick wurde nur durch die schrille Farbe gemildert, in der sie mitsamt ihren Fahrzeugen von Kopf bis Fuß ausgeführt waren: mal pink, mal lila, andere in grellem Grün oder gleißendem Gelb. Welcher Künstler auch immer da am Werk gewesen war, er wollte provozieren, überlegte Braig.

Was nicht ganz passte, war ein etwa ein bis zwei Meter breiter Kahlschlag, der sich fast die gesamte Straße entlang durch die Figuren-Kolonie zog. Einer Schneise der Verwüstung gleich ragten hier die Überreste verschiedener Skulpturen aus dem Boden, von zerknickten und platt gedrückten Blumen und Sträuchern flankiert. Braig wusste nicht, was das zu bedeuten hatte, bemerkte die runden Steine, die in diesem Bereich im Garten verteilt lagen und mehreren Skulpturen als Stütze und Untergrund dienten. Er musste keine Sekunde überlegen, woher er die schweren, fein geschliffenen Kugeln kannte: vom Beifahrersitz des Tatfahrzeugs wenige Meter von ihm entfernt.

Er kniete nieder, begutachtete einen der Steine aus unmittelbarer Nähe, war sich absolut sicher, dass es sich um genau die Ausführung wie in Scheuers SUV handelte. Das konnte kein Zufall sein: hier eine ganze Menge dieser ungewöhnlichen Steinkugeln als Fundamente für mehrere der Figuren, dort, nur wenige Meter entfernt, einer dieser Brocken in dem Unglücksfahrzeug.

Der Täter musste sich in diesem Garten bedient haben, seine Attacke auf Scheuer auszuführen, daran gab es keinen Zweifel.

Braig richtete sich wieder auf, versuchte, einen Blick auf seine Kollegen vor der Garage zu werfen, hatte kein Glück. Die Rechtskurve der Straße ließ die Garage samt einem Teil des Vorplatzes hinter Scheuers Haus verschwinden. Er hatte nur die Ansammlung neugieriger Gaffer vor Augen, die sich immer noch vor dem Flatterband der Polizei tummelten. Ihre Anzahl schien inzwischen zwar abgenommen zu haben, die Aufregung und das Interesse an dem außergewöhnlichen Geschehen dem Lärm nach allerdings keineswegs. Braig hatte keine Lust, sich dem Geschrei und den meist ebenso dämlichen wie unverschämten Kommentaren auszusetzen, wählte Rössles Nummer. Der Techniker war wohl mitten in der Arbeit; es dauerte eine geraume Zeit, bis er ihn am Ohr hatte.

»Alle Idiote von Sindelfinge, was will der Herr Polizeirat vo mir?«

»Ich stehe auf dem Nachbargrundstück. Wenn du ein paar Meter Richtung Straße gehst, kannst du mich sehen.«

Er hörte Rössle stöhnen, irgendwas von »alde Knoche« und »kaputte Gelenke« lamentieren, sah ihn dann das Handy am Ohr auf dem Garagenvorplatz auftauchen und zu ihm her spähen.

»Der auffallende runde Stein in dem SUV«, erklärte Braig, auf den Boden deutend, »er stammt von hier. Aus dem Garten mit den vielen Figuren. Ihr müsst ihn untersuchen, vielleicht findet ihr sogar noch den Platz, wo er lag.«

»Moment, des will i mir selber agucke.«

Braig steckte sein Handy weg, wartete, bis Rössle sich unter stark ansteigendem Lärmpegel durch die Menschenmenge gekämpft hatte und laut maulend bei ihm angelangt war.

»Neugierigs Lompepack! Die ghöret der Reih nach verschlage!«, schimpfte der Techniker. Er musterte die Figurenkolonie, schnappte nach Luft. »Herrschaftsdonderwetter, do isch ja halb Sindelfinge beinander! Wie kommet die denn älle do her?« Er zog sein Handy aus der Tasche, hielt auf eine der feisten Figuren nach der anderen, fotografierte. »Leck die Katz am Arsch, des kriegsch net älle Däg vor d'Gosche!«

Braig sah, wie er sich vor einer der unbekleideten Gestalten niederließ und sie ablichtete. »Mir geht's weniger um die nackten Figuren. Eher um die runden Steine«, maulte er.

Rössle winkte ab. »Älles zu seiner Zeit.« Er wandte sich Braig zu, schnupperte vernehmlich. »Wieso stinksch du so? Rauchsch du neuerdings?«

»Seit einer halben Stunde, ja«, erklärte der Kommissar. Er wartete, bis Rössle einen der runden Steine ins Visier nahm und ihn eingehend untersuchte. »Du kümmerst dich um die Sache?«

Die zustimmende Geste des Spurensicherers vor Augen wies er auf das Haus vor ihnen. »Ich möchte mit den Leuten hier sprechen.«

Er querte auf einem schmalen, mit feinen Kieselsteinen ausgelegten Weg den von üppig blühenden und wohlduftenden apricot- und rosafarbenen Rosen bewachsenen Vorgarten, der außergewöhnlich gepflegt wirkte.

Die verschiedenen Beete waren sorgsam voneinander abgegrenzt, nirgendwo auch nur ein Ansatz von Wildwuchs, alle Pflanzen ausgiebig gewässert. Braig schaute zum Haus, sah eine Frau und einen etwa zehnjährigen Jungen an zwei Fahrrädern neben der geöffneten Haustür beschäftigt. Sie schien um die vierzig, war auffallend schlank und an die 1,80 Meter groß, hatte kurze, braune Haare und eine sportlich durchtrainierte Figur.

Auf der anderen Seite des Eingangs stand ein großer, kräftiger Mann, einen Federballschläger vor sich hin und her schwenkend. Seine Spielpartnerin entdeckte Braig erst in dem Moment, als er aus dem Schatten der Rosenbüsche auf den schmalen Rasenstreifen getreten war, der sich hier neben sorgsam gepflegten, mit unzähligen Kräutern, Salaten und den verschiedensten Gemüsesorten bewachsenen Beeten unmittelbar vor dem Haus erstreckte: ein etwa acht oder neun Jahre junges Mädchen, das mit großer Begeisterung seinem Vater Paroli zu bieten suchte. Das Areal kam ihm für diesen Sport eigentlich zu klein vor; Vater wie Tochter schienen jedoch bemüht, sich den Ball mit möglichst sanften Schlägen zuzuspielen, damit er nicht in den Beeten oder den Rosen landete.

»Familie Brandner?«, fragte Braig, seinen Ausweis präsentierend. Er nannte Namen und Beruf, wartete, bis sich die Frau aufgerichtet hatte.

Sie wischte sich die Hände an einem hellen Tuch sauber, schob das Fahrrad dann zur Seite und musterte ihn eingehend.

»Ich möchte mich gern kurz mit Ihnen unterhalten«, erklärte er.

»Das sind Thomas, mein Mann, und Katrin und Michael, unsere Kinder«, stellte Susanne Brandner ihre Familie vor. Sie zeigte auf ein Ensemble von Gartenstühlen, bat Braig, Platz zu nehmen.

Er wartete, bis sich auch der Mann von seiner Tochter gelöst und zu ihnen begeben hatte, ließ sich dann ein Glas mit frischem Zitronenwasser reichen. Eltern wie Kinder zeigten durchtrainierte Figuren, nirgends ein Gramm zu viel Fett am Körper. Sie schienen alle intensiv Sport zu betreiben. »Es geht um Ihren Nachbarn, Herrn Scheuer«, eröffnete Braig das Gespräch, die erwartungsvollen Mienen seiner Gastgeber vor Augen. »Ich nehme an, Sie haben gehört, was passiert ist.«

»Wir warten schon die ganze Zeit darauf, dass Sie oder ein anderer Polizeibeamter kommen«, erklärte Thomas Brandner. »Er soll überfahren worden sein, richtig?«

»Sie haben auf Polizeibesuch gewartet?«, hakte Braig überrascht nach. »Darf ich fragen, weshalb?« Er trank von dem Wasser, gab mit einer anerkennenden Geste zu verstehen, wie gut es ihm schmeckte.

»Na ja, die Leute erzählen, er sei von seinem eigenen SUV überrollt worden.« Der Mann wartete, bis Braig kommentarlos nickte, und fuhr dann fort. »Das tut uns leid. Wir werden aber trotzdem keine Trauerkleidung tragen. Obwohl es sich um unseren Nachbarn handelt.«

»Sie hatten nicht das beste Verhältnis zueinander.«

»Das hatten wir nicht, nein.« Thomas Brandner sah Braig offen in die Augen. »Aber Sie werden so schnell niemanden finden, mit dem er in einem guten Verhältnis lebte.«

Die Aussage kam Braig bekannt vor. Fast genau dieselben Worte, die auch Ariane Reimer benutzt hatte. »Woran lag es?«, hakte er nach.

»Er verhielt sich sehr rücksichtslos«, erklärte Susanne Brandner. »Suchte Streit, wo es nur ging.«

»Auch mit Ihnen?«

Die Frau zögerte, überließ es ihrem Mann, auf Braigs Frage einzugehen. »Auch mit uns.« Thomas Brandner ersparte sich weitere Ausführungen, weil seine Tochter an ihn herantrat und ihre Hand auf seine Schulter legte.

»Papa, was ist mit dem Eis?«

Er erhob sich, nahm das Mädchen in den Arm, bat den Besucher um einen kurzen Aufschub. »Katrin, Micha, kommt!«

Braig verfolgte überrascht, wie der Mann und die beiden Kinder ohne jeden Kommentar ihre Schuhe von den Füßen streiften und sie neben der Haustür abstellten. Dann verschwanden sie gemeinsam im Haus. »Federball«, sagte er, auf die Schläger im Gras deutend. »Das war immer mein Lieblingssport.«

»Eigentlich sollten sie draußen auf der Straße spielen können. Der Platz hier ist viel zu klein«, meinte die Frau.

»Warum tun sie es nicht?«, fragte er. »Die Straße ist als verkehrsberuhigte Zone ausgeschildert. Überall Parkverbot und kein Durchgangsverkehr. Warum sollten sie nicht draußen spielen?«

Susanne Brandner blickte in die Richtung des Grundstücks ihres verstorbenen Nachbarn. »Das fragen Sie noch?«

»Scheuer?«

»Wissen Sie, wie oft der mit irrsinnigem Tempo hier entlangrast?« Sie schwieg einen Moment, schluckte. »Haben Sie eine Ahnung, wie nervös ich bin, wenn Katrin und Micha mit den anderen Kindern spielen? Wenn der Kerl sie mitten im Spiel hupend von der Straße jagt?«

»Hier vor Ihrem Grundstück?«, vergewisserte sich Braig. »Wieso kam der hier vorbei, die Straße endet doch dort vorne?«

»Er nimmt den Zucchini-Weg«, antwortete die Frau, als benötigte es keine weitere Erklärung.

»Den schmalen Weg durch den kleinen Park, wo die Kinder spielen? Der ist doch ausdrücklich für Autos gesperrt!« Er sah ihr zustimmendes Nicken, hatte Mühe, Worte zu finden. »Und es gibt Absperrungen an beiden Enden.«

»Er fährt drum herum. Mitten durch die Büsche.«

Braig spürte, wie sich Wut in ihm breitmachte. Wut und Hass auf den Kerl in der Garage. Sofern das stimmte, was er über ihn zu hören bekam. Welches Dreckschwein hatte es da erwischt? Er hatte Mühe, sich auf seine Ermittlung zu konzentrieren.

»Der Park wurde doch extra angelegt, um den Durchgangsverkehr unmöglich zu machen?«, fragte er.

»Deshalb haben wir ja hier gebaut. Das wurde uns jahrelang versprochen, und wir haben uns gemeinsam mit unseren Nachbarn lange dafür engagiert. Und als es dann endlich so weit war …«

»Kam Scheuer?«

Susanne Brandner nickte. »Das Grundstück ist klein, Sie sehen es ja selbst. Garten und Spielplatz, dazu reicht es nicht. Deswegen ist es ein Glücksfall, dass es keinen Durchgangsverkehr gibt.«

»Warum haben Sie Scheuer nicht angezeigt?«

»Nennen Sie mir einen Nachbarn, der ihn *nicht* angezeigt hat«, konterte die Frau.

»Und?«

»Was nützt mir die zehnte Anzeige, wenn der sich trotzdem nicht an die Regel hält? Das Risiko ist viel zu groß, dass der sie verletzt. Es sind meine Kinder, die in ständiger Gefahr leben, nicht irgendwelche Zombies! Wissen Sie, wie sehr es Katrin und Micha traf, als er vor ihren Augen unsere Katze überfuhr? Oder die Tiere der anderen Kinder?«

»Wie bitte? Ihre Haustiere? Hier, vor Ihrem Garten?«

»Unsere Katze. Mimi. Den Kater und zwei Hasen unserer Nachbarn. Mimi schlief abwechselnd bei Katrin und Micha im Bett. Sie wurde keine vier Jahre alt. Die Kinder haben wochenlang geheult.«

Braig hatte Mühe, ruhig zu bleiben. »Das ist jetzt vorbei«, erklärte er.

Die Frau ließ einen tiefen Seufzer hören. »Daran müssen wir uns erst noch gewöhnen.« Sie streckte sich, schaute an Braig vorbei zur Straße. »Dieses Ende habe ich ihm nicht gewünscht. Ich hatte gehofft, dass sich die Sache irgendwann auf andere Weise einrenkt. Aber jetzt hat es sich so ergeben.«

»Sie hatten Streit wegen Ihres Gartens.« Er bemerkte ihren fragenden Blick, hörte die Stimmen ihres Mannes und der Kinder.

»Ihr bleibt im Haus und lasst euch das Eis schmecken. Einverstanden?« Thomas Brandner trat ins Freie, schlüpfte in seine Schuhe, rückte sich einen Stuhl zurecht.

»Kompost und Guano«, setzte Braig hinzu.

»Sie wissen ja schon alles«, mischte sich der Mann wieder ins Gespräch.

»Das war nicht schwer. Ich nehme an, dass das die ganze Straße mitbekam«, rechtfertigte sich der Kommissar.

»Das ließ sich nicht vermeiden, so wie der tobte.«

»Ohne jeden Grund?«

»Es war keine Absicht. Wir hatten unseren Eimer am Gartenrand stehen lassen. Am Abend nach langer, anstrengender Arbeit. Wir versuchen, möglichst viel Salat und Gemüse selbst anzubauen, wollen gesund leben, wegen der Kinder. Ein alter Eimer, halbvoll mit Kompost. Wir hatten ihn vergessen, es war schon halbdunkel. Das hätte nicht passieren dürfen, nicht bei *dem* Nachbarn.«

»Wieso?«

»Er übersah ihn wohl, als er nachts nach Hause kam, raste voll dagegen. Der Schaden an seiner neuen Karosse war nicht zu übersehen.«

»Wo genau stand der Eimer?«

»Am Rand unseres Gartens. An unserer Hecke.« Er wies zur Straße. »Der Abdruck in der feuchten Erde war am nächsten Tag noch zu sehen. Es handelte sich um unseren alten Metalleimer, deshalb war der Schaden so groß.«

»Am Rand Ihres Gartens?«, vergewisserte sich Braig. »Und er kam wieder den gesperrten Weg her?«

Der Mann nickte. »Unser Kompost störte ihn schon lange. Angeblich wegen des Geruchs. Dabei achten wir immer darauf, dass es nicht zu streng riecht. Schon aus eigenem Interesse.«

»Dann kam die Sache mit dem Dünger.«

Thomas Brandner wehrte mit beiden Händen ab. »Trinken Sie von dem Zitronenwasser, bevor es vollends unappetitlich wird. Sie wissen ohnehin schon alles.«

Braig kam der Aufforderung nach, nahm einen weiteren Schluck. »Es schmeckt sehr gut. Gerade bei der Hitze.«

»Zitronenscheiben und frisch gepflückte Minze. Aus unserem Garten«, erklärte die Frau.

»Ich an Ihrer Stelle hätte nur noch überlegt, wie ich den Kerl am schnellsten um die Ecke bringe. Egal wie. Nur schnell und effektiv. Guano im Wohnzimmer. Der Gestank muss bestialisch gewesen sein.«

»Sie haben recht: Wir hätten ihn wirklich gerne *um die Ecke* gebracht, wie Sie sagen«, bekannte Thomas Brandner. »Ich auf jeden Fall. Aber Sie täuschen sich, wenn Sie glauben, wir hätten das heute Morgen getan. Es gibt genug Leute, denen er übel mitgespielt hat. Der Gestank in unserem Haus war schrecklich. Aber die Teppiche und das Sofa konnten wir ersetzen. Andere konnten das nicht. Die kunstvollen Unikate im Garten von Jürgen und Kerstin etwa, die er Anfang der Woche sinnlos zerstörte. Die lassen sich nicht alle ersetzen. Auch wenn ich den Verdacht jetzt nicht auf unsere Nachbarn lenken will.«

»Sie sprechen von den Skulpturen im Garten neben Ihnen?«

Der Mann nickte. »Allesamt von Jürgen und Kerstin erstellte Unikate. Skurrile Figuren in witzigen Posen. Scheuer störte sich schon lange daran.«

»Wie bitte? Er störte sich an den Figuren?«

»Er drohte mehrmals, sie zu zerstören.«

»Weshalb? Fand er sie zu kitschig?«

»Fragen Sie Kerstin und Jürgen. Die mussten sich das oft genug anhören.«

Braig wusste nicht mehr weiter, schüttelte den Kopf.

»Ja. Und jetzt, Anfang der Woche, machte er seine Drohungen wahr«, fuhr Thomas Brandner fort. »Sie haben es sicher bemerkt.«

»Die Figuren im Bereich nahe der Straße?«

»Er kam mit einem alten Jeep. Voller Beulen und Rostflecken, steuerte ihn einfach auf das Gelände. Mitten in der Nacht.«

»Woher wollen Sie wissen, dass er …«

»Weil die halbe Straße wach wurde«, mischte sich Susanne Brandner ins Gespräch. »Was glauben Sie, welchen Krach das verursachte? Die Figuren flogen kreuz und quer durch die Luft. Und die Spuren frischer Erde führten am nächsten Morgen noch direkt zu seiner Garage.«

»Er steht zu dem, was er tut«, bekräftigte ihr Mann. »Demonstrativ.«

»Er *stand* dazu«, berichtigte sie. »Jetzt ist es damit vorbei.«

Thomas Brandner musterte sie überlegend, wiederholte dann ihre Worte. »Damit ist es jetzt vorbei, ja.«

»Aber Ihre Nachbarn ließen sich das nicht einfach bieten«, warf Braig ein.

»Kerstin und Jürgen?« Susanne Brandner ließ ein kurzes, sarkastisch anmutendes Lachen hören. »Das müssen Sie sie selbst fragen.«

Er nickte, erinnerte sich an den ursprünglichen Grund seines Besuches. »Gestern am späten Abend, so gegen 23 Uhr. Sie haben nichts Auffälliges gehört?«

»Wovon sprechen Sie?«

»Vom Garagenvorplatz Ihres Nachbarn.«

»Scheuer?« Thomas Brandner schaute überrascht auf. »Soll das gestern Abend schon passiert sein?«

»Wir wissen es noch nicht. Aber es ist möglich, ja.«

»Wir haben es uns abgewöhnt, auf Vorgänge oder Geräusche von dort zu achten. Wir wollen Frieden.«

»Trotzdem. Sie haben wirklich nichts mitbekommen am späten Abend?«, beharrte Braig.

Beide schüttelten unisono den Kopf.

»Wir waren den ganzen Tag mit den Rädern unterwegs«, erklärte die Frau. »Bis in die Nacht. Alle vier. Der Rems entlang bis Schwäbisch Gmünd, dann eingekehrt und abends mit der Bahn zurück. Es war längst dunkel, als wir wieder ankamen, wir waren aber so fertig, dass wir bald darauf ins Bett gingen. Ich glaube, nach der Anstrengung haben wir alle gut geschlafen.«

Ihr Mann nickte zustimmend.

»Wie steht es mit dem Guano? Düngen Sie noch damit?«

Seine Gesprächspartner musterten ihn irritiert. »Das Thema scheint Sie zu faszinieren«, meinte die Frau.

»Ich hörte von dem Geschenk Ihrer Nachbarn.«

»Oh.« Sie nahm ihr Glas, gönnte sich einen Schluck. »Das ist der einzige Grund, warum wir es noch benutzen. Sonst …«

»Aber nicht, um *ihn* zu provozieren«, fiel ihr Mann ihr ins Wort. »Wir wollen Ruhe und Frieden. Schon unserer Kinder wegen. Ich traue ihm alles zu.«

»Jetzt nicht mehr«, korrigierte sie.

»Jetzt nicht mehr, nein«, bestätigte er.

»Sie erhielten drei Flaschen als Geschenk, richtig?«

»Also, ich verstehe immer noch nicht, weshalb Sie sich so für das Zeug interessieren.« Thomas Brandner schüttelte den Kopf. »Aber ja, das waren drei Flaschen.«

»Und alle drei sind noch in Ihrem Besitz?«

»Alle drei?« Der Mann hob abwehrend seine Hände. »Zwei, glaube ich, oder?«

»Die Erste haben wir schon verbraucht«, bestätigte seine Frau. »Für unsere vielen Kübelpflanzen ist er gut geeignet. Aber nur, wenn es nicht so heiß ist. Damit der Geruch nicht zu intensiv wird.«

»Und die anderen beiden Flaschen?«, fragte Braig.

»Eine ist noch zu. Die andere … Sie müsste noch halb voll sein. Wir gehen sparsam damit um.«

»Dürfte ich die beiden Flaschen bitte sehen?«

Thomas Brandner reckte seinen Kopf nach vorne, starrte seinen Besucher mit verwunderter Miene an. »Die Flaschen mit dem Guano?«, vergewisserte er sich.

Braig nickte. »Das dürfte doch nicht allzu viel Mühe bereiten, oder?«

Der Mann schüttelte den Kopf, murmelte irgendwelche unverständlichen Worte vor sich hin. Nach kurzem Zögern erhob er sich laut seufzend von seinem Stuhl.

»Die volle müsste im Gartenhäusle stehen«, überlegte seine Frau laut. »Und die andere … dort neben der Engelstrompete. Da stecke ich sie normalerweise zwischen die Wand und den Kübel. Oder neben dem Oleander.«

Thomas Brandner machte ein paar Schritte zu einer kleinen Holzhütte, die direkt ans Haus angebaut war. Er öffnete eine leise quietschende Tür, kramte im Inneren des Häuschens. Keine zehn Sekunden später hatte er das gesuchte Objekt gefunden. »Hier«, rief er laut, eine grüne Plastikflasche hoch erhoben in der Rechten. »Das ist die volle.« Er lief zurück, reichte sie seinem Gast.

Braig erkannte die Flasche sofort. Genau dieselbe Form, wie er sie auf dem Beifahrersitz im Auto des Ermordeten gesehen hatte. *Guano Spezial Dünger* war als Überschrift auf dem Etikett zu lesen.

»Warum interessieren Sie sich so für diese Flaschen?«, fragte Susanne Brandner mit in Falten gelegter Stirn. »Glauben Sie allen Ernstes, wir hätten ihn umgebracht«, sie wies in die Richtung von Scheuers Anwesen, »weil er dieses ekelhafte Zeug in unserem Haus verschüttet hat?«

Braig stellte die Plastikflasche auf den Boden, richtete sich in seinem Stuhl auf. »Es geht nicht darum, was ich glaube oder nicht«, gab er zur Antwort. Er bemerkte, wie sich ihre Miene verdüsterte, wusste nicht, wie er sich anders hätte ausdrücken können. Nein, er glaubte nicht, dass einer der Brandners oder beide gemeinsam den Mann getötet hatten. Obwohl sie, wenn ihre Darstellung nur halbwegs korrekt war, ein nachvollziehbares Motiv dazu gehabt hätten. Aber die Guano-Flasche, die er im Wagen Scheuers entdeckt hatte, ähnelte nun einmal der Ausführung, die sie ihm hier gerade präsentierten.

»Ich kann sie nicht finden.« Thomas Brandner blickte ratlos zu seiner Frau. »Bei der Engelstrompete ist sie nicht. Weder dahinter noch irgendwo in der Nähe. Und beim Oleander …«

»Hinter dem Topf?«

»Ist sie nicht. Habe ich extra überprüft.« Der Mann schüttelte den Kopf.

»Irgendwo hinter den Fahrrädern?« Sie stand auf, schob ihren Mann zur Seite. »Lass mich mal nachschauen.«

»Ich begleite Sie.« Braig erhob sich von seinem Stuhl, bedankte sich für das Getränk. »Ich muss sowieso weiter.«

Er verfolgte, wie sie den Garten nach der halbvollen Plastikflasche durchsuchten. Sie stöberten hinter den in verschieden großen Kübeln an der Hauswand aufgereihten Gewächsen, schoben die Fahrräder zur Seite, vier offensichtlich frisch geputzte, jeweils mit mehreren Gängen ausgestattete Modelle. Der Dünger blieb dennoch verschwunden.

»Sie haben die Flasche nicht zufällig verliehen? An einen der Nachbarn etwa?«, fragte Braig, die ratlosen Mienen des Paares vor Augen.

»Das übel riechende Zeug?« Thomas Brandner wehrte mit beiden Händen ab. »Das wüsste ich aber!«

Im gleichen Moment hörten sie die kräftige Stimme einer Frau aus dem Nachbargarten. »Thomas, Susi, trinkt ihr einen mit?«

Braig schaute auf, sah eine bunt gekleidete Frau mittleren Alters zwischen den Figuren stehen, eine Sektflasche hoch erhoben in der Rechten. »Das müssen wir feiern!«, winkte sie ihnen zu.

»Kerstin«, erklärte Susanne Brandner, an ihren Besucher gewandt.

»Was gibt es zu feiern?«, fragte Braig, obwohl er die Antwort genau kannte.

»Was wohl?« Thomas Brandner ließ ein lautes Lachen hören.

6. Kapitel

Kerstin Seiteles Aufmachung ähnelte einem lebendigen Gesamtkunstwerk. Vom Kopf bis zu den Füßen mit bunten Haarbändern, Ohrclips, Armreifen, mehreren überdimensionalen Gürteln sowie regenbogenfarbenen Knieschützern geschmückt, trug sie ein bunt gemustertes, weites T-Shirt zu grellgelben Schlabberhosen und pinkfarbenen Flip-Flops.

Die Faschingsprinzessin mitten im Sommer lag es Braig auf den Lippen, als er der Frau am Rand ihrer Figuren-Kolonie gegenüberstand. Er schätzte sie auf Mitte vierzig, bemerkte, dass selbst ihre Finger- und Zehennägel angemalt waren. Jeder Finger und jeder Zeh mit einer anderen kräftigen Farbe. Ob sie jeden Tag oder nur heute aus besonderem Anlass derart aufgebrezelt unterwegs war?

»Was gibt es zu feiern?«, wiederholte er seine Frage, auf die Sektflasche in ihrer Rechten deutend. Er stellte sich vor, merkte an ihrer Reaktion, dass sie seinen Beruf längst erkannt hatte.

»Lassen Sie Ihren Ausweis stecken. Ihre Profession steht Ihnen ins Gesicht geschrieben. Genau wie Ihrem Kollegen, der sich vorhin um eine unserer Steinkugeln bemühte.«

Seine fragende Miene veranlasste sie zu einer kurzen Erklärung.

»Er meinte, er benötige sie für seine Untersuchungen und wir bekämen sie garantiert zurück. Wollen wir ihm mal Glauben schenken. Auch wenn er genauso sauertöpfisch dreinblickte wie Sie.«

»Sauertöpfisch?«

»Heute werden Sie hier nur freudestrahlende Menschen zu Gesicht bekommen. Und auch die Tiere in der gesamten Umgebung wissen ihr Glück kaum zu fassen. Sie und Ihr Kollege fallen da schon etwas aus der Reihe.«

»Ihnen scheint es wirklich gut zu gehen.«

»In der Tat. Wir haben auch allen Grund dazu.« Sie wies auf den Sekt. »Trinken Sie ein Glas mit?«

Braigs abwehrende Haltung war Antwort genug.

»Wir feiern. Weil wir Corona überlebt haben«, teilte sie ihm augenzwinkernd mit. »Fürs Erste jedenfalls. Wir wissen ja nicht, welche Mutationen des Virus uns noch erwarten.«

Er warf einen Blick auf die Figuren unter ihnen, entdeckte zu seinen Füßen eine feiste, barbusige Gestalt, die in kräftigem Pink erstrahlte. Ihr benachbart zwei nicht minder wohlbeleibte, nackte, männliche Figuren in Lila und grellem Gelb, alle vor aufgemotzten, überdimensionierten Autos stehend. Je genauer er sich die einzelnen Figuren betrachtete, desto deutlicher erkannte er, wie verblüffend realistisch ihre Darstellung gelungen war. Jede einzelne hatte filigran gearbeitete Körper und Gesichter, selbst die Mimik der jeweiligen Person war individuell modelliert. Genau wie bei den anderen

Gestalten handelte es sich nicht um millionenfach auf Fließbändern hergestellte Massenware, sondern um kunstvoll entworfene Individuen.

Was nicht ganz passte, war die Figur eines auf einem großen Auto thronenden Gartenzwergs auf einem kleinen Hügel über der Anlage. Rote Mütze, Knubbelnase, weißer Bart. Erst bei genauerem Hinsehen bemerkte er, dass auch diese Figur über filigran modellierte Gesichtszüge verfügte. Gesichtszüge, die ihm irgendwoher bekannt vorkamen. Nicht irgendwoher, arbeitete es in ihm, sondern …

Er rang mit sich selbst, wusste nicht, ob er sich wirklich richtig erinnerte, war sich dann doch sicher.

Aus der Garage. Der Tote. Seine Miene …

Er richtete sich wieder auf, sah die Augen der buntgewandeten Frau erwartungsvoll auf sich gerichtet. »Haben Sie damit zu tun?«, fragte er, den Skulpturen zugewandt.

»Mit der Herstellung von Gartenzwergen?« Spitzbübisches Lächeln überzog ihre Miene.

»Mit der Kreation dieser Figuren«, konterte er.

Kerstin Seitele nickte. »Wenn Sie wollen, nennen Sie mich die Mama. Obwohl unsere Töchter es vehement ablehnen würden, in diesen Wesen hier ihre Geschwister zu sehen.«

»Meine Hochachtung«, bekannte er. »Das sind Kunstwerke. Figur für Figur.«

»Vielen Dank.« Die Frau schien vor Stolz zu wachsen. »Ich entwerfe sie in der Tat individuell, wie eigenständige Menschen. Meinem Mann ist es dann überlassen, sie für die Produktion im 3-D-Drucker herzurichten.«

»Sie arbeiten gemeinsam daran?«

»Wir sind beide Grafiker. Mit eigenem Unternehmen. Vor zwei Jahren haben wir uns auf den Entwurf und die Erstellung von Modellen spezialisiert. Läuft prima.«

»Das kann ich gut nachvollziehen. Sie haben eine wahre Wunderwelt erschaffen.« Er überflog die gesamte Anlage, wies auf die Schneise der Verwüstung, die sich entlang der Straße erstreckte. »Was ist dort passiert?«

Kerstin Seitele musterte ihn mit strengem Blick. »Das haben Ihnen unsere Nachbarn doch erzählt.«

Braig beschloss, mit offenen Karten zu spielen. »Scheuer«, sagte er. »Angeblich soll er …«

»Angeblich?«, fiel sie ihm ins Wort.

Er blieb ruhig, wartete auf eine Erklärung.

»*De mortuis nil nisi bene*«, erklärte sie mit spöttischem Unterton. »Soll das auch für den Dreckskerl gelten?«

Braig kannte das lateinische Sprichwort. *Wenn du über Tote sprichst, berichte nur Gutes über sie.* »Sie haben Beweise?«

»Was hätten wir davon, ihn ohne Grund zu beschuldigen?«

»Sagen Sie es mir. Wann soll er es getan haben?«

»Am späten Sonntagabend, kurz vor Mitternacht.«

»Das wissen Sie so genau?«

»Es gibt Uhren. Augenzeugen müssen nur einen kurzen Blick darauf werfen.«

»Sie haben ihn angezeigt.«

»Was soll das bringen?«, konterte sie. »Der wartet doch nur darauf, sich über unsere Wut lustig zu machen.«

»Haben Sie ihn deswegen hier verewigt?« Er wies auf den hoch über der Anlage thronenden Gartenzwerg.

Kerstin Seitele schien überrascht. »Sie glauben …«

»Der Zustand, in dem ich ihn sah, hat nicht mehr viel mit dem lebendigen Menschen zu tun, wie ihn seine Bekannten und Verwandten wahrnahmen. Ein paar charakteristische Gesichtszüge allerdings …« Er überlegte. »Die Partie um die Nase, das Kinn, die Ohren. War das mit ein Grund für seinen Ausraster?«

Die Frau legte ihre Stirn in Falten. »Der rastet doch ständig aus. Sein ganzes Leben ist ein einziges Ausrasten.« Sie schüttelte den Kopf. »Wissen Sie, wie oft er laut hupend und Grimassen schneidend mit irrem Tempo hier die Straße entlangbrettert?«

»Das wird jetzt nicht mehr der Fall sein.« Braig wartete auf die Reaktion der Frau, musterte ihr Gesicht.

»Himmeldonnerwetter, was für ein Tag! Unsere Kinder können wieder unbesorgt spielen!« Kerstin Seitele sah keinen Anlass, sich zu verstellen. Sie nahm die Sektflasche wieder hoch, schwenkte sie durch die Luft. »Sie können nicht verstehen, was das für uns alle bedeutet.« Ihr Finger zeigte in die Richtung der Figuren. »Wissen Sie, wie lange wir daran gearbeitet haben? Kommen Sie, ich zeige Ihnen das ursprüngliche Modell.« Sie wandte sich von ihm ab, lief zum Haus.

Braig sah ihr heftiges Winken, folgte ihr. Ein sorgsam mit kleinen Kieseln ausgelegter Weg führte an der Anlage vorbei zur Tür. *Grafikdesign Kerstin und Jürgen Seitele* verkündete ein Schild an der Wand.

Sie bat ihn ins Haus, führte ihn in eine großzügig angelegte Wohnküche, rief nach ihrem Mann. »Er programmiert den Drucker. Wir arbeiten Tag und Nacht daran, die Anlage wieder herzustellen«, sagte sie. »Nehmen Sie bitte Platz.«

Braig sah, wie sie nach einem Tablet griff, dann plötzlich innehielt und vernehmlich schnupperte.

»Oh, Sie waren schon bei unseren Nachbarn«, erklärte sie.

Er ließ sich an dem langen Tisch nieder, schaute irritiert auf.

»Bei Ariane und Robert«, fuhr sie laut schnuppernd mit hoch erhobener Nase fort. »Sie haben keine Chance, das zu verheimlichen.«

Braig begriff augenblicklich, was sie meinte. Er roch an seiner Jacke, nahm das Nikotin-Aroma sofort wahr. »Tut mir leid«, entschuldigte er sich.

Die Frau ließ ein kurzes Lachen hören, machte sich an dem Tablet zu schaffen. Es dauerte keine halbe Minute, dann war sie so weit. »Hier«, erklärte sie, auf den Bildschirm weisend.

Er erkannte die Anlage sofort. Die unfassbar dicke, aus ihrer Kleidung platzende männliche Figur, in großspuriger Manier an ein Auto gelehnt, das unübersehbar als SUV zu erkennen war. Direkt daneben das nicht minder feiste Kind, die hintere Fahrzeugtür öffnend. Wohin immer er sah, auch auf der Fläche, die verwüstet worden war, unzählige weitere dicke Gestalten, etliche davon nackt, mit hängenden Brüsten und schwabbeligen Bäuchen, eine hässlicher und abstoßender als die andere. Allen gemeinsam waren die aufgemotzten, überdimensionierten Fahrzeuge, denen sie gerade entstiegen oder vor denen sie sich angeberisch in Pose setzten. Braig nahm die Autos genauer ins Visier, sah, dass alle mit Batterien bestückt waren. Moderne Elektrofahrzeuge, alle wie die Figuren bis ins Detail modelliert und individuell herausgearbeitet. Er warf einen letzten Blick auf die feiste Gestalt, die sich am Ende der Anlage an den voluminösen SUV lehnte, bemerkte den Mann, der, eine Figur in der Hand, ins Zimmer trat. »Das sind nicht einfach lustige Figuren«, sagte er.

»Das sind sie nicht, nein«, bestätigte Kerstin Seitele. »Vielmehr ein Abbild unserer Realität.« Sie trat vom Tisch zurück, stellte die beiden Männer einander vor.

Jürgen Seitele war kaum weniger auffällig gekleidet als seine Frau. Er trug ein buntes, mit unzähligen Farben geschmücktes Hemd zu einer roten Hose, hatte wuschelige, etwas wirr abstehende, braune Haare mit grauen Strähnen.

Braig betrachtete die Figur, die der Mann mitgebracht hatte, einen feisten, seinen Kopf aus einem großvolumigen Auto steckenden Kerl, bewunderte die feine Modellierung seiner Gesichtszüge. »Ihre Arbeit?«, vergewisserte er sich.

»Meine Frau«, erklärte Seitele. »Wir haben es aufgeteilt, unserem Talent entsprechend. Alles, was lebt, stammt von ihr. Der Rest bleibt mir überlassen.« Er lachte.

»Sie benutzen die Figuren, um gesellschaftliche Fehlentwicklungen zu verdeutlichen«, überlegte Braig.

»Das haben Sie schön formuliert«, antwortete Kerstin Seitele. »Einfach gesagt: Wir wollten ein zugegebenermaßen etwas überzeichnetes Abbild unserer Siedlungen zeigen. Vor allem jetzt, wo Politiker und Lobbyisten die klimabedingt dringend notwendige Verkehrswende skrupellos für kurzfristige Profite missbrauchen: Unsere Städte und Dörfer werden nicht wohnlicher, wenn anstelle von Verbrennern Elektro-SUVs die Straßen verbarrikadieren. Womit die dicken Blechpanzer betrieben werden, die Fußgänger und Radfahrer töten und verletzen und unsere Siedlungen in triste Betonwüsten verwandeln, spielt keine entscheidende Rolle. Noch dazu, wo allein die Herstellung der Batterien schon irrsinnige Mengen an Rohstoffen und Energie verbraucht. Was sich ändert, haben wir hier in unserer kleinen Straße erlebt: Statt mit Benzinern oder Diesel bretterten der Verbrecher und seine verkommenen Freunde jetzt mit Elektro-Karossen auf unsere Kinder los. Was für ein Fortschritt!« Der Sarkasmus in ihrer Stimme war nicht zu überhören.

»Sie sind wütend, weil er Ihre Anlage verwüstet hat.«

»Wenn's nur das wäre!«, zischte sie.

»Verkaufen Sie einzelne Figuren oder ganze Anlagen?«

»Je nach Kundenwunsch. Von den einfachsten grafischen Entwürfen bis zum kompletten Modell.«

»Und die Figuren draußen dienen als Vorzeigeobjekt für Interessenten.«

»Ein Stück weit, ja«, antwortete die Frau. »Genauso aber auch uns selbst. Wir wollen wenigstens einen Teil unserer eigenen Kreationen vor Augen haben.«

»Umso schlimmer muss die Zerstörung hier für Sie gewesen sein. Noch dazu, wenn das wirklich mutwillig geschah. Ich nehme an, die Arbeit vieler Wochen ging dadurch verloren.«

»Zum Glück arbeiten wir mit moderner Technik. Die Maße sämtlicher Figuren sind einprogrammiert. Sie lassen sich jederzeit mit dem 3-D-Drucker wiederherstellen.«

»Das kostet Sie aber trotzdem viel Zeit. Unnötige Zeit«, beharrte Braig.

»Unnötige Zeit, ja …« Jürgen Seitele setzte zu einer Erklärung an, wurde von seiner Frau unterbrochen.

»Du verstehst das Anliegen des Herrn Kommissar nicht. Er will nur unser Geständnis hören: Jawohl, der Dreckskerl hat unsere mühselige Arbeit zerstört, deshalb haben wir uns heute Morgen gerächt.« Sie wandte sich von ihrem Mann ab, dem Besucher zu. »Ist es nicht so, Herr Kommissar?«

Braig blieb ruhig. »Wenn Sie meinen …«

»Es muss ja einen Grund geben, weshalb wir so gut aufgelegt sind und die gesamte Nachbarschaft ein rauschendes Fest feiern will.«

»Wieso?«, frotzelte Jürgen Seitele. »Das Ende der Corona-Pest scheint nahe. Ist das nicht Grund genug zum Feiern?«

»Ganz so einfach ist es nicht«, konterte Braig. »Immerhin stellt sich die Frage, wieso ein aus Ihrem Garten stammender Stein zum gewaltsamen Tod Ihres Nachbarn führte.«

»Aus unserem Garten? Woher wollen Sie das wissen?«

»Die Steinkugeln, auf denen einige Ihrer Figuren stehen, sind nicht allzu zahlreich verbreitet.«

»Und mit einem solchen Stein wurde der Herr nebenan erschlagen?«, zweifelte Jürgen Seitele.

Braig verzichtete auf eine Antwort. Noch hatte er keinen Beweis, dass der im Auto des Ermordeten gefundene Stein wirklich aus dem Garten hier stammte; zudem war noch nicht geklärt, welche Rolle der Stein bei dessen Tod gespielt hatte. »Darf ich fragen, wo Sie gestern

Abend gegen 23 Uhr waren?«, erkundigte er sich stattdessen.

»Gestern Abend?« Der Mann zuckte nur kurz mit der Schulter, wies auf die Figur, die er mitgebracht hatte. »Hier«, sagte er. »Wir waren den ganzen Abend damit beschäftigt. Wie die ganze Woche schon.«

»So spät noch?«

»Bis nach Mitternacht. So gründlich die moderne Technik auch arbeitet, sie benötigt Zeit. Viel Zeit.«

»Aber am späten Abend haben Sie nichts Außergewöhnliches gehört?«

»Nein«, bekräftigte die Frau. »Wir waren mit unserer Arbeit beschäftigt. Ich weiß nicht, welchen Eindruck Sie von uns haben. Besonders vorteilhaft kann er jedenfalls nicht sein. Sie glauben tatsächlich, wir nehmen einen Stein aus unserem Garten, erschlagen damit unseren Nachbarn und lassen ihn dann dort liegen? Wie ein Bankräuber, der beim Überfall seinen Ausweis zurücklässt, um der Polizei die Arbeit zu erleichtern? So etwa, ja?«

»Das sind Ihre Worte, nicht meine«, antwortete Braig.

»Ganz so dämlich sind wir nicht«, beharrte Kerstin Seitele. »Hätte ich dem Kerl einen Stein über den Schädel gejagt, dann garantiert kein Exemplar aus unserem Garten. Es gibt genügend Steine auf der Welt.«

»Leider aber nicht so akkurat rund geschliffene Modelle. Genau von der Anlage, die Sie so mühevoll aufgebaut haben.«

»Den Stein kann jeder aus unserem Garten mitgenommen haben. Wir haben keinen Zaun, das haben Sie selbst gesehen. Außerdem, wenn wir schon von Rache sprechen: Es gibt genügend Leute, denen der Kerl noch viel übler mitgespielt hat als uns. Die Figuren können wir zum Glück ersetzen, das Leben, das der Verbrecher mutwillig auslöschte, nicht.«

»Wovon sprechen Sie?«

»Die Neubachers.« Jürgen Seitele wies auf das Haus auf der anderen Straßenseite. »Brunetti war ihr Ein und Alles. Ihr Golden Retriever. Sie sind Hundenarren par excellence. Vor vier oder fünf Monaten mussten sie ihn einschläfern lassen, nachdem er ihn angefahren hatte. Hier, keine fünfzig Meter entfernt. Mit voller Absicht.«

7. Kapitel

Die neugierigen Gaffer am Absperrband schienen sich beruhigt zu haben. Braig wunderte sich, wie gelassen, ja fast gelangweilt die kleine Gruppe meist junger Leute zu der blickdichten Plane starrte, hinter der sie die Spurensicherer tätig wussten. Er trat auf die Straße, blieb vor den Figuren stehen, gab Neundorfs Nummer ein.

Sie meldete sich sofort. »Dieser Scheuer ist kein unbeschriebenes Blatt.«

»Was hast du gefunden?«

»Eine ganze Menge von Anzeigen.«

»Wer hat ihn …?«

Seine Kollegin fiel ihm ins Wort. »Umgekehrt. Wen hat *er* …«, sie betonte das Pronomen.

»Wie bitte?« Braig sah auf, weil zwei kleine Kinder auf einem wackligen Fahrrad an ihm vorbeischaukelten, hatte Mühe, sich auf Neundorfs Ausführungen zu konzentrieren.

»Der Typ hat allein in den letzten Monaten, wenn ich das richtig überblicke, vier oder fünf Anzeigen bei unseren Kollegen erstattet.«

»Weshalb?«

»Kinder sollen sein Auto beschädigt haben. Mit einem großen Ball. Mehrfach. Er beschuldigte eine Familie Brandner.«

»Das sind seine direkten Nachbarn.«

»Er legte Fotos vor, die die Kinder beim Ballspielen in unmittelbarer Nähe seines Autos zeigen. Als Beweis für die Beschädigung wurden sie jedoch nicht akzeptiert.«

»Die Brandners habe ich vorhin besucht. Keine aggressiven Leute, da müsste ich mich schwer täuschen. Ich kann mir nicht vorstellen, dass die ihre Kinder rücksichtslos toben lassen. Außerdem handelt es sich um eine verkehrsberuhigte Zone ohne Durchgangsverkehr. Damit die Kinder dort spielen können.«

»Wesentlich schwerwiegender scheint mir aber eine andere Anzeige. Er beschwerte sich, von einem Kampfhund angegriffen worden zu sein. Spätabends, beim Verlassen seines Wagens direkt vorm Haus. Scheint was dran zu sein, jedenfalls hat er es mit einem ausführlichen ärztlichen Attest belegt. Den Erklärungen des Chirurgen nach hat es ihn sauber erwischt.«

»Wen hat er angezeigt?«

»Keine konkrete Person. Unbekannt. Wie ich sehe, haben die Kollegen ermittelt, ihre Untersuchungen aber erfolglos eingestellt.«

»Wann war das?«, fragte Braig.

»Dieses Jahr. Ende April«, antwortete Neundorf.

»Oh, ob es da einen Zusammenhang gibt? Gerade bin ich auf dem Weg zu einer Familie Neubacher. Deren Hund soll er vor vier oder fünf Monaten angefahren haben, sodass sie ihn einschläfern lassen mussten.

Vor vier oder fünf Monaten. Das müsste kurz vor dieser Kampfhund-Sache gewesen sein.«

»Die hatten einen Kampfhund?«

»Nein. Mir wurde erzählt, einen Golden Retriever. Ich werde die Leute aber darauf ansprechen.«

»Tu das«, forderte Neundorf ihn auf. »Ich wühle mich derweil weiter durch seine Anzeigen. Da gibt es eine gegen eine Frau Reimer, Ariane, falls dir das etwas sagt.«

»Allerdings. Sie wohnt schräg gegenüber von dem Typ. Ihr Mann hat ihn heute Morgen entdeckt.«

»Scheuer behauptet, Ariane Reimer habe nachts Teile eines Zauns absichtlich vor seiner Garageneinfahrt deponiert, sodass sein Wagen beim Einparken beschädigt wurde.«

»Und?«

»Die Frau bestätigte zwar, dass es sich um ihren Zaun handelte, behauptete aber, dass der am Abend noch vor ihrem Grundstück befestigt gewesen sei. Eine Familie Seitele bestätigte das. Wie der Zaun an Scheuers Wagen kam, konnte nicht eruiert werden. Aussage gegen Aussage.«

Braig schaute sich um, warf einen Blick auf das nicht weit entfernte Grundstück der Reimers. Unmittelbar gegenüber der Garagenzufahrt Scheuers lagen Teile des Zauns im Garten der Reimers, das hatte er bei seinem Besuch der Familie schon bemerkt. Unwillkürlich hatte er auch den Gedanken wieder parat, der ihm vorhin bereits durch den Kopf gegangen war. Als wäre der Zaun von einem Fahrzeug gerammt und umgestoßen worden …

»So geht das immer weiter. Mehrmals die Scheiben seiner Autos und auch die seines Wohnzimmers eingeworfen, große Kratzer im Lack seiner Fahrzeuge, tiefe Dellen an den Türen und der Rückfront, obwohl er sie nur kurz vor der Garage abgestellt hatte, ständig Hunde- oder Katzenkacke auf seinem Grundstück und so weiter.«

»Wie steht es mit Anzeigen gegen Scheuer?«

»Tut mir leid, so weit bin ich noch nicht. Ich habe die ganze Zeit versucht, Angehörige zu ermitteln, bis jetzt vergeblich. Seine Ex lebt mit ihrem Sohn Manuel in Esslingen, geht im Moment aber nicht ans Handy. Ich habe ihr draufgesprochen, vielleicht meldet sie sich noch. Die Firma, in der Scheuer arbeitet, habe ich ebenfalls ausfindig gemacht, bisher aber ohne Resonanz. Wir haben Samstagmittag Mitte August. Da sitzen nicht alle zu Hause und freuen sich auf meinen Anruf.«

»Das hätte ich jetzt aber schon erwartet. Wenn sich Frau Kommissarin nach wochenlangem Corona-Delirium wieder die Ehre gibt …«

»Schwätzer«, konterte Neundorf. »Was gibt's bei dir Neues?«

Braig berichtete von seinen Gesprächen und dem überraschenden Fund der Guano-Flasche und der Steinkugel. »Noch weiß ich nicht, ob sie wirklich aus den beiden Gärten stammen …«

»Na ja, davon kannst du wohl ausgehen. Das wäre doch etwas zu viel Zufall.«

»Denke ich auch. Allerdings bringt uns das nicht weiter: Der Täter wird wohl kaum einen Gegenstand aus seinem eigenen Garten benutzt haben, um Scheuer umzubringen.«

»Die Gärten sind leicht zugänglich?«

»Die werden nicht mal von einem Zaun geschützt.«

»Na dann. Vielleicht brachte genau das den Täter auf die Idee mit der Flasche und dem Stein.«

»Was meinst du?«

»Vielleicht wollte er den Verdacht auf diese beiden Familien lenken. Er wusste, wo das Zeug zu finden war und wie einfach er an es rankommen konnte.«

»Wenn er sich so gut auskennt, wohnt er nicht allzu weit weg. Einer der anderen Nachbarn etwa, die nicht nur mit Scheuer, sondern auch den Brandners und Seiteles im Clinch liegen. Vielleicht sollte ich bei meinen nächsten Besuchen da vorsichtig nachhaken.«

»Tu das. Wir hören voneinander.«

Braig steckte sein Handy weg und überquerte die Straße. Das Grundstück der Neubachers wurde als einziges in der Umgebung von einem hohen Holzstaketenzaun geschützt. Vielleicht aus dem Grund, weil sie ihren Vierbeiner daran hindern wollten, auf die Straße zu laufen?

Er schaute über den Zaun hinweg in den Vorgarten, sah, dass der in zwei Hälften aufgeteilt war: links Beete mit Sträuchern und blühenden Blumen, rechts frisch gemähter Rasen, von Spielzeug und Gartenartikeln übersät. Ein kreisrundes Trampolin nahm die größte Fläche ein, nur wenige Meter von ihm entfernt eine lustig anzuschauende Holzhütte, wohl als Rückzugsort für die Kinder gedacht. Ein kleiner, kräftiger Mann war gerade dabei, das spitzgieblige, kleine Bauwerk zu streichen. Er hatte eine Glatze, war mit einer über und über verkleckerten, alten Jacke bekleidet, deren ursprüngliche Farbe kaum mehr auszumachen war.

Braig trat an die aus Holzstaketen gefertigte Gartentür, bemerkte das Schild, das dem Umriss eines Hundes nachempfunden war.

Andrea, Stefan, Hanna, Alex Neubacher mit Brunetti.

Er rief laut: »Hallo!«, sah eine kräftige Frau Mitte vierzig aus dem Haus treten, den Blick fragend auf ihn gerichtet. Sie hatte dunkle, glatte Haare und glänzend rote Wangen, wirkte verschwitzt. Ihr weites, grünes T-Shirt sowie ihre schwarze Jeans waren von verschiedenen Flecken gezeichnet. Erst als er genauer hinschaute, entdeckte er den mit dunkelbrauner Farbe verschmierten Pinsel in ihrer rechten Hand. Er lief zum Haus, stellte sich vor.

»Polizei?«, vergewisserte sie sich mit kräftiger Stimme.

Er sah ihre muskulösen Oberarme, bemerkte den unverändert kritischen Gesichtsausdruck, mit dem sie ihn taxierte. »Und was wollen Sie von uns?«

»Frau Neubacher, richtig?«

Ihre Miene hellte sich keinen Deut auf.

»Ich würde mich gerne einen Moment mit Ihnen unterhalten.«

»Worüber?«

»Na ja, Sie haben sicher mitbekommen, was in Ihrer Nachbarschaft passiert ist.« Trotz ihrer abweisenden Haltung blieb er freundlich, wies mit seiner Rechten in die Richtung von Scheuers Grundstück.

»Damit haben wir nichts zu tun.«

»Sie und Ihr Mann haben nichts gehört heute Nacht?«

»Nein«, gab sie zur Antwort. »Wir können Ihnen nicht helfen.« Sie trat einen Schritt zurück und machte Anstalten, sich ins Haus zu verziehen, wurde von Braig aber daran gehindert.

»Ich kann Sie auch in mein Büro abholen lassen. Mit Blaulicht und Sirene«, erklärte er in aggressiverem Tonfall.

Die Frau schien nicht besonders beeindruckt. Sie spitzte die Lippen, pfiff leise. »Jetzt spielen Sie aber den starken Max. Haben Sie das nötig?«

»Ich würde mich nur gerne kurz mit Ihnen und Ihrem Mann unterhalten.«

»Also gut«, erklärte sie. »Wenn es unbedingt sein muss.« Sie trat aus dem Haus, lief zu ihrem Mann, der den Fremden erwartungsvoll musterte.

»Besuch?«, fragte er.

Braig nannte Namen und Beruf, nahm überrascht das mitleidvolle Lachen des Mannes wahr.

»Mein Gott, Sie Armer! Versaut Ihnen der Kerl das Wochenende!«

»Sie wissen, weshalb ich komme?«

»Das ist nicht schwer zu erraten nach dem Tumult da draußen.« Er deutete zur Straße.

»Wie haben Sie davon erfahren?«

»Also sicher nicht, weil wir ihn um die Ecke gebracht haben!«, mischte sich die Frau mit kräftiger Stimme ins Gespräch. »Um das klarzustellen!« Sie rührte mit ihrem Pinsel in dem Farbtopf, strich dann an der Stelle weiter, an der ihr Mann gerade gearbeitet hatte. »Das Theater heute Morgen war nicht zu überhören.«

»Darf ich fragen, wo Sie gestern am späten Abend so gegen 23 Uhr waren?«

»Gestern am späten Abend?«, fragte der Mann überrascht. »Ich dachte, es sei erst heute Morgen passiert?« Er streckte beide Hände weit von sich.

Braig musterte ihn aufmerksam, fand sein Auftreten etwas zu theatralisch. Als liege es ihm am Herzen, dem ermittelnden Kommissar seine vermeintliche Unwissenheit des Tatzeitpunkts zu demonstrieren. »Sie haben meine Frage nicht beantwortet.«

Stefan Neubacher zögerte mit seiner Aussage.

»Um die Zeit waren wir noch unterwegs«, erklärte seine Frau. »Wir kamen erst nach Mitternacht nach Hause.«

»Das wissen Sie so genau?«

»Ganz genau sogar«, beharrte sie. »Wir hatten nämlich überlegt, ob wir so lange wegbleiben können. Wegen der Kinder. Aber jetzt sind ja Ferien, da haben wir es uns erlaubt.«

»Wo waren Sie so lange?«

»Auf einem Fest der Hundezüchter in Reutlingen. Das erste größere Treffen nach Corona.«

»Und das ging so lange?«

»Wir hielten uns draußen im Freigelände auf. Es war warm, viele Freunde und Bekannte dabei. Hundenarren wie wir. Und, wie gesagt: unser erstes großes Fest nach Corona. Wir hatten einfach Lust, die neue Freiheit so lange wie möglich zu genießen. Das können Sie doch verstehen, oder?«

»Auf jeden Fall. Dann haben Sie ja Zeugen für Ihren späten Aufenthalt in Reutlingen. Wenn ich Sie um die Namen und deren Telefonnummern bitten dürfte?« Braig sah, wie die Frau ihr Gesicht verzog, rechnete schon mit ihrem Widerspruch.

Sie blieb jedoch ruhig, wandte sich ihrem Mann zu, wies aufs Haus. »Du?«, fragte sie.

Stefan Neubacher nickte, legte seinen Pinsel neben den Farbtopf, lief zur Haustür.

»Wie war Ihr Verhältnis zu Herrn Scheuer?«, fragte Braig.

»Verhältnis?«, zischte die Frau. »Irgendwann wohnte der plötzlich dort vorne«, meinte sie mit einer unwirschen Kopfbewegung zur Straße hin. »Wir haben ihn nicht eingeladen. Und es gab auch keinen Kontakt, wenn Sie das andeuten wollen.«

»Warum?«

»Was geht Sie das an? Haben Sie Kontakt zu Leuten, die Sie nicht interessieren?«

»Er soll Ihren Hund angefahren haben«, konterte Braig. Er beobachtete die Frau, merkte, wie es in ihr arbeitete. Sie holte mit den Pinselstrichen weit aus, wirkte auch dann noch auf das Holz ein, als die Farbe längst verbraucht war, hielt schließlich abrupt inne. »Jetzt ist es vorbei«, erklärte sie.

»Die Sache mit Ihrem Hund«, beharrte er. »War es Scheuers Schuld?«

»Schuld?«, brüllte Andrea Neubacher. Sie warf den Pinsel auf die Wiese, trat zwei Schritte auf Braig zu. »Die Drecksau rast mit seinem Karren wie ein Irrer einen Weg entlang, der für Autos ausdrücklich gesperrt ist, und da fragen Sie nach Schuld?« Ihre Stimme drohte sich zu überschlagen.

»Wo war das?«

Sie benötigte eine Weile, sich zu beruhigen. »Dort«, deutete sie zur Seite, »der Zucchini-Weg neben Gerlachs Haus.«

Braig blieb ruhig, ließ die Frau reden.

»Die Kinder waren mit Brunetti dort. Wie fast jeden Tag.« Sie schwieg einen Moment, starrte ihn mit funkelnden Augen an. »Die können kaum mehr schlafen seitdem. Sie spielten mit dem Tier, wie immer. Da raste er plötzlich um die Ecke. Wir konnten Brunetti nur noch einschläfern lassen. Er war ein Familienmitglied«, betonte sie. »Allein deswegen hat es die Drecksau verdient.«

»Sie haben ihn angezeigt?«

»Angezeigt? Macht das unseren Brunetti wieder lebendig?«

»Sie haben sich das gerade so bieten lassen?«, fragte er.

»Nein, wir haben uns das nicht gerade so bieten lassen.«

»Sie haben den Kampfhund auf ihn gehetzt«, spekulierte er. *Und dann haben Sie gestern Abend für die endgültige Bestrafung gesorgt*, lag es ihm auf der Zunge. Er verzichtete aber darauf, es auszusprechen, weil er die Frau nicht noch mehr provozieren wollte.

Sie blieb ruhig. »Sehen Sie hier einen Kampfhund?« Sie bewegte sich keinen Millimeter von der Stelle, wies in die Umgebung. »Unser Brunetti war ein Golden Retriever, kein Kampfhund.«

»Hundenarren wie Ihnen fällt es sicher nicht schwer, sich einen Kampfhund auszuleihen. Und sei es nur für einen kurzen Einsatz«, konterte er.

Die Frau reagierte anders, als er es erwartet hatte. Ohne auf seine Worte einzugehen, lachte sie plötzlich laut auf. »Und jetzt hat es ihn erwischt«, sagte sie in völlig veränderter, geradezu sanfter Tonlage. »Wir überlegen uns Tag und Nacht, wie wir es ihm heimzahlen können, und ein anderer schreitet zur Tat.«

»Ein anderer?«, hakte er nach.

Andrea Neubacher nahm ihren Pinsel wieder auf, tauchte ihn in die Farbe. »Glauben Sie, wir sind die Einzigen, die eine Rechnung offen haben?« Sie wandte ihm vollends den Rücken zu, pfiff leise vor sich hin.

»Bei uns war es *nur* der Hund«, tönte es von der Haustür her. Stefan Neubacher trat aus dem Haus, ein Blatt Papier in der Hand.

Braig drehte sich um, sah die Plastikflasche im Eck. Sie kam ihm sofort bekannt vor. »Sie benutzen Guano-Dünger?«, fragte er.

»Wie kommen Sie jetzt darauf?«

»Die Flasche dort.« Er wies neben die Haustür.

»Nur für die Kübelpflanzen«, erklärte Stefan Neubacher. »Sie können sich vielleicht vorstellen, weshalb.«

»Sie haben mehrere Flaschen?«

Der Mann schüttelte den Kopf. »Gott bewahre. Das Zeug stinkt erbärmlich. Eine Flasche ist genug. Aber den Pflanzen tut es gut. Der Oleander dort vorne …«

»Sie haben den Brandners drei Flaschen geschenkt.«

Andrea Neubacher schaute mit in Falten gelegter Stirn zu ihm her. »Woher wissen Sie das schon wieder?«

»Ich bin Polizeibeamter.«

»Wir haben sie ihnen geschenkt, um den Kerl zu ärgern. Falls der Wind in seine Richtung weht.«

»Sie wissen, wo die Brandners die Flaschen aufbewahren?«

»Wo die die Flaschen aufbewahren? Glauben Sie, wir haben nichts Besseres zu tun, als unseren Nachbarn hinterherzuspionieren?«

»Die haben das Zeug bestimmt längst verbraucht«, warf der Mann ein.

Braig sah seine ausgestreckte Hand, nahm das Papier entgegen. Ein Name und eine Telefonnummer waren darauf notiert. »Ihre Zeugen«, sagte er.

Neubacher nickte. »Für die Kinder war unser Brunetti wie ein Bruder«, erklärte er. »Ein Mitglied unserer Familie.«

»Wir haben selbst Tiere«, sagte Braig. »Hund und Katze. Ich weiß, was sie meiner Tochter bedeuten. Und meiner Frau und mir.«

»Also«, meinte Andrea Neubacher. »Dann wissen Sie ja Bescheid.«

»Bei unseren Nachbarn war es nicht *nur* der Hund«, setzte der Mann hinzu.

Braig musterte ihn fragend.

»Max, ihr Sohn.«

»Welche Nachbarn?«

»Meike Gerlach.« Seine Gesprächspartner wiesen unisono zum Nachbargrundstück, das er noch nicht aufgesucht hatte. »Max ist heute noch davon gezeichnet.«

8. Kapitel

Der Junge, der zwischen dem Haus und dem mit unzähligen Solarkollektoren bestückten garagenähnlichen Anbau um die Ecke kam, humpelte leicht. Er bückte sich nieder, streichelte den großen, grauen Kater, der ihm gefolgt war, warf einen Blick auf den unbekannten Besucher. »Haben Sie geläutet?«

Braig wandte sich beiden zu, sah, wie sich das Tier an den Beinen des Jungen rieb. Sein genießerisches Schnurren war nicht zu überhören. »Ich habe geläutet, ja«, bestätigte er. »Ich würde gerne Familie Gerlach sprechen, deine Eltern?«

Er bemerkte, wie der Junge ihn taxierte, schätzte ihn auf zwölf oder dreizehn. Ein hübscher, hoch aufgeschossener Junge mit dunklen, lockigen Haaren, einem schmalen Gesicht und intensiv blauen Augen, der ihn unwillkürlich an einen der Nachbarn, Robert Reimer, erinnerte. Er war mit einer kurzen Hose und einem gelben T-Shirt bekleidet, das leicht verschwitzt an seinem Oberkörper klebte. Unterhalb seines rechten Knies prangte eine großflächige Narbe.

»Was wollen Sie?«

»Ich bin von der Polizei. Deine Eltern sind da?«

Der Junge nickte, winkte ihn zu sich her. Braig sah, wie er den Kater in die Arme nahm, folgte ihm zu der vermeintlichen Garage. Er hatte einen etwas ungelenken Gang, zog das rechte Bein leicht nach. Braig trat hinter ihm in den Anbau, bemerkte das breite, im Moment leere Wasserbecken, das fast den gesamten Raum einnahm. Ein etwa zwölf auf fünf Meter großer und an die zwei Meter tiefer Pool, auf dessen Grund zwei Leute zu arbeiten schienen. Braig sah nur die Köpfe einer Frau und eines Mannes, bekam sie erst zu Gesicht, als der Junge sich bemerkbar machte.

»Wir haben Besuch«, rief er.

Die Frau kam zuerst die Leiter hoch. Sie war groß und kräftig, trug kurze Arbeitsklamotten, hatte ein auffallend hübsches, schmales Gesicht. Lange, dunkle Haare, eine kleine Nase, sommerlich gebräunte Haut. Trotz ihrer rustikalen Kleidung eine auffallende Erscheinung, ging es Braig durch den Sinn.

Sie wischte die Hände an ihrer Hose sauber, trat auf den Besucher zu. Braig wartete, bis sich auch der Mann, ein athletisch wirkender Mittfünfziger, zu ihnen gesellt hatte, stellte sich dann vor.

»Meike und Julian Gerlach«, sagte die Frau. »Und unser Max.« Sie wies zu dem Jungen.

Braig hatte den intensiven Geruch eines Reinigungsmittels in der Nase, nahm die Baustelle ins Visier. »Ich will Sie nicht lange von der Arbeit abhalten.«

»Wir haben es fast geschafft«, erklärte die Frau. »Fehlt nur noch das Wasser. Damit Max leichter trainieren kann.«

Er trat einen Schritt auf den Pool zu, sah, dass das Becken gleichmäßig mit blauen Kacheln ausgelegt und komplett verfugt war. Er stellte sich vor, wie es im bis zum Rand gefüllten Zustand aussah, überlegte, dass es sich – zumindest für private Verhältnisse – um ein außergewöhnlich großes, zum Schwimmen sehr gut geeignetes Bassin handelte. »Ihr Sohn trainiert?«

»Der einzige Sport, der ihm bleibt. Aber er liebt das Wasser, oder, Max?«

Braig verfolgte, wie sie sich ihrem Sohn zuwandte und ein zustimmendes Kopfnicken erntete.

»Max wurde von Ihrem Nachbarn angefahren«, sagte er.

»Robert hat es Ihnen erzählt«, erklärte die Frau. »Der Zigarettenqualm steckt in Ihrer Kleidung. Ich habe es sofort gerochen.«

Braig nickte, kam auf sein zentrales Thema zu sprechen. »Scheuer. Sie wissen, was passiert ist.«

»Die Drecksau hat es verdient«, mischte sich der Mann mit überraschend tiefer Stimme ins Gespräch. »Erwarten Sie von uns kein Mitleid.«

»Das erwarte ich nicht«, versuchte Braig jede aufkommende Erregung abzumildern. »Ich versuche aber dennoch festzustellen, wer hinter der Tat steckt. Selbstjustiz ist meines Erachtens nicht das richtige Mittel, unliebsame Typen aus der Welt zu schaffen.«

»Das dachte ich früher auch«, meinte Meike Gerlach. »Weil ich dem Irrtum erlegen war, in einem Land zu leben, in dem Gesetze für Gerechtigkeit sorgen. Seit man mich gezwungen hat, das Gegenteil erleben zu müssen, sehe ich das anders. Das Scheusal hat verdient, was geschehen ist. Das war genau die richtige Lösung. Sie kam nur viel zu spät. Der einzige Vorwurf, den wir uns in dem Zusammenhang machen, ist die Tatsache, dass wir nichts dazu beigetragen haben. Leider.«

»Und dass es nicht auch seine Kumpane erwischte«, ergänzte der Mann. »Die hätten es genauso verdient.«

»Sie urteilen sehr hart«, meinte Braig. »Ein Mensch wurde gewaltsam ums Leben gebracht.«

»Sie müssen ihn nicht heiligsprechen.« Die Frau strich sich über ihre verschwitzte Stirn, nahm den Kommissar ins Visier. »Und auch keine Märchen erzählen. Bleiben wir bei der Realität. Wir wurden befreit. Von einem völlig verkommenen, sadistischen Dreckskerl. Der hat verdient, was geschehen ist, ich kann es nicht oft genug wiederholen. Es kam nur viel zu spät.«

Braig blieb ruhig, wollte seine Gesprächspartner nicht noch mehr provozieren.

»Wir sind hierhergezogen, um unseren Kindern eine lebenswerte Umgebung zu bieten. Die Straße werde bald verkehrsberuhigt, vom Durchgangsverkehr befreit, so wurde es uns versprochen. Sechs Familien, sechs Mal derselbe Traum: nicht viel Platz für Häuser und Gärten, dafür aber die Straße zum Spielen. Stadtbahnhaltestelle nicht weit weg, gute Fahrradwege, Geschäfte leicht zu erreichen, schöne Umgebung, das war uns das viele Geld wert. Wir haben gleichzeitig gebaut – alle sechs – und sind kurz nacheinander eingezogen. Aber dann ging es nicht weiter. Die Mehrheit der Herren Politiker war nicht bereit, hundert Meter Asphalt zu streichen. Hundert Meter! Was zählen schon Menschenleben, wenn die Freiheit der Blechpanzer dadurch reduziert wird. So blieb es dabei: Wir pferchten unsere Kinder ins Haus und draußen bretterten die rücksichtslosen Egoisten vorbei, wie fast überall in der Stadt. Bis der Dreckskerl unseren Max schwer verletzte.«

»Plötzlich hatten einige der Herren Politiker ein Einsehen«, fuhr der Mann fort. »Nachdem wir uns an die Medien gewandt und mit Max' Schicksal den Starrsinn der Politiker angeprangert hatten. Jetzt erinnerten sie sich der versprochenen Maßnahmen und sorgten dafür, dass die Straße abgeriegelt wurde. Am Anfang glaubten wir alle, das große Los gezogen zu haben: der kleine Park, die autofreie Sackgasse – ein Paradies für Kinder. Max' verpfuschte Gesundheit als Preis für eine lebenswerte Umgebung. Aber dann starb Klaus Bieler.«

»Klaus Bieler?«

»Das Haus, in dem später der Verbrecher wohnte«, erklärte Julian Gerlach. »Er wurde auf einem Zebrastreifen überfahren. In Stuttgart. Seine Frau war im achten Monat.«

Eine kleine, tiefschwarze Katze kam um die Ecke, streifte das Bein der Frau. Braig verfolgte, wie Meike Gerlach das Tier streichelte, es dann vorsichtig zu sich hochnahm.

»Dann wurde das Haus verkauft«, fuhr der Mann fort. »Allein konnte sie es nicht finanzieren. Die neuen Besitzer gaben es zur Miete frei. Und plötzlich war er da.«

»Am Anfang war es nicht so schlimm«, mischte sich Meike Gerlach wieder ins Gespräch. »Laura, seine Frau, die war nicht so. Versuchte immer, ihn auszubremsen. Schon Manuels, ihres Sohnes wegen. Aber irgendwann war es auch ihr zu viel.« Sie hielt inne, weil die Katze miaute, reichte das Tier ihrem Sohn. Er nahm es auf, spielte mit ihm. »Seither war er außer Rand und Band.«

»Wie ist es passiert?« Braig wies auf den Jungen.

»Ihnen macht es Spaß, Menschen zu quälen, was?«, maulte Meike Gerlach.

»Tut mir leid. Ich wollte Sie nicht …«

»Robert«, fiel sie ihm ins Wort. »Er war mit Max, Lena und Emil unterwegs. Mit den Fahrrädern zur Eisdiele.«

»Herr Reimer?«, fragte er überrascht.

Die Frau nickte. »Sie waren auf dem Rückweg, keine hundert Meter mehr von uns entfernt. Am Anfang der Straße, dort, wo heute der Zucchini-Weg beginnt. Sie waren gerade um die Ecke gebogen. Da kam die Drecksau daher. Robert fuhr vorne. Bis er sich umdrehte, war es schon geschehen. Max flog durch die Luft, Scheuer raste davon.«

Braig blieb ruhig, wartete auf weitere Erklärungen.

»Nasenbein zertrümmert. Kniegelenk kaputt. Hüftgelenk angebrochen. Wollen Sie noch mehr?«

»Tut mir leid. Scheuer wurde verurteilt?« Braig sah, wie die Frau dunkelrot anlief, sich dann zur Seite wandte.

»Drei Monate auf Bewährung«, erklärte der Mann mit seiner tiefen Stimme. »Der Verbrecher behauptete, keine fünfzig gefahren zu sein. Außer Herrn Reimer gab es keine Zeugen.«

»Die Drecksau zerstört aus purer Lust und Laune ein Leben und wird mit Bewährung belohnt. Wenn wir nicht so feige wären, hätten wir ihn uns schon längst geholt. Und die Politiker, die immer noch nicht bereit sind, Tempo dreißig einzuführen, Autospuren in Radwege umzuwandeln und stattdessen neue Straßen bauen wollen, gleich dazu. Diesen kranken Gehirnen sind Bequemlichkeit und Profit wichtiger als Gesundheit und Leben. Pfui Teufel vor diesem Pack! Aber das können Sie nicht verstehen, was? Sie haben keine Kinder.«

»Doch«, erwiderte Braig. »Ich habe eine Tochter.«

»Wie alt?«, fragte Meike Gerlach.

»Zehn.«

»Dann stellen Sie sich mal vor, Ihrer Tochter wäre das passiert.«

Braig sah den Jungen wieder zu ihnen herhinken, holte tief Luft. »Ich weiß nicht, was ich getan hätte«, bekannte er.

»Sehen Sie!«, erklärte die Frau.

»Onkel Robert hat mir versprochen, ihn umzubringen«, mischte sich Max ins Gespräch. »›Die Drecksau soll genauso am Boden liegen wie du!‹, sagt er immer.«

»Herr Reimer?«, fragte Braig.

Meike Gerlach winkte ab. »Lassen Sie Max in Ruhe!«, zischte sie.

Braig wandte sich von dem Jungen ab, kam auf den vermutlichen Zeitpunkt der Tat zu sprechen. »Würden Sie mir bitte erklären, wo Sie sich gestern Abend so gegen 23 Uhr aufgehalten haben?«

Meike Gerlach betrachtete ihn mit gerunzelter Stirn. »Gestern Abend? Wieso?«

»Wo waren Sie?«

»Hier«, warf der Mann mit seiner tiefen Stimme ein. »Sie sehen die Baustelle direkt vor sich.«

»So spät?«, brachte Braig seine Zweifel zum Ausdruck.

»Hören Sie: Ich schaue nicht auf die Uhr und notiere mir jede Minute, wann ich welchen Handgriff ausführe. Vor allem dann nicht, wenn ich das Wochenende dazu nutzen will, unser neues Schwimmbecken weitgehend fertigzustellen. Robert und Ariane Reimer waren ebenfalls hier. Sie haben uns den halben Tag bis spät in die Nacht geholfen. Anschließend waren wir alle am Ende. Wir fielen nur noch ins Bett.«

»Sie haben nichts gehört oder gesehen gestern Abend? Ihre Nachbarn etwa?«

»Nein«, bekräftigte die Frau. »Sie können sich doch vorstellen, wie anstrengend diese Arbeit ist.« Sie machte eine Kopfbewegung in die Richtung des Beckens.

Braig nickte, kam auf sein zweites Anliegen zu sprechen. »Sie geben sich große Mühe mit Ihren Pflanzen.« Er trat einen Schritt aus dem Anbau, betrachtete die äußerst gepflegt wirkenden Büsche und Blumenstauden im Garten. Nicht ein welkes Blatt, kein einziges Unkraut, das die fast parkähnliche Anlage störte. »Benutzen Sie zufällig Guano-Dünger?«

»Das Stinkezeug?«, rief die Frau. »Wozu denn?«

»War nur eine Frage«, lenkte er ein.

»Glauben Sie etwa, wir hätten mit der Sauerei bei unseren Nachbarn, den Brandners, zu tun?« Entrüstet stemmte sie die Hände in die Hüften. »Das war Scheuer, doch nicht wir!«

Braig hatte Mühe, sie zu beruhigen. »Sie haben mich nicht richtig verstanden«, erklärte er. »Ich habe Sie in keiner Weise beschuldigt noch irgendwie in Verbindung mit dieser Attacke gebracht. Ich möchte nur wissen, ob Sie zufällig diesen Dünger verwenden.«

»Nein«, donnerte Meike Gerlach ihm entgegen. »Wozu denn?«

»Dann ist die Frage geklärt, danke.« Er trat einen Schritt zurück, um auch körperlich zu signalisieren, dass er keinen konkreten Verdacht gegen sie hegte, nahm dankbar wahr, dass der Mann seinen Arm um sie legte und sie zu besänftigen versuchte.

»Sie dürfen nicht vergessen, wie sehr uns das damals mitgenommen hat. Das Verbrechen dieses Halunken. Max' Schmerzen. Das Schandurteil nach ewigen Auseinandersetzungen und danach, fast jeden Tag, der Dreckskerl direkt vor der Tür. Wir haben schon überlegt wegzuziehen.« Er legte eine Pause ein, strich seiner Frau zärtlich über die Haare. »Aber dafür gibt es jetzt keinen Grund mehr, zum Glück. Der Verbrecher hat bekommen, was er verdient hat. Viel zu spät, aber immerhin. Wahrscheinlich hatte er Streit mit einem seiner widerlichen Kumpel, mit denen er sich ständig herumtrieb. Die Sache eskalierte und kam zu dem Ergebnis, über das wir uns nur freuen können.«

»Von wem sprechen Sie?« Braig horchte auf. Er wusste nicht, ob der Mann nur von sich und seiner Familie ablenken wollte oder ob er auf reale Hintergründe anspielte, nachgehen musste er dem Hinweis auf jeden Fall.

»Einer dieser widerlichen Autoschrauber. Alle paar Wochen waren die vor seiner Garage und machten an ihren aufgemotzten Karossen rum. Ich will nicht wissen, wie viele Kisten Bier da jedes Mal geleert wurden. Ihr aggressives Geschrei war nicht zu überhören.«

»Können Sie mir Namen nennen? Von einem dieser Leute vielleicht?«

Sein Gegenüber schüttelte den Kopf. »Tut mir leid. Aber ich denke, Sie können nachvollziehen, dass wir mit dem Dreckskerl nichts mehr zu tun haben wollen. Um nichts in der Welt.«

9. Kapitel

Sein Magen knurrte vernehmlich, als Braig auf die Straße trat. Er warf einen Blick aufs Handy – 16:15 Uhr – und wurde sich bewusst, dass er seit mehreren Stunden nichts mehr gegessen hatte. Kein Wunder, dass er von Hungergefühlen attackiert wurde.

Er musterte den Garagenvorplatz Scheuers, sah, dass das rot-weiße Absperrband unbedrängt von Neugierigen in der warmen Luft flatterte. Sogar die uniformierten Kollegen waren verschwunden. Braig beschloss, die Spurensicherer nach neuen Erkenntnissen zu befragen, traf die beiden Männer mit der Untersuchung des Autos beschäftigt an. Die Leiche war abgeholt worden, nur Verfärbungen auf dem Garagenboden als Erinnerung an das Geschehene waren zurückgeblieben.

»Gibt's was Neues?«, erkundigte er sich.

»Ja, mein leerer Bauch«, maulte Rössle. »I han saumäßig Hunger. Wenn uns der Herr Kriminalrat was organisiere könnt?«

»Witzbold. Glaubst du, mir geht's besser?«

»Hent dir die Nachbarn nix abote?«

Braig winkte ab.

»No han i a Idee: Du willsch doch bestimmt in dem sei Haus. Wenn mir Glück hent, findet mir was in seim Kühlschrank. Der Hausschlüssel war in seiner Hosetasch. Mir hent ihn probiert.«

»Ich muss mich erst nach Angehörigen erkundigen. Katrin war vorhin noch nicht so weit. Ihr habt nichts Neues?«

»Sein Handy.« Dolde erhob sich, zog eine durchsichtige Kladde aus seinem Koffer. »Wir haben Glück. Es hat die Sache weitgehend unbeschädigt überstanden.«

Braig nahm den Beutel entgegen, bedankte sich. »Hervorragend. Dann gebe ich die Daten gleich an Katrin durch. Seine letzten Gespräche, das Bewegungsprofil und so weiter. Vielleicht hilft uns das. Sonst noch was?«

»Die Bremsspur«, erklärte Dolde. »Wir haben tatsächlich Abdrücke auf dem Boden identifizieren können. Auch wenn es sich nur um Millimeter handelt.«

»Das bedeutet?«

»Der Wagen muss mit hohem Tempo in die Garage geschossen sein. Ob er schon so rasant um die Ecke kam oder erst auf dem Vorplatz beschleunigt wurde, keine Ahnung. Auf jeden Fall aber gab es etwa zwei Meter vor der Rückwand der Garage eine brachiale Vollbremsung.«

»Und irgendwann dazwischen hat es den Typ erwischt«, überlegte Braig.

»Kurz bevor der Täter auf die Bremse stieg. Damit nicht auch noch er selbst draufging.«

»Das muss doch einen irren Lärm verursacht haben. Schrille, quietschende Reifen. Dazu die zur Straße hin offene Garage. Das wirkt doch wie ein Megaphon.«

»Das ist anzunehmen«, bestätigte Dolde. »Noch dazu am späten Abend gegen 23 Uhr, wie Dr. Schäffler meinte. Da sind die Außengeräusche weitgehend weg. Die Nachbarn – das müssten sie doch gehört haben, zumindest einige. Hast du sie gefragt?«

»Angeblich hat niemand etwas mitbekommen. Auch nicht das kleinste Geräusch.«

»Seltsam, wirklich seltsam. An einem warmen Freitagabend im Sommer gegen 23 Uhr. Da schlafen doch noch nicht alle. Unmöglich. Und selbst wenn: Viele lassen ihre Fenster offen oder gekippt. Da will niemand was gehört haben, wenn nebenan jemand wie ein Irrer in die Bremsen steigt? Das glaubst du doch selbst nicht.«

Braig massierte seine Schläfen, stimmte seinem Kollegen zu. »Ich werde mir die alle noch mal vornehmen. Zumal jeder hier in der Straße mit dem Typ noch eine Rechnung offen hatte.« Er wies auf das Fahrzeug vor ihnen. »Sonst noch was Neues?«

»Der Stein«, antwortete Dolde. »Wir glauben nicht, dass er von ihm getroffen wurde. Keinerlei Anhaftungen. Weder Blut noch andere Partikel. Und das Loch in der Scheibe spricht ebenfalls dagegen. Der flog quer durch den Innenraum. Von hinten links nach vorne rechts. Scheuer müsste auf dem Beifahrersitz Platz genommen haben, wenn er ihn hätte treffen sollen. Aber auf dem Stein finden sich dafür keinerlei Spuren.«

»Es sei denn, alles wurde sorgsam abgewischt.«

»Das können wir erst genau sagen, wenn wir ihn im Labor untersucht haben. Es ist aber äußerst unwahrscheinlich, dass er gesäubert wurde. Jedenfalls nicht nach der Tat. Wir fanden nämlich Placken dieses Düngers an ihm.«

»Wie kam der in den Wagen?«

Dolde streckte abwehrend beide Hände von sich. »Den Verunreinigungen im hinteren Innenraum nach auf demselben Weg wie der Stein. Wahrscheinlich nacheinander. Zuerst der Stein, dann der Dünger. Die Wurfwinkel sind, wie wir das bis jetzt beurteilen, recht ähnlich.«

»Dann benutzte der Täter den Stein, um die Scheibe zu zertrümmern, und anschließend nützte er das entstandene Loch, um dieses ekelhafte Zeug reinzujagen.«

»Möglicherweise, ja.«

»Wie weit stand der von dem Karren weg?«

Dolde wog überlegend seinen Kopf hin und her. »Höchstens ein, zwei Meter. Er musste nahe an die Scheibe ran, sonst hätte er keine Chance gehabt, sie zu zertrümmern. Die modernen Materialien halten ganz schön was aus. Es sei denn, er benutzte eine Schleuder oder so.«

»Eine Schleuder?«

»Na ja, der Stein ist kreisrund. Mit einer Schleuder hast du eine ganz andere Durchschlagskraft.«

»Und der Dünger?«, fragte Braig.

»Den muss er aus nächster Nähe geworfen haben. Die Flasche war offen, wir fanden keinen Verschluss. Und das Fahrzeug weist außen keinerlei Spuren von dem Zeug auf.«

Braig seufzte laut. »Das muss ich jetzt erst mal alles sacken lassen. Nehmt ihr den Karren mit ins Labor?«

»Labor?«, meldete sich Rössle von der rechten Frontseite des Fahrzeugs her. »In unsere Werkstatt uf jeden Fall.«

»Prima. Vielleicht stoßt ihr auf weitere Hinweise.«

»Hent mir scho«, erklärte der Spurensicherer. »Der Karre isch vorne derart beschädigt, also Kratzer ond Delle, des ka net älloi von dem Dote stamme.«

»Was dann?«, fragte Braig.

»Irgendwas Hartes, Metallisches. Wenn d' mi fragsch: So sieht's aus, wenn so en Dreckskübel a Fahrrad afährt.«

»Ein Fahrrad?«

»Abwarte. Mir hent noch koi Beweise. Morge wisset mir mehr.«

»Nur an der Vorderseite?«, hakte Braig nach.

»Vorne rechts.« Rössle erhob sich stöhnend vom Boden. »Aber jetzt läut amol bei deiner Kollegin a, ob mir in des Haus nei könnet. I han Hunger wie zwölf Sindelfinger.«

Braig verzichtete darauf, genauer nachzufragen, was es mit den Beschädigungen an der Front des Autos auf sich hatte, weil er wusste, dass verbindliche Aussagen erst nach detaillierten Untersuchungen in der Labor-Werkstatt des LKA möglich waren, nahm sein Telefon zur Hand und gab Neundorfs Nummer ein. Er erreichte sie sofort, hörte sie laut stöhnen.

»Mein Gott, warum tun wir uns das an? Der Kerl ist ein übles Kaliber. Der hat es nicht verdient, dass wir seinetwegen unser Wochenende opfern.«

»Du hast mehr über ihn herausgefunden?«

»Anzeigen ohne Ende. Fahrlässige Körperverletzung, Fahren ohne Führerschein, mehrfache Geschwindigkeitsüberschreitungen und dann noch eine Verurteilung auf Bewährung, weil er ein Kind angefahren und verletzt hat.«

»Angefahren und verletzt«, wiederholte Braig und erinnerte sich an die Worte Meike Gerlachs. »›Die Drecksau zerstört aus purer Lust und Laune ein Leben und wird mit Bewährung belohnt.‹ So formulierte es die Mutter des Jungen.«

»Es sieht so aus, als hätte heute Nacht jemand ein gutes Werk getan.«

»Je mehr ich über den Typ erfahre, desto mehr stimme ich dir zu«, gestand Braig. »Weißt du was von Angehörigen?«

»Seine Ex hat mich vor ein paar Minuten angerufen. Ich hatte ihr aufs Band gesprochen, wenn du dich erinnerst.«

»Ja. Was hat sie erzählt?«

»Sie ist zurzeit am Bodensee. Camping. Ihre Mutter hat einen Dauerstellplatz, ich glaube, bei Friedrichshafen. Sie sind seit über drei Jahren geschieden, haben keinen Kontakt mehr. Nur wenn er den Jungen, er ist neun, alle paar Wochen für einen Tag zu sich holt. Aber selbst das läuft meist über ihre Mutter, die in ihrer Nähe in Esslingen wohnt. Die Mutter nimmt den Jungen gern zu sich, wenn die Tochter Nachtschicht hat. Sie arbeitet als Krankenschwester. Mit wem Scheuer im Moment zusammen ist, kann sie nicht sagen. Interessiert sie nicht mehr. Ein *Gerry* fiel ihr noch ein, einer von Scheuers alten Freunden. Wohnte in Stuttgart, damals jedenfalls. Er arbeitete wie ihr Ex bei dieser Metallbau-Firma. Scheuers Eltern leben beide nicht mehr. Er hat eine Schwester, aber seit ewigen Zeiten keinen Kontakt zu ihr. Sie kennt sie nicht. Mehr konnte sie nicht sagen.«

»Hast du danach gefragt, wie lange sie am Bodensee bleiben will? Ich würde die Frau gern persönlich sprechen.«

»Ja, klar. Morgen am späten Abend kommen sie zurück. Am Montag hat sie Spätschicht.«

»Vielen Dank. Montag, das reicht mir. Wir haben Scheuers Handy, ich maile dir die Nummer. Könntest du bitte die Verbindungsliste und ein Bewegungsprofil für die letzten drei Tage erstellen lassen?«

»Werde ich in die Wege leiten«, versprach Neundorf, »bevor ich gehe. So langsam habe ich genug. Was ist mit dir?«

»Ich will mir noch das Haus anschauen, vielleicht findet sich da was. Aber nur ein kurzer Überblick, der Rest kann warten.«

»Dann viel Erfolg.«

Braig bedankte sich, erkundigte sich bei den Spurensicherern nach dem Schlüssel. Dolde wies auf seinen Koffer. Braig zog sich Plastikhandschuhe über, nahm den Schlüssel aus einer Kladde.

»I gang mit«, erklärte Rössle. »I han Hunger.« Er lief zum Eingang, reichte dem Kollegen Schutzüberzüge für die Schuhe, zog selbst ein Paar an.

Die Tür war zweifach verschlossen, ließ sich leicht öffnen. Braig spähte ins Innere, fand sich in einer geräumigen, hell gefliesten Diele wieder. Mehrere Sportschuhe in einem offenen Regal, zwei Kleiderhaken mit Jacken, eine Truhe mit Handtüchern, Schals und Sonnenbrillen. Links führte eine offene, mit hölzernen Stufen ausgelegte Treppe in den Keller und ins obere Stockwerk, geradeaus ging es in einen schmalen Gang, in dem links und rechts jeweils drei Türen zu erkennen waren. Braig nahm die erste links, spekulierte, dass es sich um den Zugang zur Garage handelte. Die schwere Metalltür ließ sich mit dem Hausschlüssel ohne jedes Problem öffnen. Er spähte in die Garage, sah die Augen Doldes vom Vorplatz her auf sich gerichtet. »Alles klar?«, fragte der Kollege.

Braig nickte, zog sich wieder ins Haus zurück.

»Der Kühlschrank isch so gut wie leer«, hörte er Rössles Stimme.

Er trat in den gegenüberliegenden Raum, stand in der Küche. Grau verkleidete Einbauschränke, heller Fliesenboden, ungespülte Teller, Gläser und Tassen, dazu eine Menge aufgerissener Verpackungen, wohin er auch sah. Scheuer, sofern das alles wirklich auf ihn zurückging, schien sich primär von Fertigpizzen, Pommes und Chips ernährt zu haben, nicht zu vergessen die vielen leeren Bierflaschen, die in mehreren übereinandergestapelten Kisten neben dem Kühlschrank verstaut waren.

»Von Vorrat hat der Kerl nix ghört«, maulte Rössle. »Es sei denn, er hat was im Keller.« Er öffnete einen der Küchenschränke nach dem anderen, sah plötzlich mehrere Großpackungen Chips und Erdnussflips vor sich. »Alle achtzig Deifel von Sindelfinge, zur Not tut's au des. Au wenn's net bsonders gsund sei soll.« Er zog seine Plastikhandschuhe aus, öffnete eine der Tüten.

Braig ließ den Kollegen allein zurück, warf einen Blick in die übrigen Räume. Bad, WC, Schlafzimmer mit Doppelbett und riesigem Kleiderschrank. Er fand Hosen, Hemden, Bett- und Unterwäsche, wandte sich dem Wohnraum zu. Ein breiter Tisch, fünf Stühle, dazu ein

Dreisitzer-Sofa und ein helles Sideboard, auf dem ein großer Fernsehbildschirm thronte. Er sah ein großes, rotes Kuvert am Rand des Tisches liegen, das an einen *Ronny Hörner* in Ludwigsburg adressiert war, bemerkte den handschriftlichen Zusatz: *September Mallorca mit Ronny?*, nahm das Papier an sich. Anschließend öffnete er die beiden Türen des Schränkchens, entdeckte eine große Anzahl Papiere, Bilder, CDs und DVDs, die auf der linken Seite verstaut waren. Er breitete sämtliche Fundstücke auf dem Tisch aus, blätterte sie durch. Kaufbestätigungen verschiedener Fahrzeuge, eines DVD-Players, eines Reinigungsgeräts, Finanzamtsbescheide, dann eine Kladde mit Versicherungspolicen. Er griff nach einer Ansammlung von DVDs, sah, dass sie nicht gekennzeichnet waren.

»Hasch du koin Hunger?«, schallte es aus der Küche. »I han a paar Erdnüssle gfunde. Ond zwoi Flasche Saft. Wär des nix für di?«

Braig sah keine Veranlassung, seinen hungrigen Magen noch länger hinzuhalten, stopfte das Material in das Sideboard zurück. »Ich komme«, gab er Bescheid.

10. Kapitel

So müde Braig sich auch fühlte, als er an diesem Samstagabend nach Hause radelte, die Veränderung des Nachbargrundstücks nahm er schon von Weitem wahr. Statt kahler, steiniger Flächen dunkle, von frisch ausgebrachter Erde geprägte Terrassen, an vielen Stellen schon von sprießendem Grün durchsetzt. Erste zarte, gelbe, blaue und rote Blüten, noch fast durchsichtig und leicht verletzbar wirkende frisch gepflanzte Stauden ragten wenige Hand breit in die Höhe. Nicht nur die Oberfläche und der Bewuchs, die gesamte Atmosphäre schien verändert: Was vorher noch wie ein unpassender, scheinbar gewaltsam in die Umgebung gestülpter Fremdkörper gewirkt hatte, fügte sich jetzt zu einem einheitlichen, sehr gut harmonierenden Bild.

Sie mussten noch lange gearbeitet haben, überlegte er angesichts des tiefgreifenden Wandels des Grundstücks und der Stille, die über der Umgebung lag und von der Erschöpfung der hier lebenden Menschen kündete. Bis auf ein paar lustlos im Geäst des Gartens zwitschernde Finken war niemand zu sehen und zu hören, selbst die erst vor wenigen Tagen zugelaufene, dunkelgraue Katze lag dösend und, ohne eine Reaktion auf sein Erscheinen zu zeigen, auf der Bank der Gartenlaube.

Braig verschloss sein Pedelec im schmalen Holzverschlag hinter dem Haus, lief dann zur Tür, versuchte sie leise zu öffnen. Freudiges Winseln war zu hören. Er machte einen Schritt auf die Treppe zu, sah einen kräftigen Schatten aus Dr. Genkingers Wohnung auf sich zufliegen.

»Cannabis«, flüsterte er, als sich der Hund schwanzwedelnd an ihn drückte. Er kraulte sein dichtes Fell, folgte den Stufen nach oben.

Die Wohnung verharrte in schläfriger Stille. Er warf einen Blick in die Zimmer, sah seine Partnerin und seine Tochter mitsamt ihrer Katze ruhig atmend in ihren Betten liegen. Braig lief in die Küche, stellte den Topf mit dem Pilzragout aufs Gas, schöpfte sich dann einen Teller voll. Der Duft strich ihm verheißungsvoll in die Nase.

Es war schon kurz nach 21 Uhr, als er wieder aufwachte. Er hatte sich geduscht und dann im Wohnzimmer auf die Couch gelegt, um kurz zu dösen. Dabei war er eingenickt. Erst eine flüchtige Bewegung an seinem rechten Bein ließ ihn wieder zu sich kommen. Ein leichter Druck, dann eine Art sanfter Massage, wie sie nur ein einziges Wesen zu vollziehen vermochte. »Tinnitus«, flüsterte er. Er beugte sich nach unten, nahm den zärtlich seinen Kopf an seinem Knöchel reibenden Kater zu sich hoch, spürte dessen feuchte Nase im Gesicht. Braig kraulte das vor Wonne kräftig schnurrende Tier, wog es in seinen Armen hin und her. Der Vierbeiner wusste vor Vergnügen nicht mehr ein noch aus, fuhr mit seiner Zunge ausgiebig über die linke Hand seines Herrchens. Sein Schnurren übertönte jedes andere Geräusch.

»Du bist wach?«

Braig schaute auf, sah Ann-Katrin neben sich im Sessel sitzen. Er knuddelte den Kater, bis er endlich genug hatte, wandte sich dann seiner Partnerin zu. »Ihr habt fleißig gearbeitet.«

Sie lachte, wies auf das Schwarzbier, das sie auf dem Tisch bereitgestellt hatte, sah sein zustimmendes Nicken. »Und ob! Die Kleine war völlig fertig. Sie schläft tief und fest.«

»Es sieht gut aus. Sehr gut.«

»Finde ich auch. Und warte erst mal, wenn die Pflanzen alle wachsen. Katharina sei Dank. Ohne sie hätte sich nichts getan. Überhaupt nichts. Die können stolz auf ihre Tochter sein.«

»Der Kerl hat das Mädchen überhaupt nicht verdient«, sagte er, Söderhofers Jammern und Schimpfen im Ohr. »Der weiß nicht zu schätzen, wie vorteilhaft sie sich entwickelt hat.«

»Er hat ja auch als Einziger nicht mitgearbeitet. Musste angeblich dringend zu seiner Verwandtschaft nach Bayern. Ausgerechnet an dem Wochenende, an dem die Aktion geplant war.«

»Ich bin froh, dass mir seine Gegenwart erspart blieb. Auch wenn ich nur kurz mitgeholfen habe.«

»Was war bei dir los?«, fragte Ann-Katrin.

»Ziemlich ekelhafte Sache. Nichts, was du dir fürs Wochenende wünschst.« Er berichtete ihr vom Fund der Leiche und dem Stand seiner Ermittlungen.

Sosehr er sich auch immer darauf freute, nach Hause zu kommen, um den Belastungen seiner beruflichen Arbeit zu entfliehen und stattdessen gemeinsam mit seiner Frau und seiner Tochter einen angenehmen Abend zu verbringen, so sehr schätzte er es, das über den Tag hinweg Erlebte im Gespräch mit Ann-Katrin noch einmal durchzugehen und gemeinsam mit ihr die offenen und ungelösten Fragen zu erörtern. Das war kein Verstoß gegen das Verbot, Dienstgeheimnisse an Unbefugte weiterzugeben – seine Partnerin war als ausgebildete Polizeibeamtin darin geübt, Einblicke in die Untersuchungen ihres Mannes für sich zu behalten. Oft genug hatte die gemeinsame Besprechung seiner Arbeit dazu geführt, Probleme zu klären, manchmal sogar, Lösungsansätze aufzuzeigen, die zur Aufklärung des jeweiligen Verbrechens führten. Deshalb genoss er die meist spätabendlichen Unterhaltungen mit ihr, auch wenn sie ihn in seine beruflichen Probleme zurückkatapultierten. Er war auch gern bereit, auf hartnäckige Nachfragen einzugehen, und bemühte sich, logisch akzeptable Antworten zu finden.

»Habe ich das richtig verstanden: Das Opfer wurde zuerst mit einem Stein und einer Flasche mit ekelerregend stinkendem Dünger attackiert, sprang deshalb aus seinem Auto und wurde anschließend vom eigenen Fahrzeug überfahren?«, hakte sie nach.

Braig trank einen Schluck von dem Schwarzbier, nickte. »So in etwa, ja.«

»Der Stein kam aber von hinten.«

»Von hinten links. Dolde und Rössle sind sich einig.«

»Und der Dünger ebenso.«

»Richtig«, bestätigte er.

»Wieso wird der Typ dann vorne vor seinem Auto überfahren?«

»Das Seil«, antwortete Braig. »Ich nehme an, er hatte die Gefahr unterschätzt, die ihm draußen, sobald er das Fahrzeug verlassen hatte, drohte. Zurück konnte er nicht mehr, deshalb sprang er in die Garage und holte das Seil, um damit auf seinen Kontrahenten loszugehen. Der hatte aber die Gelegenheit schon genutzt, in das Auto zu springen und loszurasen.«

Ann-Katrin verzichtete auf eine schnelle Zwischenfrage, versuchte, Braigs Erklärung in Gedanken nachzuvollziehen. »Dann ist die Situation aber ganz schön eskaliert«, meinte sie schließlich.

»War sie nicht von Anfang an von roher Gewalt geprägt?«

»Also, einen Stein hinten auf ein Auto zu werfen, ist doch wohl kein allzu brutaler Akt.«

»Nicht allzu brutal?«

»Der Täter wollte den Fahrer wohl kaum mit diesem Steinwurf töten«, spekulierte sie. »Er wusste ja nicht mal, ob der Stein durchgeht oder von der Scheibe abprallt. Das moderne Material ist oft sehr widerstandsfähig. Und diese Düngerflasche war garantiert auch nicht als Mordwerkzeug geplant. Der Innenraum sollte derart stinken, dass das Auto erst nach einer gründlichen Reinigung wieder benutzbar sein würde. Wer dieses Zeug verspritzt, will den Besitzer ärgern, ihm das Leben vermiesen. Er will ihn ärgern«, wiederholte sie, »aber nicht umbringen. Wozu darauf hoffen, dass der wochenlang vor Wut über den Gestank schäumt, wenn er ihn vorher killt?«

»Das klingt logisch«, gab Braig zu. »Aber ich glaube, die Sache ist viel einfacher zu erklären: Der Täter wollte Scheuer dazu bringen, aus dem Auto zu springen. Deshalb versuchte er es mit dem Stein. Er war voll in Rage, deshalb warf er ohne jede Überlegung das Stinkezeug hinterher.«

»Hätte es ihm nicht viel mehr gebracht, Scheuer in dem Moment, als er vor Wut aus dem Wagen sprang, den widerlichen Dünger ins Gesicht und über den Körper zu schütten? Hätte er ihn voll getroffen, wäre der wohl sogar wehrlos gewesen. Zumindest im ersten Moment.«

»Du argumentierst, als wäre der Täter mit kalter Berechnung vorgegangen«, erwiderte Braig. »So wie es ablief, ist er das aber nicht. Ich sehe in dem Ganzen eine typische Affekttat. Der sah Scheuer kommen, nahm den Stein und den Dünger und ballerte sie ohne lange nachzudenken auf den Karren. Und als der raussprang …«

»Weshalb blieb der nicht in seinem Auto? Er hätte doch rückwärts davonfahren können?«

»Davonfahren? Nachdem seine Scheibe zertrümmert wurde?«

»Er scheint auf jeden Fall keine Angst vor dem Steinewerfer gehabt zu haben«, überlegte Ann-Katrin. »Sonst wäre er wohl kaum rausgesprungen. Seltsamerweise stürzte er sich aber nicht auf den Attentäter, sondern rannte in die Garage, um das Seil zu holen. Wieso?«

»Weil er merkte, dass er ohne Waffe keine Chance gegen den Attentäter hatte. Der Kerl war ihm zwar kräftemäßig unterlegen, sonst wäre Scheuer nicht aus dem Karren raus, aber er hatte eine Waffe. Das fiel Scheuer aber erst jetzt auf.«

»Was für eine Waffe?«, fragte Ann-Katrin. »Eine Pistole kann es nicht gewesen sein. Gegen die hilft kein Seil.«

»Ein Messer«, überlegte Braig. »Er durfte ihn nicht an sich rankommen lassen. Deshalb sprang er in die Garage, um es mit dem Seil zu versuchen. Er riss es zu einer Schlinge geformt an sich, um den Gegner wie mit einem Lasso einzufangen und zu knebeln. Bis er das Seil aber so weit hatte, war es zu spät.«

»Der Täter sprang in den Wagen und hielt einfach auf ihn drauf. Hass«, meinte Ann-Katrin, »da war irre viel Hass im Spiel. Lange angestaute Emotionen. Und plötzlich kam es zur Explosion.«

»Das passt. So wie mir das Opfer von den Nachbarn geschildert wurde, trifft das die Situation dort sehr gut. Mir fällt es zunehmend schwer, den Typ als Opfer zu bezeichnen. Die waren sich alle darin einig, dass wir es bei ihm mit einem besonders rücksichtslosen Zeitgenossen zu tun haben, um es mal harmlos zu formulieren. Ein verantwortungsloser Egomane, der ständig die Gesundheit und das Leben anderer gefährdete, um Spaß zu haben. Lange angestaute Emotionen lassen sich in seiner unmittelbaren Nachbarschaft in Massen finden.«

»Fragt sich nur, wer da explodierte und was der konkrete Auslöser für die Tat war.«

»Da kämen sämtliche Nachbarn infrage. Ich wüsste keinen, den ich von vornherein ausschließen würde«, gestand Braig. Er versuchte, sich die einzelnen Gespräche noch einmal in Erinnerung zu holen, schüttelte den Kopf. »Nein, die haben wirklich alle Gründe auszurasten, was den Kerl angeht. Wenn nur annähernd stimmt, was sie mir erzählt haben.« Braig zog seine Beine an sich, hörte das leise Klagen des Katers auf seinem Schoß, der sich in seiner Ruhe gestört fühlte. »Robert Reimer etwa, schräg gegenüber von Scheuer. Bei dem muss ich noch mal nachhaken. ›Onkel Robert hat mir versprochen, ihn umzubringen. Die Drecksau soll genauso am Boden liegen wie du, sagt er immer.‹«

»Von wem hast du das?«

»Max Gerlach, der Nachbarsjunge, der von Scheuer angefahren und schwer verletzt wurde. Er ist wohl fürs Leben davon gezeichnet.«

»›Die Drecksau soll genauso am Boden liegen‹«, nahm sie die angebliche Aussage Reimers auf. »Genauso ist es gekommen, oder?«

»Wort für Wort, ja«, bestätigte er.

»Hast du vorhin nicht auch erwähnt, der Nachbar, der schräg gegenüber wohnt, habe den Toten gefunden?«

»Dieser Reimer, richtig«, bestätigte Braig. »Das muss aber nichts heißen. Er schien zwar deutlich gezeichnet vom Anblick der Leiche, aber ob ihn das wirklich so stark getroffen hat oder ob da nicht auch schauspielerische Fähigkeiten bemüht wurden, kann ich nicht sagen. Ich sehe mich außerstande, aufgrund der paar Minuten, die ich den Mann vor mir hatte, ein endgültiges Urteil darüber zu fällen.«

»Du traust es ihm zu, den Nachbarn zu überfahren, ihn die ganze Nacht in der Garage liegen zu lassen und dann den ganzen Morgen darauf zu warten, dass irgendjemand den Toten findet? Und als sich kurz vor Mittag immer noch nichts getan hat, macht er sich auf den Weg, nimmt die Folgen seiner nächtlichen Aktion in Augenschein und ruft dann die Polizei?«

»Klingt ganz schön abgebrüht, ja?«

»Ganz schön abgebrüht, genau. Das könnte nicht jeder, würde ich mal sagen«, bestätigte Ann-Katrin.

»Und wenn seine Frau an der Sache beteiligt war?«

»Er wirft den Stein, sie den Dünger?«, fragte sie.

»Zum Beispiel. Und vielleicht war sie es …«

»Die in den Wagen sprang und ihren Nachbarn überfuhr?«

Braig griff nach seinem Glas, trank einen Schluck. »Irgendwie kann ich es mir nicht vorstellen. Die beiden kamen mir zu relaxt vor. Die pafften um die Wette, genossen ihren selbst gemachten Birnenlikör und ließen es sich gut gehen.«

»Obwohl er kurz vorher den zermatschten Körper entdeckt hatte.«

»Passt nicht zusammen, meinst du?«, fragte er.

»Na ja, angeblich reagieren Menschen völlig verschieden auf solche Horrorerlebnisse«, erwiderte Ann-Katrin. »Erzählt mir jedenfalls ein gewisser Kriminalhauptkommissar Braig seit Jahren.«

»Wo er recht hat, hat er recht, der Herr Hauptkommissar«, frotzelte er und knuffte ihr in die Seite.

»Was ist mit den anderen Nachbarn? Da war doch was mit Guano-Dünger.«

»Familie Brandner«, sagte Braig. »Er warf ihnen das Zeug ins Haus, nachdem er am Rand ihres Gartens einen Metalleimer geschrammt hatte.«

»Am Rand ihres Gartens«, wiederholte sie.

»Obwohl es sich um eine Sackgasse handelt«, ergänzte er. »Wo nur Fußgänger und Radfahrer Durchfahrtsrecht haben.«

»Und dafür dann Guano ins Haus.« Ann-Katrin prustete laut. »Du kennst das Zeug?«

»Ein ekelhafter Gestank.«

»Ekelhaft? Das trifft es nicht. Der Gestank ist bestialisch.«

»Sie mussten zwei Teppiche wegwerfen und ein Sofa. Ihr Boden ist zum Glück gefliest.«

»Den haben die trotzdem fünf Mal geschrubbt«, sagte sie. »Oder noch öfter. Was nicht bedeutet, dass es nicht mehr riecht.«

»Und er hat ihre Katze überfahren. Die Katze der Kinder. Vor deren Augen. In der verkehrsberuhigten Sackgasse, wo Autos nichts verloren haben.«

Ann-Katrin hatte seine Aussage mit offenem Mund verfolgt.

»Eine total sportliche Familie. Eltern wie Kinder durchtrainiert«, fuhr er fort. »Als ich kam, spielte der Vater mit seiner Tochter Federball. Auf einem winzigen Rasenstreifen. Sie seien dorthin gezogen, weil die Straße vom Verkehr befreit sei, haben mir alle Familien erzählt. Aber inzwischen sei das leider zu gefährlich …«

»Weil der Saukerl dort entlangrast?«, ergänzte sie.

»Auf einem schmalen, für Autos verbotenen Weg.« Braig seufzte laut auf, streichelte den Kater auf seinem Schoß. »Was soll ich tun?«

»Dem Täter das Bundesverdienstkreuz verleihen«, antwortete Ann-Katrin. »Oder die goldene Ehrennadel oder was immer es an außergewöhnlichen Auszeichnungen gibt.« Sie griff nach ihrem Glas, nahm einen kräftigen Schluck.

»Du hast gut reden«, maulte er.

Der Kater erhob und streckte sich, drückte ihm dann seine Nase ins Gesicht.

»Tinnitus, was ist los?« Braig massierte den Nacken des Tiers, schwenkte es in seinen Armen hin und her.

»Was ist mit den anderen Nachbarn? Die mit den Figuren zum Beispiel?« Ann-Katrin hatte Mühe, gegen das laute Schnurren des Katers anzukommen.

»Mein Handy«, sagte er, auf den Tisch weisend. »Rössle hat einige fotografiert.« Er knuddelte den Vierbeiner, verfolgte, wie sie die Mail des Spurensicherers aufrief und die Bilder betrachtete.

»Wau, das sind richtige Kunstwerke! Jede einzelne Figur individuell gearbeitet. Nix mit Gartenzwergen oder so. Der typische tumbe Durchschnittsbürger mit seinem vierrädrigen Heiligtum. Und viel nacktes Fett als Provokation. Rössle konnte sich ja kaum noch bremsen. Der hat fotografiert ohne Ende. Lauter nackte Busen und Ärsche. Können wir nicht ein paar Figuren kaufen? Dr. Genkinger stellt die garantiert sofort im Garten auf.« Ihre Begeisterung war nicht zu überhören. »Und da ist der Kerl einfach so durchgebrettert? Das ist doch nicht zu bezahlen!«

»Zum Glück arbeiten die mit einer neuen Methode. Mit einem 3-D-Drucker lassen sich die Figuren jederzeit wieder erstellen.«

»Wenn sie ihn angezeigt haben, wird ihnen jetzt wohl niemand mehr die Kosten erstatten.«

»Du meinst, deswegen kommen sie nicht als Täter infrage? Wie ich die Seiteles verstanden habe, sorgen die sich wie die anderen Nachbarn vor allem um ihre Kinder, wenn er wieder die Straße entlangrast.«

»Hat er nicht auch einen Hund überfahren?«

»Ja, den der Neubachers«, bestätigte Braig. »Einen Golden Retriever. Ebenfalls in Gegenwart der Kinder. Auf dem schmalen Fußweg, der dort mündet.«

Ann-Katrin donnerte mit ihrer Faust auf den Tisch, dass die Gläser und Flaschen klirrten. Der Kater ließ einen klagenden Laut hören.

»Entschuldigung, Tinnitus.« Sie wandte sich Braig zu, streichelte das Tier in seinen Armen.

»Ihrer Aussage nach haben sie ihn nicht mal angezeigt.«

»Was hätte das auch gebracht? Eine kleine Geldstrafe, nicht mal der Rede wert. Dreißig oder fünfzig Euro. Tiere sind doch nichts wert in diesem Land. Was zählt schon Leben? Die Freiheit automobiler Raser steht ganz oben, alles andere ist Nebensache.«

»Vielleicht haben die Neubachers deshalb selbst für die Bestrafung des rücksichtslosen Rasers gesorgt«, sagte er. »Scheuer wurde kurz darauf nämlich von einem unbekannten Hund angefallen. Vor seinem Haus. Er fügte seiner Anzeige ärztliche Atteste bei. Es hat ihn wohl sauber erwischt.«

»Schade, dass es kein Kampfhund war. Der hätte ihn in Stücke reißen sollen.«

»Ich meine, das klingt doch nach Rache. Als hätten sie es dem Kerl heimgezahlt. Die Frau kam mir sehr aggressiv vor. Und Kontakte zu einem Tierheim haben sie auch. Jetzt am Tatabend waren sie angeblich bei einem Tierheim-Fest.«

»Und wenn schon? Die haben doch allen Grund, das Scheusal zur Rechenschaft zu ziehen.«

»Vielleicht war ihnen das nicht genug. Sein Terror auf der Straße gegen ihre Kinder ging ja weiter. Vielleicht haben sie sich deshalb am Freitagabend entschieden, das Problem ein für alle Mal zu lösen.«

»Sie waren doch bei einem Tierheim-Fest.«

»Das müssen wir erst noch überprüfen. Bis jetzt habe ich nur ihre eigene Aussage.«

»Ich will nicht wissen, wie es den Kindern der Familie nach dem Tod ihres Golden Retriever ging.« Ann-Katrin fuhr dem Kater über den Rücken, schwang sich wieder auf ihren Platz zurück. »Ich muss nur an Cannabis oder Tinnitus denken. Denen wurde ein Familienmitglied geraubt.«

»Bei den Gerlachs war es nicht nur ein Tier. Da erwischte es den Sohn. Die Nachbarn der Neubachers. Max, ein bildhübscher Junge.«

»Wo ist es passiert?«

»Hundert Meter vom Haus entfernt. Damals gab es noch Durchgangsverkehr, obwohl ihnen längst die Kappung der Straße versprochen worden war. Max und Robert Reimer und dessen Kinder waren mit ihren Rädern unterwegs. Sie kamen von einer Eisdiele dort in der Nähe, mussten nur ein kurzes Stück die Straße entlang. Nasenbein zertrümmert, Kniegelenk kaputt, Hüftgelenk angebrochen, berichtete die Mutter. Ich weiß nicht, was noch alles. Seither hinkt der Junge. Scheuer sei Dank.«

»Wie lange wurde der weggesperrt?«

»Der musste nicht ins Gefängnis. Er bekam drei Monate auf Bewährung.«

Ann-Katrin sprang vom Sofa, schlug sich mit der flachen Hand gegen die Stirn. »Pah«, fauchte sie. Der Kater warf ihr einen besorgten Blick zu. Sie lief im Zimmer auf und ab, hatte Mühe, sich zu beruhigen. Braig merkte, wie es in ihr arbeitete, bat sie, wieder Platz zu nehmen.

Seine Partnerin erstarrte mitten in ihrer Bewegung, musterte ihn mit eisigem Blick. »Wenn irgend so ein Saukerl«, sagte sie langsam, wie in Zeitlupe, »unsere Ann-Sophie ...«

Er wusste, was jetzt kam, hatte auch schon daran gedacht.

»Ich würde ihn erschießen. Noch am gleichen Tag. Mit einer Knarre aus dem Darknet.«

Braig wusste nichts dagegen einzuwenden.

11. Kapitel

Um kurz vor elf Uhr an diesem Sonntag hatte Braig Ronny Hörner, auf dessen Namen er über das Kuvert in Scheuers Wohnzimmer gestoßen war, angerufen und ihn mit seinem dringenden Gesprächswunsch konfrontiert. Der Mann wohnte im Ludwigsburger Stadtteil Hoheneck, informierte Braig aber von seiner Tour nach Karlsruhe, von der er erst gegen 17 Uhr zurück sein würde. »Anschließend stehe ich zur Verfügung.«

Braig kam der späte Termin gelegen, hatte er Ann-Katrin doch versprochen, sich den Sonntag weitgehend freizuhalten, sofern das beruflich möglich sein würde.

»Ich muss nur am späten Nachmittag nach Ludwigsburg. Habt ihr Lust auf ein Eis?«

Die Frage erübrigte sich, die Antwort war klar. Wenige Wochen vorher, in den ersten Lockerungen nach Corona, hatte seine Tochter bei einem Ausflug mitten in der Barockstadt eine Eisdiele entdeckt, die ihr besonders in Erinnerung geblieben war. Wobei ihr Eisdielen immer in Erinnerung blieben. Im Gegensatz zu dem dazugehörigen städtischen Ambiente. In dem Fall aber …

»Oh, gern. Und danach besuchen wir wieder den Spielplatz.«

Die kleine, mit Schaukeln, Rutschbahn und anderen Geräten ausgestattete Anlage in der Nähe des Schlossparks hatte es ihr damals schon angetan.

Kurz vor 18 Uhr war Braig an der angegebenen Adresse angelangt. Er hatte sich von seiner Familie verabschiedet und dann nach Hörners Straße gesucht. Das Namensschild des Mannes war in krakeliger Handschrift verfasst. Braig läutete, hörte fast unmittelbar danach das Summen des Türöffners. Er folgte der Treppe ins zweite Obergeschoss, sah eine Gestalt mit einem auffallend pausbäckigen Gesicht und stoppeligen Haaren vor sich. »Ronny Hörner?«, fragte er, vom Namensschild neben der Wohnungstür ablesend.

Der Mann nickte.

»Wir haben telefoniert«, erklärte der Kommissar, seinen Ausweis präsentierend. »Ich würde mich gerne mit Ihnen unterhalten.« Er wies ins Innere.

Hörner verstand den Fingerzeig. Er trat einen Schritt zurück, ließ Braig passieren.

Die schmale Diele führte direkt in ein geräumiges Zimmer, das offenbar als Wohnraum und Küche zugleich diente und neben Herd, Spüle und Kühlschrank ein graues Mehrsitzersofa und ein etwas überdimensioniertes Fernsehgerät aufwies. Der Mann schien den Überresten einer Pizzaverpackung nach gerade sein Abendessen beendet zu haben. Er schob das Material zur Seite, bat seinen Besucher, auf dem Sofa Platz zu nehmen.

»Es geht um Kevin Scheuer«, erklärte der Kommissar, nachdem sich beide am jeweils anderen Ende des Mehrsitzers niedergelassen hatten. »Wie gut kennen Sie ihn?«

Hörner blies Luft durch die Zähne, zuckte mit den Schultern. »Wie soll ich das sagen: Wir sind Arbeitskollegen.«

»Nur Kollegen?«

»Na, wir machen manchmal auch privat was zusammen.«

»Im September zum Beispiel Urlaub auf Mallorca«, erklärte Braig, die Aufschrift auf dem Kuvert in Scheuers Wohnzimmer wiedergebend, über das er auf Hörners Namen und Anschrift gekommen war.

Hörner schien überrascht. »Oh, hat er Ihnen das erzählt? Wir haben aber noch nichts gebucht.«

»Wann haben Sie ihn zum letzten Mal gesehen?«

»Das war …« Der Mann überlegte. »Na, jetzt am Freitag. Auf der Arbeit.«

»Auf der Arbeit. Nicht später noch?«

Hörner schüttelte den Kopf. »Kevin machte schon um zwölf Uhr mittags Schluss. Er wollte seinen Kleinen abholen und den Rest des Tages mit ihm verbringen.«

»Macht er das oft?«

»Ein oder zwei Mal im Monat vielleicht. Der Kleine ist ganz schön nervig. Viel länger hält er es nicht mit ihm aus. Kevin meint, seine Ex hetzt den Kleinen gegen ihn auf.«

»Wollten Sie gestern nichts gemeinsam unternehmen?«

»Wer? Kevin und ich?«

»Sie sagten doch, Sie machen manchmal auch privat etwas zusammen«, erklärte Braig.

»Na, wir hatten nichts Festes verabredet. Gerry, unser Kollege, war übers Wochenende weg, er ist oft dabei. Er hat 'ne Neue, also muss er sich mit der beschäftigen, so ist es eben.«

»Haben Sie sich gestern mit Herrn Scheuer getroffen?«

»Ich hab ihn zwei Mal angerufen. Er ging nicht dran.«

»Und dann?«

»Bin ich eben allein auf Pirsch.«

»Was heißt das?«

Hörner musterte ihn irritiert. »Ich war allein unterwegs. Einfach so, ohne Ziel.«

»Darf ich fragen, wo Sie am Freitagabend gegen 23 Uhr waren?«

»Jetzt am Freitag? Da war ich in 'ner Kneipe. Hier in Ludwigsburg. Endlich mal wieder was los nach der langen Corona-Sperre.«

»Kann das jemand bestätigen?«

»Auf jeden Fall«, war Hörner sich sicher. »Waren zwei alte Spieler mit dabei. Henry und Hotte. Wollen Sie ihre Nummern?«

»Gerne«, bestätigte Braig. »Und die der Kneipe.« Er wartete, bis Hörner ihm die Ziffern auf seinem Handy präsentierte, übernahm sie dann.

»Warum wollen Sie das wissen?«, fragte der Mann.

»Wissen Sie nicht, was mit Herrn Scheuer passiert ist?« Braig sah die fragende Miene seines Gesprächspartners auf sich gerichtet.

»Was soll passiert sein?«

»Er fiel einem Gewaltverbrechen zum Opfer«, erklärte Braig.

»Einem …« Dem Mann hatte es die Sprache verschlagen. Er sprang vom Sofa, baute sich vor seinem Besucher auf, starrte ihn an. »Er ist …«

Braig nickte.

»Leck mich, der gute Kevin!«

»Haben Sie eine Ahnung, ob Herr Scheuer von jemandem bedroht wurde?«

Hörner benötigte geraume Zeit, bis er reagierte. »Bedroht?« Er fixierte seinen Besucher, fuhr sich dann durch die Haare. »Na, aber klar. Kevin wurde dauernd bedroht. Von seinen Nachbarn. Leck mich, Sie haben keinen Dunst, was das für Arschlöcher sind. Die zerkratzen seine Autos, ballern mit Steinen drauf. Der eine hat sogar 'ne Knarre. Kevin kann die Autos keine Sekunde draußen stehen lassen, sogar auf seinem eigenen Grundstück nicht. Er fährt sie sofort in die Garage und verriegelt die Tür, so aggressiv sind die. Letzte Woche erst bedrohte mich der Irre, der direkt neben Kevin wohnt, mit irgendeinem widerlichen Zeug. Bah, ich könnte jetzt noch kotzen, wenn ich dran denke! Der hatte 'ne Plastikflasche, die stank wie Scheiße! Wie Scheiße, sage ich Ihnen«, wiederholte Hörner.

»Sie wurden bedroht?«, fragte Braig. »Wo war das und wann?«

»Na, letzte Woche erst, kurz vor Kevins Grundstück. Ich kam die Straße entlang, da zwang der Irre mich zum Halten. Drückte mir das stinkende Zeug in die Fresse, als ich öffnete, und spritzte 'ne Ladung auf meine Kühlerhaube. Das zersetzt doch alles! Und als ich dann rausrannte und auf den Irren losging, bedrohte mich der Durchgeknallte mit 'ner Knarre. Der hielt sie mir an den Kopf, auf offener Straße, ob Sie's glauben oder nicht! Der Durchgeknallte mit den verrückten Figuren, hat den halben Garten voll fetter Ärsche und Titten, kommt mit 'ner Knarre und bedroht mich! Die wohnen beide, der Irre und der Durchgeknallte, direkt neben Kevin. Sie glauben nicht, wie oft er schon von beiden attackiert wurde. Und deren Weiber sind genauso behindert, die haben ihn auch schon mehrfach bedroht.« Er machte eine Pause, gestikulierte mit erhitzter Miene vor Braig durch die Luft. »Und ich habe ihn noch gewarnt, er soll die Typen nicht auf die leichte Schulter nehmen! Aber Kevin lachte nur. Er wollte nicht auf mich hören. Und jetzt haben sie es getan. Der Irre und der Durchgeknallte, ich sage Ihnen, die waren das!«

12. Kapitel

Natürlich hatte Braig aufgehorcht, als Hörner ihm von der Bedrohung durch die angeblich rabiaten Nachbarn Scheuers berichtet hatte. *Der Irre, der direkt neben Kevin wohnt,* habe ihm eine Plastikflasche voll stinkendem Zeug *in die Fresse gedrückt und 'ne Ladung auf meine Kühlerhaube gespritzt.* Und *der Durchgeknallte mit den verrückten Figuren, der mit dem halben Garten voller fetter Ärsche und Titten, 'ne Knarre an den Kopf gehalten, auf offener Straße.*

Hörners Wortwahl war derart treffend und prägnant ausgefallen, dass es keinerlei Schwierigkeiten bereitete, die Identität der erwähnten Männer zu erahnen. Thomas Brandner und Jürgen Seitele. Hatten sie sich Hörner gegenüber wirklich so aggressiv verhalten oder handelte es sich um eine bewusste Übertreibung, um Brandner und Seitele auch als potenzielle Mörder Scheuers ins Spiel zu bringen?

Braig zögerte keine Sekunde, dem Mann Glauben zu schenken, so unvorteilhaft dessen ganze Erscheinung auch ausgefallen war. Hörners unübersehbar proletarisch anmutendes Auftreten machte ihn nicht automatisch zum Märchenerzähler oder Lügner. Natürlich war es möglich, dass Brandner und Seitele, seit Jahren das rücksichtslose

Verhalten Scheuers und seiner Kumpane und die daraus resultierende Gefährdung von Gesundheit und Leben ihrer Familien vor Augen, dem Mann gegenüber aggressiv aufgetreten waren, kein Mensch konnte ihnen dies vorwerfen. Möglicherweise war Hörner trotz der Absperrungen auf den Zucchini-Weg eingebogen und an spielenden Kindern vorbeigerast und dabei von den zu Recht aufgebrachten Nachbarn Scheuers zum Halten gezwungen worden. Vielleicht hatte Brandner in dem Moment gerade seine Kübelpflanzen gedüngt und war deshalb mit dem Guano auf ihn losgegangen. Die Flasche *in die Fresse gedrückt und 'ne Ladung auf meine Kühlerhaube gespritzt,* hatte Hörner behauptet. Wenn Brandner wirklich rabiat gewesen wäre, hätte er ihm das stinkende Zeug *in die Fresse* gejagt, überlegte Braig, und nicht nur aufs Blech.

Der einzige Punkt, der ihn genauer interessierte, war die Sache mit der angeblichen Pistole, die Seitele Hörner an den Kopf gehalten haben sollte. Besaß der Mann wirklich eine scharfe Waffe, dann bestand immerhin die Möglichkeit, dass er mit ihr in der Mordnacht Scheuer bedroht und gezwungen hatte, aus dem Auto zu steigen, um ihn anschließend überfahren zu können. Das war eine neue Variante, die er bisher noch nicht in seine Überlegungen aufgenommen hatte. Er musste den Nachbarn genauer überprüfen, vielleicht lag die Lösung des Falles näher, als er es bisher gedacht hatte.

Seine erste Handlung am Montagmorgen im Büro diente deshalb der Beantwortung dieser Frage. Er wandte sich an seinen Kollegen Stöhr, gab ihm den Namen und die Anschrift Seiteles wie auch dessen Frau, schilderte ihm das Problem.

»Hm, das haben wir schnell«, meinte der Mann.

»Das ist gut. Ich muss heute Morgen nämlich noch nach Esslingen.« Er wählte die Nummer von Scheuers ehemaliger Partnerin und vereinbarte mit der Frau einen Gesprächstermin um 10:30 Uhr bei ihr zu Hause.

»Aber nicht länger als eine Stunde«, erklärte sie. »Ich muss mich noch um meinen Sohn kümmern, bevor ich zur Arbeit gehe.«

»Kein Problem. Ich werde Sie nicht lange in Anspruch nehmen.«

Braig war gerade auf dem Weg in Neundorfs Büro, als er Stöhrs Stimme hörte. »Hm, weder auf einen Jürgen noch auf eine Kerstin Seitele ist eine Waffe angemeldet«, erklärte der Kollege. »Nichts. Gar nichts.«

»Vielleicht auf einen der anderen Nachbarn?« Er lief zurück, mailte Stöhr die komplette Namensliste, bat ihn, sie auf Waffenbesitz zu überprüfen.

Neundorf beschäftigte sich mit dem Bewegungsprofil und den letzten Telefongesprächen Scheuers, als Braig ihr Büro betrat.

»Wie steht's mit der Gesundheit?«, fragte er.

»Könnte besser sein«, bekannte sie. »Ich bin mal wieder so begriffsstutzig wie meine Urgroßmutter. Mache Fehler auf Fehler. Es ist zum Verrücktwerden.«

»Solltest du dann nicht besser zu Hause bleiben?«

»Die nächsten zehn Jahre?«, konterte sie. »Die Ärzte können mir nicht sagen, wie lange diese Spätfolgen anhalten. Nicht einmal, ob ich sie jemals loswerde. Woher sollen sie es auch wissen, ich bin im Prinzip ja so was wie ein Versuchskaninchen. Neues Virus – schauen wir mal, was es alles anrichtet und wie lange es sich hält.«

Sie erhob sich von ihrem Stuhl, lief zur Anrichte im Eck, schenkte sich einen Kaffee ein. »Der dritte heute Morgen. Vielleicht macht der mich endlich wach.« Sie wies auf die Kanne. »Du auch?«

»Danke«, wehrte er ab.

Neundorf trank von dem Kaffee, nahm wieder an ihrem Schreibtisch Platz. »Also«, erklärte sie, auf den Bildschirm deutend, »Scheuers letzter Anruf erfolgte um 22:46 Uhr. Laut dem Bewegungsprofil seines Handys und dem GPS seines Wagens befand er sich zu dem Zeitpunkt in Bad Cannstatt in der Nähe der Nürnberger Straße. Die Nummer, die er kontaktierte, gehört einem Michael Dilger. Wenn meine Nachforschungen korrekt sind, wohnt dieser Dilger in Stuttgart, genauer in Feuerbach, und hat was mit Kfz-Reparaturen zu tun. Das Gespräch dauerte etwas über fünf Minuten. Laut Bewegungsprofil war Scheuer am Ende zu Hause angelangt.«

»Dilger«, nahm Braig den Namen auf. »Mit dem muss ich unbedingt sprechen.«

Neundorf ließ sich nicht beirren. »Fast eine Stunde vorher wurde Scheuer direkt hintereinander von zwei verschiedenen Leuten angerufen. Um 21:59 Uhr von einem Gerald Eck, das ging fast fünf Minuten lang, und kurz vorher, um 21:55 Uhr, von einem Handy, das auf eine Laura Rössle zugelassen ist. Die hat übrigens nichts mit unserem Spurensicherer zu tun. Besser gesagt: Ich habe ihn noch nicht danach gefragt. Es handelt sich vielmehr um Scheuers Ex-Frau. Das Gespräch dauerte nur drei Minuten. Er befand sich bei beiden Anrufen in Feuerbach.«

»In Feuerbach?«

»Wie vorhin erwähnt: Dieser Dilger, sein letzter Anrufer, lebt dort, wenn ich das richtig eruiert habe.«

»Scheuer hielt sich länger in Feuerbach auf?«

Neundorf zeigte auf den Bildschirm. »Über eine Stunde. Von 21:32 Uhr bis 22:40 Uhr. Kurz vorher, um 21:20 Uhr, rief er schon einmal bei diesem Dilger an. Da befand er sich am Ortsrand von Esslingen. Genauer gesagt, in Mettingen.«

»Das könnte bedeuten, er ruft bei dem Typ an, um ihn zu fragen, ob er zu so später Stunde noch bei ihm vorbeischauen könnte. Dilger sagt zu, er fährt hin und bleibt etwa eine Stunde dort«, überlegte Braig. »Richtig?«

Neundorf hob abwehrend beide Hände. »Schlussfolgerungen aus den vorliegenden Daten zu ziehen, überlasse ich heute dir. Ich bin einfach nicht voll auf dem Dampfer.«

»Kein Problem«, meinte er. »Ich muss das alles sowieso noch mal in Ruhe durchgehen. Was war vorher mit Scheuer?«

»Er hielt sich in Esslingen auf, allerdings nur wenige Minuten. Kam von Plochingen her, rief von dort aus um 20:55 Uhr bei seiner Ex an. Das Gespräch dauerte aber nur vierzig Sekunden. Ab 21:01 Uhr war er im Bereich Esslingen eingeloggt, bewegte sich aufs Zentrum zu und blieb dort etwa zehn Minuten.«

»Mitten in Esslingen? Und kurz davor telefoniert er mit seiner Ex? Da hat er wohl seinen Sohn wieder bei ihr abgeliefert. Dieser Hörner in Ludwigsburg, bei dem ich gestern Abend noch war, hat erzählt, Scheuer hätte am Freitag schon um zwölf Uhr in der Firma Schluss gemacht, um seinen Sohn abzuholen und den Rest des

Tages mit ihm zu verbringen. Dann war er ganz schön lange mit dem Kleinen unterwegs.«

»Das deckt sich mit dem Profil.« Neundorf konzentrierte sich auf den Bildschirm. »Morgens hält er sich in Feuerbach auf. Kurz nach zwölf Uhr bewegt er sich dann Richtung Esslingen, wo er von 12:35 Uhr bis 12:44 Uhr bleibt. Anschließend geht's wieder weiter nach Plochingen und …« Sie hielt inne, weil ihr Telefon läutete, fügte noch »Nürtingen« hinzu, griff dann nach dem Hörer. »Dr. Schäffler«, sagte sie laut, Braig zugewandt. »Ja, der ist gerade hier bei mir. Moment, ich stelle laut.«

»Kann mich jetzt auch der Herr Kollege hören?«, erkundigte sich der Gerichtsmediziner.

»Sehr gut, ja«, bestätigte Braig. »Guten Morgen.«

Dr. Schäffler ersparte sich jedes Geplänkel. »Scheuer«, erklärte er. »Der Stein und die Guano-Flasche.«

»Ja?«

»Keinerlei Kontakt.«

»Weder der Stein noch die Plastikflasche haben ihn getroffen?«

»Soweit ich das aufgrund seiner doch etwas in Mitleidenschaft geratenen Überreste beurteilen kann, weder noch.«

»Dann sprang er nicht aus seinem Fahrzeug, weil er verletzt war, sondern weil er sich angegriffen fühlte.«

»Spekulationen sind Ihr Metier, Herr Hauptkommissar, nicht meines«, gab der Arzt schnippisch zur Antwort. »Ich versuche mich mit Fakten.«

»Sehen Sie, das sind nun mal die Unterschiede zwischen Ihrer und meiner Arbeit«, frotzelte Braig.

»Tatsache ist zudem, dass der Tod durch Genickbruch erfolgte, als er auf den Boden katapultiert wurde. Die Vorderräder des Fahrzeugs zerquetschten also einen gerade Hingeschiedenen, um es allgemein verständlich auszudrücken.«

»Danke, ich habe es verstanden.«

»Falls Sie noch Fragen haben, meine Nummer ist Ihnen …«

Braig fiel dem Arzt ins Wort, bevor der die Verbindung unterbrechen konnte. »Der genaue Todeszeitpunkt?«

»Wusste ich's doch«, brummte Dr. Schäffler. Er murmelte etwas vor sich hin, erklärte dann laut: »Somit komme ich auf 23 Uhr. Plus/minus dreißig Minuten.«

»Das entspricht genau unserer Handy-Auswertung«, sagte Braig. Er bedankte sich, wartete, bis Neundorf den Hörer zurückgelegt hatte.

»23 Uhr«, nahm sie die Aussage des Arztes auf. »Sein letzter Anruf erfolgte um 22:46 Uhr von Bad Cannstatt aus. Er galt diesem Dilger in Feuerbach und ging bis 22:51 Uhr. Da war Scheuer zu Hause.«

»Und dann wurde er wohl sofort angegriffen«, ergänzte Braig. »Mit dem Stein und dem Dünger.«

»Möglicherweise schon in dem Moment, als er noch mit Dilger telefonierte. Du musst den Mann fragen, ob er etwas davon mitbekommen hat. Vielleicht hat Scheuer sogar einen Namen erwähnt, weil er den Angreifer erkannte. Oder er hat sonst eine Bemerkung gemacht, die den Täter irgendwie verraten könnte. Auch wenn Dilger selbst nichts damit anfangen kann. Mit Glück kommen wir dem Täter so auf die Spur.«

13. Kapitel

Die Adresse, die Scheuers ehemalige Partnerin Laura Rössle ihm angegeben hatte, lag nicht weit von der Esslinger Altstadt entfernt. Zehn, zwölf Gehminuten den Berg hoch, je nachdem, welches Tempo er einschlug. Das war ein wichtiger Pluspunkt, überlegte Braig. Wenn er der Nachbarstadt wenige Kilometer neckaraufwärts schon einen Besuch abstattete, wollte er es auf keinen Fall versäumen, wenigstens eine halbe oder ganze Stunde die einzigartig bezaubernde Atmosphäre des Esslinger Zentrums zu genießen.

Aus dem Bahnhof in die schmalen Gassen der Fußgängerzone eintauchend, glaubte er sich wieder einmal in eine längst vergangene, weniger lärmende und hektische Zeit versetzt. Ein einzigartiger Zauber ging von all den vielen verträumten Winkeln, lauschigen Plätzen und den von anmutig herausgeputzten Hausfassaden gesäumten Gassen aus. Kaum war man von den lärmenden, stinkenden, Stress und Hektik verbreitenden Blechkarossen befreit, gewann das Leben an Qualität. Was für ein Kontrast zu den überall sonst gewohnten, vom Autoterror geplagten Straßen und Stadtvierteln!

Miteinander scherzende, sich unterhaltende Menschen schlenderten ihm entgegen. Jugendliche flanierten in kleinen und größeren Gruppen durch die Gassen, neugierig die Köpfe reckend und nach Gleichaltrigen spähend. Kinder schleckten Eis, von Hormonschüben aus der Bahn katapultierte Pubertierende versuchten mit lauthals verkündeten, unflätigen Ausdrücken Aufmerksamkeit zu erregen. Girlies stöckelten in hochhackigen Schuhen übers Pflaster, kreischten, junge Männer vor Augen, laut auf, stellten ihre neu erworbenen Kleidungsstücke zur Schau. Frauen mit Einkaufstaschen, in die Menge spähende, ältere Männer, hechelnde, an ihren Leinen zerrende Hunde, durch die Luft flatternde Tauben. Sommerlich warme Luft strich durch die Gassen, der Duft von frisch gebrühtem Kaffee wechselte mit dem Aroma teurer Parfums aus nahe gelegenen Läden.

Braig mäßigte sein Tempo, genoss jeden Schritt. Mitgerissen von der Faszination dieses bezaubernden Siedlungsjuwels schlenderte er um die Ecken. Ein städtebaulicher Edelstein, der weit und breit seinesgleichen suchte. Er erreichte die pittoreske Szenerie der *Inneren Brücke*. Laden reihte sich an Laden. Er passierte die kleine Nikolaus-Kapelle, führte es allein auf schwäbisches Understatement zurück, dass Esslingens *Innere Brücke* nicht in einem Atemzug mit dem *Ponte Vecchio* in Florenz oder der *Krämerbrücke* in Erfurt genannt wurde. Am einzigartigen Zauber der Atmosphäre hier lag es jedenfalls nicht.

Er warf einen Blick auf die von unzähligen Menschen bevölkerten Grünanlagen der *Maille,* die sich unterhalb der Brücke von den schmalen Läufen des Roßneckar- und des Wehrneckarkanals umgeben erstreckte, bog zur Franziskanergasse hin ab. Der die meiste Zeit des Jahres gut besuchte Park hatte seinen Namen vom alten Zeitvertreib des *Paille Maille,* bei dem Holzstücke mit Stöcken zu einem bestimmten Ziel geschlagen wurden – Braig war die Geschichte Esslingens von vielen Besuchen her gut bekannt.

Er erreichte die Katharinenstaffel, folgte ihr den Berg hoch, hatte kurz darauf die gesuchte Adresse erreicht. Die Hausnummer prüfend, traf er auf eine schmale, mit einem blau-weiß gestreiften T-Shirt und dunklen Jeans bekleidete Frau Mitte dreißig, die sich gerade an der Eingangstür zu schaffen machte. Er warf einen flüchtigen Blick auf das Klingelbord, entdeckte den Namen in der rechten Spalte: *Rössle.*

Die Frau schob die schwere Tür zurück, hievte eine prall gefüllte Einkaufstasche ins Haus. Sie hatte kurze, blonde Haare, ein freundliches, von zarten, hellroten Wangen gezeichnetes Gesicht. Ihre schmalen Schultern und die dünnen Arme ließen sie fast zerbrechlich erscheinen.

»Entschuldigen Sie bitte«, meldete Braig sich zu Wort, »ich würde ebenfalls gerne …« Ihr misstrauischer Blick ließ ihn verstummen.

Sie blieb mitten im Eingang stehen, versperrte ihm den Weg.

»Ich möchte zu einer Frau Rössle«, versuchte er sich zu legitimieren.

»Zu mir?«, fragte sie.

Er zog seinen Ausweis aus der Tasche, stellte sich vor. »Sie haben angerufen?«

»Heute Morgen, ja.«

Braig wartete, bis sie die Tür freigab, bot ihr an, die Tasche zu tragen. Sie zögerte, willigte erst nach kurzem Überlegen ein. Die Tasche war überraschend schwer. Er kämpfte sich vor der Frau die Treppe hoch, nahm dankbar wahr, dass sie im ersten Obergeschoss wohnte.

»Ich habe für meine Mutter mit eingekauft«, entschuldigte sie sich, als sie seine angestrengte Miene bemerkte. »Zwei große Wassermelonen, jede zwischen drei und vier Kilo schwer. Sie will ihre Freundinnen damit überraschen. Obst ist gesünder als Kuchen.«

»Ihre Mutter wohnt ebenfalls hier?«

Laura Rössle nickte. »Im Nachbarhaus. Ein Glücksfall. So kann sie sich um Manuel kümmern, meinen Sohn, wenn ich arbeite.«

Braig stellte die Tasche ab, bis sie die Wohnungstür aufgeschlossen hatte, folgte ihr dann in die Diele. Sie öffnete die Tür zu ihrem Wohnzimmer, bat ihn zu warten, bis sie die Einkäufe verstaut hatte. »Das geht schnell«, versicherte sie.

Er trat in den hellen, von einem großen Fenster dominierten Raum, nahm überrascht die kleine Bücherwand an der Schmalseite wahr. Bücher über Bücher lagen stapelweise übereinander oder waren sorgfältig nebeneinander aufgereiht. Braig trat näher, sah, dass es sich oben meist um Krimis und Romane, unten dagegen eher um Natur- und Tierbücher handelte. Er nahm einen der großformatigen Bildbände zur Hand, erkannte ihn auf Anhieb. Ein kleiner, dunkelhaariger Junge, ein dicker, gemütlicher Bär und ein aufmerksam in die Umgebung spähender Panther. *Das Dschungelbuch.*

Er war mit der Geschichte aufgewachsen, hatte in Mogli und Balu, in Baghira und der Elefantenkompanie treue Begleiter durch seine Kindheit gefunden. Gemeinsam waren sie der hinterlistigen Schlange Kaa entkommen, hatten mit den Affen in den Zweigen der Bäume geschaukelt und von den Geiern unterstützt den bösen Tiger Sir Khan mit brennenden Ästen in die Flucht getrieben.

Braig war so in die Betrachtung der Bilder versunken, dass er die Frau erst bemerkte, als sie mit kräftigem Räuspern auf sich aufmerksam machte.

»Ich sehe, Sie finden sich auch ohne mich zurecht.«

Er bemerkte das leichte Grinsen in ihrer Miene, wies auf die Bedeutung des Buches in seinem ersten Lebensjahrzehnt hin.

»Das freut mich«, erklärte sie. »So etwas möchte ich meinem Sohn auch vermitteln.«

»Deshalb die vielen Bücher«, sagte er, das Regal im Blick.

»Oben meine, unten seine«, pflichtete sie ihm bei.

Braig legte das Dschungelbuch zurück, folgte ihrem Fingerzeig, auf einem der Stühle an dem schmalen Tisch Platz zu nehmen. Er nahm ihren demonstrativen Blick auf die Wanduhr wahr, verwies darauf, dass er sie nicht lange aufhalten wolle. »Sie arbeiten als Krankenschwester?«

»Hier im Krankenhaus«, bestätigte sie.

»Dann haben Sie anstrengende Monate hinter sich.«

»Wegen Corona.« Sie nickte. »Hoffentlich ist das Schlimmste vorbei. Lange hätte ich es nicht mehr durchgehalten.«

Er bemerkte, wie sich ihr Gesicht verdüsterte.

»Fast jeden Tag neue, um ihr Leben kämpfende Patienten, teilweise mit völlig verschiedenen Symptomen und Beschwerden. Und immer wieder einige, denen wir nicht helfen konnten, die trotz all unserer Bemühungen starben. Dazu die Angst, mich selbst anzustecken, meinen Sohn und vielleicht noch meine Mutter. Sie ist fast siebzig.«

»Jetzt sieht es aber auch auf Ihrer Station besser aus«, versuchte Braig, sie zu trösten.

Laura Rössle zupfte ihr blau-weiß gestreiftes T-Shirt zurecht, nahm auf einem Stuhl an der anderen Seite des Tisches Platz. »Jetzt sieht es besser aus, ja«, bestätigte sie. »Solange wir von neuen, noch aggressiveren Mutationen verschont bleiben.«

Er beschloss, auf weiteren Small Talk zu verzichten und sich auf den eigentlichen Grund seines Besuches zu konzentrieren. »Sie wissen, weshalb ich Sie sprechen möchte.«

Die Frau nickte. »Mein Ex. Ein Unfall.«

»Nicht ganz«, berichtigte er. »Kein Unfall. Er wurde vorsätzlich getötet.«

»Oh.« Sie schien überrascht. »Dann habe ich die Dame am Telefon falsch verstanden. Sie rief mich am Samstag an, als wir am Bodensee waren.«

»Offensichtlich, ja.« Er suchte vergebens nach einer Spur von Trauer in ihrer Miene.

»Sie wundern sich vielleicht über meine Reaktion«, schien sie seine Gedanken zu erahnen. »Wir haben schon lange keinen Kontakt mehr.«

»Ihr gemeinsamer Sohn?«

»Manuel. Er holt ihn alle paar Wochen zu sich. Sofern er die Zeit dazu findet.«

»Dabei wechseln Sie aber schon ein paar Worte.«

Der Anflug eines Lächelns huschte über ihr Gesicht. »Kaum«, antwortete sie. »Er holt Manuel bei meiner Mutter ab und bringt ihn ihr wieder zurück. Das ist einfacher so. Ich arbeite Schicht.«

»Wann haben Sie sich getrennt?«

»Vor über vier Jahren. Manuel war fast fünf.«

»Und wann hatte er Ihren Sohn zum letzten Mal bei sich?«

»Das wissen Sie doch«, erklärte sie. »Die Dame, Ihre Kollegin nehme ich an, hat mich danach gefragt.«

»Am Freitag, richtig?«

»Ja. Freitagmittag. Ich hatte Spätschicht. Am Samstag und gestern waren wir am Bodensee. Meine Mutter, Manuel und ich. Wir haben einen Platz am See. Iriswiese in Kressbronn.«

»Haben Sie Ihren ehemaligen Mann am Freitag gesehen?«

Laura Rössle schüttelte den Kopf. »Nein. Ich sagte Ihnen doch, ich hatte Spätschicht. Er läutete bei meiner Mutter, holte Manuel ab und brachte ihn ihr wieder zurück.«

»Wann war das?«

»Sie fragen vielleicht Sachen. So genau weiß ich das nicht. Da müsste ich bei meiner Mutter …«

»Ungefähr.«

Sie seufzte laut. »Irgendwann mittags, zwischen zwölf und eins. So läuft das jedenfalls meistens. Also nehme ich an …«

Braig nickte. Die Zeit stimmte sowohl mit der Aussage Ronny Hörners als auch mit dem Bewegungsprofil von Scheuers Handy überein. »Und wann brachte er ihn wieder zurück?«

Laura Rössle schien zu überlegen. »Keine Ahnung. Ich hatte Spätschicht. Wissen Sie, wie müde ich bin, wenn ich nach Hause komme? Und am nächsten Morgen fuhren wir an den Bodensee. Ich weiß nur noch, dass es spät war. Er rief mich kurz an, teilte mir mit, dass er Manuel jetzt zurückbringe, und stand dann bei meiner Mutter vor der Tür. Aber wann genau?«

»Sie haben keinen festen Termin mit ihm vereinbart?«

»Einen festen Termin?« Die Frau lachte laut auf. »Sie kennen ihn nicht. Der und fester Termin – vergessen Sie's! Der weiß nichts von festen Terminen!«

»Kann es sein, dass er Ihren Sohn erst nach 21 Uhr zurückbrachte?«

»Ich weiß es nicht. Aber ja, ich war auf der Station gerade fertig, und meine Mutter schimpfte mal wieder auf ihn von wegen unzuverlässig. Aber das sind wir ja gewohnt.«

»Sie haben auf jeden Fall um 21:55 Uhr mit ihm telefoniert«, sagte Braig mit einem Blick aufs Display seines Handys. »Drei Minuten lang.«

»Ach so, wegen der Hose, ja. Ich war gerade nach Hause gekommen, da zeigte mir meine Mutter Manuels Kleidung. Die Hose und das Shirt waren stark verschmutzt, wieder einmal. Und Manuel genauso. Sie musste den Jungen gründlich duschen, bevor sie ihn ins Bett brachte. Nur weil der ihn wieder durch den größten Dreck jagte.«

»Durch den größten Dreck?«

»Typisch mein Ex. Er kann mit dem Jungen nicht Eis essen gehen oder einen Tierpark besuchen, wie normale Menschen das tun. Nein, er muss zu einem aufgelassenen Steinbruch fahren, wo Verrückte mit dreckverschmierten Motorrädern durch Schlammpfützen rasen. Und natürlich nicht eine oder zwei Runden, sondern den halben Tag lang. Er hat nie genug Geld, wirft es aber ständig mit vollen Händen raus.« Sie schüttelte den Kopf, wischte mit der Hand abfällig durch die Luft.

»Deshalb haben Sie ihn so spät noch angerufen.«

»Er wusste genau, dass wir am nächsten Tag wegfahren wollten. Ich habe mich bei ihm für seine tatkräftige Vorbereitung bedankt.« Der sarkastische Tonfall ihrer Stimme war nicht zu überhören.

»Und dann?«

»Das war's«, sagte sie. »Ich war hundemüde, wollte nur noch ins Bett.«

»Wissen Sie, wo sich Ihr ehemaliger Mann zum Zeitpunkt Ihres Anrufs befand und was er an diesem Abend noch vorhatte?«

Laura Rössle schüttelte den Kopf. »Nein. Ich sagte Ihnen doch: Auf der persönlichen Ebene läuft bei uns nichts mehr. Schon lange nicht mehr. Das mit Manuel ist die Ausnahme. Alles andere interessiert mich nicht. Vorbei ist vorbei.«

»Auch wenn Sie nur noch wenig miteinander zu tun haben: Fällt Ihnen jemand ein, mit dem Ihr Ex Streit hatte?«

»Streit?« Die Frau musterte ihn mit großen Augen. »Ich weiß nicht mal, mit wem er zusammenlebt oder mit wem er sich trifft. Vielleicht seine alten *Freunde*.« Sie formulierte das letzte Wort mit spitzer Zunge.

»Mit denen gab es Auseinandersetzungen?«

»Na ja«, erklärte sie mit verächtlichem Unterton. »Die kamen sich damals ständig ins Gehege. Einer verrückter als der andere. Machten nichts als krumme Geschäfte, weil sie ständig Geld für ihre Blechkisten brauchten. Die schraubten Tag für Tag und Wochenende für Wochenende daran herum, nur um noch schneller losrasen oder den anderen überholen zu können. Wenn er immer noch mit denen zu tun hat …«

»Wissen Sie Namen, vielleicht auch Adressen?«

Laura Rössle winkte mit ihrer Rechten ab. »Tut mir leid. Das ist zum Glück lange vorbei.« Sie verharrte einen Moment, blickte zur Seite. »Gerry, jetzt erinnere ich mich wieder, einer hieß Gerry.«

»Gerry? Wie noch?«

»Keine Ahnung. Mir fiel der Name nur wieder ein, weil Manuel ihn neulich erwähnte. Irgendwas mit Gerry. Der hockte schon damals dauernd bei ihm in der Garage.«

»Noch jemand?«

Sie schüttelte den Kopf.

»Was waren das für ›krumme Geschäfte‹?«

»Das dürfen Sie mich nicht fragen. Ich weiß, warum ich mich von dem Typ getrennt habe. Die benötigten ständig riesige Summen für ihre Karren. Und auf legalem Weg kamen die da nicht ran. Aber ich kann Ihnen nichts Konkretes dazu sagen, wirklich nicht.«

»Was ist mit den Nachbarn?«, überlegte Braig. »In der Schwarzrieslingstraße. Sie erinnern sich?«

»Ja, natürlich«, antwortete die Frau.

»Mit wem gab es den heftigsten Streit?«

»Ich hatte mit keinem von den Nachbarn Streit«, betonte Laura Rössle. Sie richtete sich in ihrem Stuhl auf. »Was man von meinem Ex leider nicht sagen kann. Die waren besorgt um ihre Kinder, wenn er und seine *Freunde* mit ihren aufgemotzten Karren die Straße entlangrasten. Das sind alles sehr freundliche Leute. Die Nachbarn dort?« Sie schüttelte den Kopf.

Zehn Minuten später war Braig die Katharinenstaffel abwärts in Richtung der Altstadt unterwegs. Er hatte den wiederholten Blick seiner Gesprächspartnerin zur Wanduhr nicht länger ignorieren wollen und sich nach einigen abschließenden Worten von der Frau verabschiedet. Laura Rössle lebte offenkundig zu lange von ihrem ehemaligen Partner getrennt, als dass sie noch über genauere Einblicke in sein Privatleben verfügte. Er hielt es deshalb für sinnlos, sie mit weiteren Fragen nach dem Ermordeten zu traktieren, zumal sie ohnehin bald zu ihrem Dienst ins Krankenhaus aufbrechen musste.

Als er die Grabbrunnenstraße überquerte und in die Altstadt eintauchte, versuchte er, seine beruflichen Ermittlungen zu vergessen und sich ganz dem Zauber der schmalen Pflastersteingassen hinzugeben. Er ließ sich im Strom der Passanten treiben, bewunderte die anmutig herausgeputzten Fassaden der alten Gebäude, die schiefen Mauern verträumter Winkel, die bunten Blüten an den Häusern emporrankender Pflanzen. Als ihm der appetitanregende Duft frisch gebrühten Kaffees in die Nase strich, spürte er den ersten Anflug mittäglichen Hungers. Er sah die Renaissancefassade des Alten Rathauses mit dem filigranen Uhrenturm vor sich, beschloss, sich ein Mittagessen in seinem Lieblingslokal zu gönnen, das nur ein paar Schritte entfernt lag.

Braig folgte der mittelalterlich anmutenden Gasse, passierte die prachtvolle, von wuchtigen Eichenbalken geprägte Fachwerkfassade des Südgiebels des Alten Rathauses, erreichte den lichten, komplett mit Pflastersteinen ausgelegten Platz. Blumenkübel mit üppig grünen Pflanzen und Blüten in allen Farben, eine Handvoll rustikaler Tische und Stühle, Frauen und Männer in gelöster Unterhaltung, miteinander scherzend, lachend. Große Fenster, prächtige, in kräftigem Blau erstrahlende Türportale mit kunstvollen Verzierungen. *Emil*, prangte an der Fassade, *Café Restaurant*.

Braig folgte den Stufen zur Eingangstür hinauf, betrat das Lokal. Weitläufige, bis auf den Boden reichende Fensterfronten auf zwei Seiten, dunkles, rustikales Mobiliar, ein terrakottafarbener Fliesenboden, eine breite, dunkle Sitzbank an der Rückwand. Wie immer, wenn er sich hier aufhielt, fühlte er sich augenblicklich wohl. Kein Wunder, dass das Lokal schon um diese Zeit gut besucht war. Gruppen lachender, eifrig miteinander parlierender Menschen an vielen Tischen, drinnen wie draußen.

Er nahm an einem der Tische am Rand des Raumes Platz, bestellte aus alter Gewohnheit Gemüsemaultaschen, eine der besonders wohlschmeckenden Spezialitäten des Hauses, trank ein Wasser dazu. Zwei Frauen in seiner Nähe musterten ihn prüfend. Er warf ihnen einen Blick zu, grüßte. Im gleichen Moment trat die Bedienung an seinen Tisch.

Er genoss das Essen, versuchte, wenigstens für kurze Zeit seine Ermittlungen zu vergessen, gab sich stattdessen der Beobachtung der anderen Gäste hin. Erst das schrille Läuten eines Handys an einem Nachbartisch brachte die Erinnerung an seine nächste Aufgabe zurück. Er musste mit dem Mann sprechen, mit dem Scheuer zuletzt telefoniert hatte, das hatte Vorrang vor allem anderen. Ein Michael Dilger, Kfz-Händler in Stuttgart-Feuerbach.

Seufzend machte er sich auf den Weg zum Bahnhof.

14. Kapitel

Michael Dilgers Kraftfahrzeughandel und -verleih lag auf einem schmalen, von der Straße her kaum wahrnehmbaren Streifen Land mitten in einem Areal kleiner, meist familiengeführter Handwerksbetriebe. Braig hatte keine 45 Minuten benötigt, um von Esslingen hierher zu gelangen. Mit der Regionalbahn nach Bad Cannstatt, dann vom Wilhelmsplatz aus mit der Stadtbahn direkt ins Feuerbacher Gewerbegebiet. Er passierte eine Schlosserei, einen Sanitärfachhandel und eine Metallstanzerei, sah plötzlich das große Schild *Dilger KFZ-Handel und Verleih* vor sich. Er blieb stehen, hatte einen mindestens vier Meter hohen Zaun aus massiven Metallstreben vor sich, hinter dem mehrere leicht beschädigte, großvolumige Autos zu erkennen waren. Auf der rechten Seite des Geländes erstreckte sich eine fast vollständig offene Werkstatt, aus der schrille Geräusche zu hören waren. Eine Schleifmaschine oder etwas Ähnliches, überlegte Braig, als er das breite Tor passierte.

Er lief in die Richtung der Werkstatt, sah einen kräftigen, nur mit einer kurzen, angeschmutzten Hose bekleideten Mittvierziger ins Freie treten.

Der Mann starrte zu ihm her, musterte ihn, im ersten Moment vom hellen Licht geblendet mit zusammengekniffenen Augen, polterte dann unvermittelt los. »Herrschaftsdonderwetter aber au, der Herr Polizeikommissar!«

Braig hatte ihn fast erreicht, blieb überrascht stehen.

»Do glotzet Se, oder? Des hent Se net denkt, dass i mi no an Sie erinner, oder?« Der Mann streckte ihm seine rechte, von schwarzgrauen Schlieren überzogene Hand entgegen, lachte laut, als er Braigs Zögern bemerkte. »Ach so, Sie hent immer no Angscht wege Corona! No machet mir's halt mit de Ellboge!« Er winkelte seinen rechten Arm an, streckte ihm ihn entgegen.

Braig ging auf das Spiel ein, um sich die Sympathie des Mannes nicht zu verscherzen, warf ihm einen fragenden Blick zu.

»Sie kennet mi immer no net, oder?«

Verlegen schüttelte er den Kopf.

Sein Gegenüber schien sich köstlich zu amüsieren. Der Mann schlug sich vor Vergnügen auf seine bloßen Schenkel, wies zu dem Schild am Eingang. »Dilger isch mein Name, für Sie der Mike.«

»Und woher …?«, fragte Braig.

»In Leonberg«, antwortete Dilger. »Nebe dem Höcke. Den Halunke kennet Se no, oder?«

Braig musste keine Sekunde überlegen, wusste sofort, von wem sein Gegenüber sprach. Höcke, ein Stammkunde, mit dem sie seit Jahren zu tun hatten. Illegale Lastwagentransporte, Unfallflucht, Erpressung. Er musste nachdenken, welches Delikt sie dem Kerl noch nicht hatten nachweisen können.

»Koi Angscht, i han nix mit dem zu do ghett«, versuchte Dilger, ihn zu beruhigen. »Nur mei Firma war nebe dem seiner Spedition. Purer Zufall, sonscht nix. Net dass Sie moinet …«

»Purer Zufall?«, frotzelte Braig.

»Wirklich. Sonscht nix. Bis i vor zwoi Jahr hierher umzoge bin. Weil hier mehr los isch.«

»Aber mit Ihrem ehemaligen Nachbarn sind Sie noch befreundet.«

Dilgers Miene wirkte angespannt. Er musterte das Gesicht seines Besuchers, bemerkte den Anflug eines Grinsens in Braigs Mimik. »Mit dem …« Er ersparte es sich, den Namen auszusprechen, betonte stattdessen: »Noi, wirklich net. Das war purer Zufall, dass i mei Gschäft nebe dem ghett han. Aber damals han i gsehe, wie Sie dem uf de Pelz grückt send. Wege dem Lastwage, wenn Sie sich no erinneret.«

Braig nickte, winkte ab. »Heute komme ich aber zu Ihnen. Wegen Kevin Scheuer.«

»Wege dem Scheuer? Wieso?«

»Wann hatten Sie zum letzten Mal mit ihm Kontakt?«

»Kontakt? Ha, älle paar Däg. Dem seine Kärre sind ja ständig kaputt. Mal hent se ihm die Scheibe neigworfe, mal sind Kratzer ond Delle drin. Irgendwas isch immer. I woiß net, mit was für Leut der's zu tun hat. Aber der schafft ja glei do drübe, oder?« Dilger wies über die Straße zu einem flachen, langgezogenen Gebäude.

Braig las etwas mit *Metallbau*. »Das würde ich gerne genauer wissen.«

»Also, das war, Moment …« Der Mann klatschte mit der rechten Hand auf seinen linken Oberschenkel, fieselte ein zermatschtes Insekt von der Haut. »Am Freitag. Genau. Freitagabend.«

»Scheuer war hier bei Ihnen?«

»Der hat Glück ghett. I war letschte Woche alloi, mein Kompagnon«, er wies in seine Werkstatt, aus der immer noch das schrille Kreischen zu hören war, »hat frei ghett, der isch erst seit heut wieder da. No han i bis in d' Nacht gschafft, wie der Scheuer agrufe hat, ziemlich spät. Und weil der obedingt glei vorbeikomme wollt, han i mir sei Fahrzeug no vorgnomme. Aber der Schade war zu groß, i han nur a bissle Kosmetik mache könne. Zu mehr hat's net greicht. Er wollt heut noch amol vorbeikomme, damit i des fertig mache kann.«

Nein, der wird heute nicht mehr vorbeikommen, lag es Braig auf der Zunge, *der wird überhaupt nie mehr hier auftauchen.* Er verzichtete aber darauf, versuchte stattdessen, die Ursache und den Verlauf des Treffens der beiden Männer am vergangenen Freitag genauer zu eruieren. »Wie lief das ab? Herr Scheuer rief an. Weshalb?«

»Hano, wege a paar Kratzer ageblich. Die sollt i mir agucke, oder?«

»Wann war das?«

»Sie wellet's aber genau wisse!« Dilger kratzte sich am Bauch. »Was woiß i? S' war noch hell, i han noch hier im Freie gschafft.«

»Gegen neun, halb zehn?«

»Wenn Sie des so saget, no wird's so gwä sei, oder? Jedenfalls war er koi zehn Minute später da vorm Tor.«

»Und dann?«

»Warum interessieret Sie sich denn so für diese Sach?«

»Was war dann?«, beharrte Braig.

»I han mir diese agebliche Kratzer aguckt. So oifach war des aber net. Des han i sofort gmerkt. Des war a bissle mehr als bloß a paar Kratzer.«

»Scheuer hatte einen Unfall?«

»Uf en Zaun sei er brummt, hat er behauptet. Uf en Zaun!« Dilger schüttelte den Kopf. »Des war aber a seltsamer Zaun, oder?«

»Er hat es nicht genauer erklärt?«

»Sind Sie deswege hier? I han no denkt …«

»Was?«

»Noi, nix. I han halt a bissle rumgwerkelt an dem Blech, vielleicht a Stund, aber viel hat's net bracht. I han doch gsait, der muss mir das Auto heut noch amol bringe. I brauch mehr Zeit, no ka i mehr sage.«

»Scheuer hatte also einen Unfall«, fasste Braig zusammen.

Dilger trat einen Schritt zurück, presste seine Lippen aufeinander.

»Wenn Sie sich daran beteiligen, eine Straftat zu vertuschen …«

»Noi, Herr Kommissar, wirklich, i woiß es net. Er wollt net raus mit der Sprach. ›Uf en Zaun brummt‹, das war älles.«

»Sie sind doch vom Fach. Was glauben Sie?« Braig wunderte sich zwar, dass Dilger sein Unternehmen als *KFZ-Handel und Verleih* ausgab, vorrangig anscheinend aber mit Reparaturen beschäftigt war, fragte aber nicht nach. »Wonach sah der Schaden aus?«

Der Mann fühlte sich sichtbar unwohl. »Des ka i net sage. I war ja net dabei, oder? Er hat halt was tuschiert, des isch klar.«

»Tuschiert?« Braig musste unwillkürlich grinsen. Der schwäbische Dialekt hatte manchmal lustig anmutende französische Anklänge parat. Im gleichen Moment fiel ihm Rössles Bemerkung ein, nachdem der Spurensicherer die Front von Scheuers SUV begutachtet hatte. Schlagartig verging ihm das Grinsen. »Ein Fahrrad?«, fragte er.

Dilger kratzte sich erneut am Bauch. »I woiß net«, druckste er herum. »Hätt i des melde müsse?«

Braig atmete kräftig durch. Jetzt war ohnehin alles vorbei. »Sie haben an dem Abend also etwa eine Stunde lang versucht, die Schäden zu beheben. Was war dann?«

»Irgendwann han i gsait: ›Jetzt isch Schluss! Entweder des Fahrzeug bleibt hier oder mir lasset' s vorerst so. Mit Kosmetik alloi isch es jetzt net mehr getan!‹ No hat er mir 200 Euro zahlt und isch wieder gfahre. Aber in dem Moment war's scho dunkel.«

»Seither haben Sie nichts mehr von ihm gehört?«

»Noi«, antwortete Dilger.

»Er hat nicht noch einmal angerufen?«

»Ach so, ja doch. Jetzt, wo Sie des saget. Er war grad fünf Minute weg, no hat er sich noch amol gmeldet. Dass er mir das Auto uf jeden Fall heut noch amol vorbeibringt und dass i mir obedingt die Zeit dafür reserviere soll. Aber bis jetzt …« Dilger schaute ratlos zur Straße.

»Das war alles? Mehr hat er nicht gewollt?«

Der Mann presste seine Lippen aufeinander. »Noi, net dass i wüsst …«

»Erinnern Sie sich noch an dieses Gespräch?«, versuchte Braig seinem Gegenüber mehr Informationen zu entlocken. »Kurz nachdem er von Ihnen weggefahren war. Was genau haben Sie da miteinander gesprochen? Haben Sie diese Minuten noch parat?«

Dilger wusste nicht mehr ein noch aus. Er kratzte sich zuerst am Bauch, dann an der Brust. »Was sollet mir da no groß gschwätzt han? Wisset Sie, wie spät es da scho war?«

»Ja«, antwortete Braig. »Ihr Gespräch ging von 22:46 Uhr bis 22:51 Uhr.« Er hatte es sich unterwegs auf die Minute genau eingeprägt.

Der Mann starrte ihn mit großen Augen an. »Des wisset Sie so genau?«

»Ja«, erklärte der Kommissar. »Wenige Minuten später war Scheuer nämlich tot.«

»Waaaaaas?«, brüllte Dilger. Er lief mehrere Schritte auf die Werkstatt zu, donnerte mit seinem rechten Fuß auf den Boden. »Himmel, Arsch und Wolkebruch! Deswege sind Sie da.«

»Deswegen, ja«, bestätigte Braig. Er ließ seinem Gesprächspartner Zeit, den Schock zu bewältigen, versuchte dann vorsichtig, sich dem Thema wieder zu nähern. »Die letzten Sekunden Ihrer Unterhaltung. Scheuer näherte sich seinem Haus. Möglicherweise sah er seinen Mörder schon vor sich.«

»Seinen Mörder? Er isch …«

»Er wurde getötet, ja. Am Ende Ihres Gesprächs: Sie haben nicht zufällig eine fremde Stimme gehört? Oder ein überraschendes Geräusch? Scheuer selbst erwähnte nichts?«

Dilger hatte es die Sprache verschlagen. Er war mehrere Meter von seinem Besucher entfernt stehen geblieben, starrte mit weit aufgerissenen Augen zu ihm her.

15. Kapitel

Braig hatte sich erst nach mehreren letztendlich vergeblichen Bemühungen, Dilger doch noch eine konkrete Erinnerung an die letzten Sekunden des Telefongesprächs mit Scheuer abzuringen, von dem Mann verabschiedet. Er hatte ihm seine Karte hinterlassen und ihn gebeten, sich jenen Moment noch einmal in Ruhe ins Gedächtnis zu rufen, um vielleicht doch auf eine bisher unbeachtete Bemerkung des kurz danach Ermordeten oder ein seltsames Geräusch in dessen Umfeld zu stoßen.

Er überquerte die von unzähligen Lastwagen und anderen Fahrzeugen zugeparkte Straße, läutete an der Glocke, die der Beschilderung nach zu *Metallbau Maller* gehörte, sah sich kurz darauf dem verdutzt dreinblickenden, pausbäckigen Gesicht Ronny Hörners gegenüber, der die Tür öffnete. Er war mit einer dunkelblauen Latzhose bekleidet, die an mehreren Stellen eingerissen oder stark verschmutzt war. »Sie, Herr …«

»Braig vom Landeskriminalamt«, ergänzte er. »Darf ich reinkommen?«

Hörner trat zurück, wies in einen langen Flur. »Der Chef weiß Bescheid«, erklärte der Mann, »ich habe ihm gestern Abend nach Ihrem Besuch noch gemailt.«

»Ist er anwesend? Dann würde ich gerne mit ihm sprechen.«

Braig bemerkte Hörners verkniffene Miene, sah, wie sich der Mann verlegen über seine stoppeligen Haare fuhr. »Ich fürchte, das ist keine so gute Idee.«

»Wieso?«

»Na ja, der Chef ... Die neue Maschine!«

»Was ist mit ihm?«

Hörner trat unentschlossen von einem Bein aufs andere. Der Mann fühlte sich offensichtlich unwohl, wusste nicht, was er antworten sollte.

»Außerdem möchte ich mich mit Herrn Eck unterhalten«, fügte Braig hinzu.

»Dem Gerry?«

»Gerald Eck«, präzisierte Braig.

»Oh, der hat sich heute freigenommen. Den ganzen Tag.«

»Weshalb?«

»Keine Ahnung.« Hörner wedelte mit seiner Rechten durch die Luft. »Ich nehme an, der hat privat was zu erledigen.« Er dämpfte seine Stimme. »Wegen seiner Freundin wahrscheinlich. Der hat 'ne Neue. Die waren das ganze Wochenende zusammen unterwegs. Deshalb haben wir ja nichts gemeinsam unternommen. Der Gerry, der Kevin und ich.«

Braig erkundigte sich nach der Adresse Ecks, bat Hörner, sie ihm zu mailen.

»Der wohnt mitten in Stuttgart«, sagte der Mann.

»Die komplette Anschrift bitte, samt Straße und Hausnummer«, forderte der Kommissar ihn auf. »Und jetzt führen Sie mich zu Ihrem Chef.«

Hörner wagte es nicht, sich dem Ansinnen des Besuchers noch länger zu widersetzen, ließ nur ein trotzig klingendes »Auf Ihre Verantwortung!« hören, winkte ihm dann, ihm durch eine der Seitentüren zu folgen.

Sie passierten einen schmalen Gang, an dessen Seite große Behälter mit kurzen Metallrohren aufgereiht waren, die Braig an Teile von Wasserleitungen erinnerten. Alle in derselben Länge, aber mit unterschiedlichen Durchmessern. Der Weg führte zu einer kleinen Halle, die von mehreren Maschinen dominiert wurde. Zwei kräftige Männer in blauer Arbeitskleidung machten sich an einer Art Förderband zu schaffen, das aus einer der Maschinen ragte und in einen hohen Metallbehälter mündete, der mit Metallrohren gefüllt war. Trotz der vielen Geräte war es in der Halle überraschend ruhig, keine der Maschinen schien voll in Betrieb.

»Chef!« Hörners Rufen ließ den Älteren der beiden Männer, einen stiernackigen, auffallend dicken Glatzkopf innehalten und zu ihnen herstarren.

»Was isch los?«, antwortete der Dicke mit auffallend schriller Stimme.

»Besuch für Sie. Polizei. Wegen dem Kevin.«

»Leck mich am Arsch! Au des no!«

Braig verfolgte, wie der Mann einen letzten Blick auf das Förderband warf, hörte dessen Aufforderung: »Ronny, komm her, hilf dem Mike!« Er zog einen fleckigen Putzlappen aus seiner Tasche, wischte sich die Hände sauber. Kurz bevor er Braig erreicht hatte, blieb er stehen und drehte sich noch einmal um. »Krieget ihr zwei Bachel des au na?«, rief er.

Die Antwort erfolgte doppelstimmig, aber gedämpft. »Jaja.«

Viele, sehr viele Hektoliter Bier, unzählige Kisten und Fässer, arbeitete es in Braig, als er den Mann mit seiner unförmigen Wampe auf sich zuwatscheln sah. Er wies sich aus, stellte sich vor.

»Maller«, sagte sein Gesprächspartner. »I bin der Chef hier.« Er bemühte sich krampfhaft um hochdeutsche Aussprache, wies auf die Maschine. »Oifach an Scheißdreck, des moderne Glomp!« Wut und Ärger standen ihm ins Gesicht geschrieben. »Versprechet oim, dass älles funktioniert ond no kriaget se net amol die oifachste Deile na!«

Braig bemerkte den goldenen Ring an seinem linken Ohr, versuchte sich erst gar nicht in Small Talk. »Kevin Scheuer«, kam er sofort zum Thema. »Sie wissen, was passiert ist?«

Maller verlor jede Contenance. Er trat einen Schritt nach vorne, direkt auf den Besucher zu. »Hent Se eahn kriegt?«, keuchte er.

Die intensive Schweißwolke stach Braig derart unvermittelt in die Nase, dass er unwillkürlich einen heftigen Schwenk zur Seite machte. Wahrscheinlich auch schon fünfzehn Monate nicht mehr geduscht, ging es ihm durch den Kopf. Er hatte Mühe, sich zu konzentrieren. »Von wem sprechen Sie?«

»Hano, dem Kevin sein Nachbar, die Drecksau!«

Mallers schrille Stimme bereitete ihm physische Schmerzen. Er hielt sich die linke Hand vor sein Ohr, ging dann erst auf die Aussage des Mannes ein. »Sie glauben …«

»Kopf ab!«, fiel ihm sein Gesprächspartner ins Wort. »Des ganze Lumpepack ghört oin Kopf kürzer gmacht.«

Braig versuchte, ruhig zu bleiben. »Welchen Nachbarn meinen Sie?«

»Des fraget Sie noch? I ka mer scho denke, wie des wieder lauft! Sie send au so oin Lällebebbel, der sich nix traut. Welche Nachbarn? Hano, also des isch doch koi Frag! Die hent den Kevin doch schon amal ins Krankenhaus bracht! Hetzet ihren Kampfhund uf den Kerle, bloß weil er sich von ihne net tyrannisiere lässt!«

»Was wissen Sie darüber?«

»Was i woiß? Der Kevin steigt abends ohne böse Gedanke aus seinem Auto und hat plötzlich den Köter am Hals. Ohne jede Warnung! Der isch net amal mehr aus dem Fahrzeug komme, hat grad die Türe ufgmacht ond no isch scho das Monschtrum über ihn hergfalle. Die hent uf ihn gwartet ond vorher das Vieh heiß gmacht. Der Köter hat eahm das halbe Gsicht zerbisse ond seine Brust regelrecht zerfetzt. Wenn der Kevin net zufällig diese Gaspischtol erwischt ond dem Vieh mitte in d'Visage neibollert hätt, no gut Nacht! No wäret die damals scho am Ziel gwä ond hättet sich die Sache jetzt spare könne.«

»Was für eine Gaspistole?«

»Hano, das wisset Sie gar net, dass die eahm s' Lebe grettet hat? Wenn die an dem Tag net zufällig in seinem Handschuhfach glege wär, no aber!«

»Zufällig lag die garantiert nicht in dem Fach«, widersprach Braig.

»Die hat er wahrscheinlich von oim von dene Kerle kriagt, was woiß i«, antwortete der Mann. »Das isch erlaubt, dagege gibt's gar nix zom sage. Der Kevin war in einer Notsituation«, brachte er in holprigem Hochdeutsch hervor, »der wurde doch scho vorher die ganze Zeit von dem Ziefer bedroht.«

Braig musterte die stiernackige Gestalt vor sich mit angespannter Miene, erinnerte sich an Neundorfs Bericht über die Hundeattacke. Scheuer hatte seine Anzeige mit einem ärztlichen Attest über seine Verletzungen belegt, hatte sie den Unterlagen entnommen.

»Wo ist die Gaspistole jetzt?«, fragte er.

»Woher soll i das wisse?«, maulte Maller. »Das war ja sowieso nur oine von dene ihre dauernde Attacke. Die belästiget den Kevin doch seit Jahre. Der war dort scho lang seines Lebens net mehr sicher.«

»Sie kennen diese Nachbarn persönlich?«

»Woher denn? Der Gerry ond der Ronny, also der Herr Hörner«, er wies auf seinen Mitarbeiter am Förderband der Maschine, »die hocket doch dauernd zamme. Die wisset bescheid.«

»Wie gut kannten Sie Herrn Scheuer?«

»I?« Der Mann rang um eine Antwort. »Mir schaffet scho seit mehrere Jahre zusammen.«

»Hatte Herr Scheuer hier im Betrieb mit jemand Streit?«

»Noi, der Kevin doch net! Der hat doch nur seine Autos im Kopf!«

»Mit unzufriedenen Kunden vielleicht?«

»Hano, dem hätt i aber in Arsch trete, wenn der mit Kunde Zores macht!«

»Scheint ein absolut vorbildlicher Mann gewesen zu sein«, frotzelte Braig.

»So isch es«, bestätigte Maller. »Deswege isch es umso schlimmer, was die dem ado hent. Die Nachbarn. Ganget Se zu dene. Do findet Se Ihren Mörder!«

Braig ersparte sich eine Antwort, musterte sein Gegenüber mit offenem Blick.

»Fraget Se den Ronny, der war dauernd beim Kevin. Bald jedes Wochenend ond abends onder der Woch dazu, soweit i woiß. Oder den Gerry. Die drei waret immer zamme. Aber der Gerry hat sich heut Urlaub gnomme. Irgendwas mit seiner Oma, hat er gsait. Da gibt's anscheinend was zu erbe, han i den Eindruck.«

16. Kapitel

Neundorf überprüfte gerade Scheuers Anzeige wegen der Hundebisse, als Braig ins Amt zurückkehrte. Er hatte sie angerufen und gebeten, sich die Angelegenheit noch einmal vorzunehmen, soweit die verschiedenen Datenbanken das ermöglichten.

»Er erstattete die Anzeige gegen Unbekannt, nicht gegen die Neubachers oder eine andere Familie. Warum auch immer«, erklärte sie.

Sie hatten sich in ihrem Büro getroffen, sich eine kurze Pause mit zwei Croissants und frischem Kaffee genehmigt, waren dann zu den ermittlungstechnischen Erörterungen übergegangen.

»Weil er nicht wusste, wer dahintersteckt«, überlegte Braig. »Oder sich zumindest nicht ganz sicher war.«

»Das Attest, das der Anzeige beigefügt war, wurde von der Chirurgie des Städtischen Klinikums erstellt. In ihm ist von verschiedenen Verletzungen durch Hundebisse die Rede. Ein Kampfhund als Verursacher wird nicht erwähnt. Zwei Aufnahmen belegen die Ausführungen. Hier«, Neundorf wies auf ihren Bildschirm, »sein Oberarm.«

Er wandte sich dem Foto zu, sah die rot geränderten Umrisse einer gewaltigen Bisswunde. Es musste sich um ein großes Tier gehandelt haben, war doch der komplette Armumfang betroffen.

»Und dann noch seine Schulter.«

Die zweite Aufnahme wirkte weit harmloser. Sie zeigte den Abdruck zweier Zähne, der aber nur die obere Hautpartie verletzt zu haben schien. Ins Fleisch war dieser Biss wohl nicht eingedrungen.

»Was ist mit seinem Gesicht?«, erkundigte sich Braig. »Scheuers Chef behauptete, der Hund habe ihm das halbe Gesicht zerbissen und seine Brust zerfetzt. Nur weil er eine Gaspistole abfeuern konnte, habe er überlebt.«

»Vom Gesicht und der Brust ist in dem Attest nicht die Rede. Oberarm und Schulter seien betroffen, heißt es da.« Sie schaute vom Monitor auf. »Was für eine Gaspistole?«, fragte sie.

»Er hätte sie an dem Tag zufällig bei sich gehabt. Im Handschuhfach seines Wagens, meinte dieser Maller.«

»Das höre ich zum ersten Mal. Habt ihr die Pistole gefunden?«

»Keine Ahnung. Da muss ich bei den Spurensicherern nachfragen.«

»Gesicht zerbissen, Brust zerfetzt, Gaspistole«, zählte Neundorf auf. »Und in den Unterlagen ist nichts davon zu finden. Besonders glaubwürdig klingt das nicht.«

»So wirkte der Typ auch nicht. Im Gegenteil. ›Kopf ab!‹«, zitierte Braig Scheuers Chef. »›Des ganze Lumpepack ghört oin Kopf kürzer gmacht.‹«

»Oh, nein! Dann fangen wir doch am besten bei ihm damit an!«

»Besser bei seinem Bauch. Da hätten wir lange zu tun.« Er beschrieb das Aussehen des Mannes, hielt dann selbstkritisch inne. »Zugegeben, ich bin wohl befangen«, gab er zu. »Aber wenn so ein dickes Monster auf dich zuwatschelt und dann mit Kopf-ab-Parolen um sich wirft ... Ich darf nicht alles als bloße Polemik abtun, was er von sich gab. Er meinte, diese Hunde-Attacke sei der erste Versuch gewesen, Scheuer zu töten. Im Gegensatz zu dem Angriff jetzt Freitagabend – aber ohne den erwünschten Erfolg.«

»Gleich, wie unglaubwürdig der Typ auch sein mag, du musst diesen Nachbarn auf den Zahn fühlen«, meinte Neundorf. »Die kommen für diesen Überfall damals doch wohl am ehesten infrage, oder?«

»Es sieht so aus, ja.« Braig nickte, erhob sich von seinem Stuhl. »Dann werde ich sie jetzt noch mal befragen. Die Neubachers wegen der Hunde-Attacke und die Brandners und Seiteles wegen der angeblichen Bedrohung Hörners mit einer Waffe.«

»Was ist mit Eck? Hast du ihn erreicht?«

»Nur seine Mailbox. Der bemühe sich gerade um das Erbe seiner Oma, behauptete Maller.«

»Na ja, dann ist er wohl intensiv beschäftigt«, meinte sie.

»Mit der Oma-Abzocke?« Braig musterte seine Kollegin mit fragendem Blick. »Wenn das wirklich stimmt.«

Er verabschiedete sich von ihr, richtete sich in seinem Büro her, machte sich auf den Weg.

Die Schwarzrieslingstraße war gerade dabei, ihr Aussehen völlig zu verändern, als Braig kurz vor 17 Uhr dort eintraf. Er hatte vom nahen Augsburger Platz aus die Stadtbahn genommen, die letzten Meter dann zu Fuß zurückgelegt. Als er den Zucchini-Weg verließ, glaubte er sich in einer anderen Welt.

Das bei seinem letzten Besuch zwei Tage zuvor noch dominierende monotone Einheitsgrau der Straße war einem bunten Gemisch der verschiedensten Farben gewichen. Rot, gelb, blau und grün bemalte Asphaltflächen wechselten mit üppig blühenden Kübelpflanzen, die beidseits der Fahrbahn postiert waren, ab. Braig entdeckte Palmen, Rosen, Fuchsien, Oleander, Hibiskus, Engelstrompeten und andere, ihm unbekannte Gewächse. Sogar ein kleiner Orangenbaum erhob sich unmittelbar neben der Figurenkolonie der Seiteles. Kinder spielten Federball, andere waren mit dem Bemalen des Bodens beschäftigt. Zwischen den Pflanzen saßen zwei aufmerksam in die ungewohnte Umgebung spähende Katzen.

Braig hatte den intensiven Duft üppig blühender Rosen in der Nase, hörte das laute Lachen aus einem der Gärten. Er wandte sich zur Seite, sah Neubachers Holzstaketenzaun vor sich. Der Vorgarten mit dem Trampolin und der bunten Holzhütte auf der rechten und den Beeten mit Sträuchern und blühenden Blumen auf der linken Seite war voller Leben. Zwei Männer und eine Frau mühten sich damit ab, eine weit ausgreifende, über und über mit roten Blüten bestückte Pflanze mitsamt ihrem gewaltigen Kübel auf ein kleines Rollbrett zu hieven. Er sah, dass es sich um einen außergewöhnlich prächtig gewachsenen Fuchsienbusch handelte, erkannte die beiden Neubachers und Jürgen Seitele. Die Pflanze war offensichtlich sehr schwer, sie auf das fahrbare Brett zu heben, gelang erst im dritten Anlauf.

Braig ging auf sie zu, bemerkte erst im letzten Moment den mit drohendem Knurren auf ihn zuschießenden Hund. Erschrocken trat er einen Schritt zurück, sah, dass das Tier mit einem stabilen Beißschutz vermummt und neben der Haustür angeleint war. Unmittelbar vor seinem rechten Bein wurde es von der straffen Leine zurückgeworfen. Das Pitbull-ähnliche Geschöpf richtete sich auf, knurrte und bellte laut los.

»Da haben Sie aber noch mal Glück gehabt«, hörte er Seiteles Stimme.

Braig wandte sich zur Seite, bemerkte die überraschten Blicke der Leute. »Sie schon wieder«, zischte Andrea Neubacher.

So freundlich wie bei der ersten Begegnung, überlegte er, ablehnend und aggressiv wie am Samstag. »Ein Kampfhund?«, fragte er.

»Ach was!«, dröhnte die Frau mit ihrer kräftigen Stimme. Sie winkte ab. »Der wurde bisher nur übel behandelt. Das gewöhnen wir ihm wieder ab.«

»Er ist neu?«

»Gestern im Tierheim geholt«, erklärte Stefan Neubacher. »Den will keiner. Wir versuchen es mal.«

»Außerdem trägt er den Beißschutz«, ergänzte die Frau. »Wie vom Gesetz vorgeschrieben.«

»Ich komme nicht, um Sie zu kontrollieren«, versuchte Braig, sie zu besänftigen. »Ich wollte nur mit Ihnen sprechen.«

»Nur zu!«, forderte sie ihn auf. »Wir sind bereit.«

»Unter vier Augen, wenn es möglich wäre.«

»Wen?«

»Jeden von Ihnen.«

»Muss das wirklich sein? Was wollen Sie denn noch von uns hören?«

»Es muss sein, ja«, beharrte er.

Die Frau maulte irgendwas von nervigen Haarspaltern vor sich hin, wischte sich dann die Hände am Gras der Wiese ab. »Schafft ihr das allein?«, fragte sie die beiden Männer.

Ein lautes »Jaja« war die Antwort.

Sie winkte Braig zu sich her, lief unmittelbar an dem Hund vorbei zu der bunten Holzhütte, wartete dort auf den Besucher. Er folgte ihr in großem Bogen um das Tier, vergewisserte sich, dass er sich außerhalb dessen Reichweite befand.

»Vor dir hat sogar der unbestechliche Vertreter des Gesetzes Respekt«, lästerte sie in die Richtung des Hundes.

Braig beschloss, sein zentrales Anliegen direkt anzusprechen. »Ist dies dasselbe Tier, das Sie vor ein paar Monaten auf Herrn Scheuer gehetzt haben?«

Andrea Neubacher schien es für einen Moment die Sprache verschlagen zu haben. Er sah, wie es in ihr arbeitete, wunderte sich nicht, dass sie innerhalb weniger Sekunden zu ihrer gewohnten Aggressivität zurückfand. »Schauen Sie dem Hund doch ins Maul. Vielleicht finden Sie noch Scheuers Blut unter seinen Zähnen.«

»Woran liegt es, dass man mit Ihnen nicht vernünftig reden kann?«, erwiderte er.

»Wenn Sie mit derart unverschämten Behauptungen kommen, sollten Sie sich nicht über deutliche Antworten wundern. Hat Scheuer damals Anzeige gegen uns erstattet? Nein. Gibt es auch nur den kleinsten Hinweis darauf, dass wir mit der Sache zu tun haben könnten? Wieder nein. Das wissen Sie nur allzu gut. Was wollen Sie also von uns?«

»Wer von den anderen Nachbarn war es dann?«, fragte er.

»Ich weiß nicht, in welcher Umgebung Sie leben. Anscheinend mitten unter den übelsten Gestalten Ihrer beruflichen Kundschaft. Ganz so schlimm ist es bei uns nicht.«

»Sie legen für jeden Ihrer Nachbarn die Hand ins Feuer?«

»Ich lege für überhaupt niemanden eine Hand ins Feuer«, konterte die Frau. »Am allerwenigsten für Polizeibeamte, denen die Fähigkeit abgeht einzusehen, dass sie sich verrannt haben.«

»In welche Richtung sollte ich mich Ihrer Auffassung nach orientieren?«

»Scheuers Kumpane«, antwortete Andrea Neubacher, ohne lange zu überlegen. »Hirnlose, verwahrloste Gestalten. Aggressiv, rücksichtslos, zu jeder Gewalttat bereit. Ich kann nicht zählen, wie oft die unsere kleine Straße und den Weg entlangrasten. Trotz unserer Kinder und ihrer Tiere. Schade nur, dass es die nicht gleich mit erwischte. Die hätten es nicht weniger verdient.«

»Konkrete Namen?«

»Fragen Sie Jürgen.« Sie wies auf Seitele, der gerade mit ihrem Mann die Fuchsie von dem Rollbrett auf den Asphalt hievte. »Er soll Ihnen ein paar Aufnahmen zeigen.«

»Was für Aufnahmen?«

»Sie werden schon sehen.« Sie wandte sich von ihm ab, marschierte geradewegs zu den beiden Männern an den Rand der Straße.

Braig folgte ihr, beobachtete, wie sie mithalf, dem schweren Kübel mit dem wunderschönen, blütenreichen Busch einen festen Stand zu verschaffen, trat auf den Nachbarn zu. »Herr Seitele.« Er wartete, bis der Mann aufsah, erwähnte den Hinweis der Frau.

»Aufnahmen von Scheuers Kumpanen?«, vergewisserte sich Seitele.

»Er soll sie sich ruhig anschauen«, mischte sich Andrea Neubacher ins Gespräch.

Seitele seufzte laut. »Wenn es sein muss. Jetzt mitten in unserer Arbeit.«

»Ich muss sowieso mit Ihnen sprechen«, beharrte Braig.

Er ließ sich von der angesäuerten Miene des Mannes nicht beirren, folgte ihm mitten durch den spielenden Pulk mehrerer Kinder über die Straße.

»Es ist fast wieder wie früher«, meinte Seitele, auf die Umgebung deutend. »Kaum haben die Kinder Platz, kommen sie von überall her.«

Braig überflog die Szenerie, schätzte die Zahl des spielenden Nachwuchses auf weit über zwanzig. Der Mann hatte recht, offenkundig nutzten Kinder der benachbarten Straßenzüge die neue Freiheit. »Die Straße war schon einmal so gestaltet?«

»Gleich nachdem der Durchgangsverkehr gekappt worden war. Das hatten sie uns ja versprochen. Deshalb haben wir hier gebaut«, bestätigte der Mann.

»Weil wir den Kindern ein lebenswertes Umfeld bieten wollten. Wo sie sich ohne Angst und Gefahr bewegen können.«

»Scheuers Raserei hat das verändert?«, überlegte Braig. »Obwohl er mehrfach angezeigt wurde?«

»Was war die Konsequenz? Ihre Kollegen haben ihn abgemahnt, zwei Mal sollte er vor Gericht. Jedes Mal abgelehnt mit der Begründung seines Anwalts, dass wir keine Beweise vorlegen könnten, die eindeutig belegten, dass wirklich er hier durchgerast sei. Außerdem könne in unserer kurzen Straße gar keine besorgniserregende Geschwindigkeit gefahren werden. Und es sei ja auch nichts Gravierendes passiert. Kein Kind angefahren oder verletzt. Nur Katzen und andere Tiere. Überfahrene Tiere, das sei nun mal nicht zu vermeiden. Basta. So einfach ist die Welt.«

Braig blieb ruhig, konnte den Unmut des Mannes ein Stück weit nachvollziehen. Er hatte selbst oft genug Angst um das Leben und die Gesundheit seiner Tochter, obwohl sie etwas abseits in einer ruhigen, durch die angrenzende Bahnlinie vom großen Verkehr isolierten Idylle wohnten. Rücksichtslose Idioten, die mit viel zu hohem Tempo durch die schmalen Straßen rasten, und verantwortungslose Politiker, die nicht bereit waren, hohe Geschwindigkeiten prinzipiell zu unterbinden, gab es auch dort zur Genüge.

»Um endlich handfeste Beweise zu haben, kamen wir auf die Idee mit den Aufnahmen.« Seitele wies auf die tiefrote Zipfelmütze des Gartenzwergs, der auf einem kleinen Felsbrocken thronend die kunstvoll errichtete Figurenkolonie überragte.

Braig blieb stehen, bemerkte, dass die durch Scheuers Amokfahrt verursachte Verwüstung der Anlage fast vollständig behoben war. Nur am äußersten Rand klaffte noch eine kleine Lücke. Die klischeehafte Gestalt des Gartenzwergs erhob sich genau in der Mitte der Kolonie. Er musterte die Zipfelmütze, entdeckte erst nach genauerem Hinschauen die winzige Kamera an deren Spitze. »Sie filmen das Geschehen auf der Straße?«

»Bevor Sie mir jetzt mit Datenschutz und Verletzung der individuellen Persönlichkeitsrechte kommen: nur, wenn Scheuer und Konsorten bei uns unterwegs waren.«

»Auch am vergangenen Freitagabend?«

Seitele schüttelte den Kopf. »Tut mir leid. Wir waren die ganze Zeit mit der Arbeit an unseren Figuren beschäftigt. Zum Glück hat es die Kamera nicht erwischt.«

Braig musterte seinen Gesprächspartner mit skeptischer Miene. »Ausgerechnet am Freitagabend wollen Sie nicht …?«

»Ich sagte Ihnen doch«, fiel ihm der Mann mit lauter Stimme ins Wort, »wir waren die letzten Tage die gesamte Zeit mit der Rekonstruktion der Anlage beschäftigt. Uns fehlte schlicht und einfach die Zeit, auch noch an Aufnahmen zu denken.« Er bat ihn, auf einem der Gartenstühle vor dem Haus Platz zu nehmen, verschwand im Inneren.

Braig richtete seinen Blick zur Straße, sah eine Gruppe von Kindern mit Fahrrädern, Rollern und Inlineskatern Slalom um mit Kreide auf den Asphalt gemalte Markierungen fahren. Lautes Lachen begleitete ihre Bemühungen. Ein sportlich gekleideter Radfahrer bog vom

Zucchini-Weg her in die Schwarzrieslingstraße ein, reduzierte sein Tempo, stieg dann ab. Braig sah, dass es sich um Thomas Brandner handelte, winkte ihm. Der Mann schob sein Rad vorsichtig an den Slalom fahrenden Kindern vorbei in seinen Garten, stellte es vor seinem Haus ab.

»Herr Brandner!« Braig lief zum Rand des Grundstücks, wartete, bis der Nachbar wenige Schritte von ihm entfernt angelangt war.

»Herr Kommissar.« Der Mann nickte ihm freundlich lächelnd zu.

Kein missmutiger Blick, keine kritische Bemerkung, nicht einmal ein Ansatz genervter Ablehnung, wunderte sich Braig. »Ich hätte nur kurz gerne mit Ihnen gesprochen«, sagte er.

»Ja, bitte?« Brandner blieb stehen, machte keine Anstalten, die Grundstücksgrenze zu überschreiten.

»Ein Herr Hörner hat sich über Sie beschwert. Er fühlte sich von Ihnen bedroht.«

»Wer soll das sein?« Die Miene des Mannes verdunkelte sich leicht.

»Sie sollen ihn hier vor Ihrem Grundstück angegriffen und sein Auto mit ätzendem Dünger bespritzt haben.«

»Ach so, der!« Brandner winkte mit seiner Rechten ab. »Wie es dazu kam, hat der feine Herr Ihnen nicht erzählt, wie?«

Braig wartete auf die Erklärung.

»Der raste den Zucchini-Weg entlang, obwohl da Autos verboten sind und Kinder spielten. Zum wiederholten Mal. Ich stellte mich ihm in den Weg und zwang ihn anzuhalten.«

»Und dann stürmte der Saukerl aus seinem Karren und ging auf ihn los«, tönte es von der Seite.

Braig drehte sich um, sah Seitele, einen Laptop in den Händen, aus dem Haus kommen. »Sie erinnern sich an den Vorfall?«, fragte er.

»Und ob! Zum Glück waren wir zu zweit.«

»Sie sollen ihn mit einer Pistole bedroht haben.«

»Oh, der arme Kerl!« Seitele lachte derart laut, dass mehrere Kinder von der Straße hersahen. »Der elende Halunke gefährdet das Leben unserer Kinder und fühlt sich von einer Spielzeugpistole bedroht!«

Braig warf ihm einen fragenden Blick zu.

»Frisch aus dem 3-D-Drucker«, erklärte der Mann. »Ich wollte sie einer unserer Figuren in die Hand drücken. Sie passte aber nicht. Da rast der Kerl an mir vorbei und geht auf meinen Nachbarn los. Und jetzt fühlt er sich bedroht!« Er lachte erneut laut auf. »Hier, schauen Sie sich das an.«

Braig warf einen Blick auf den Monitor, schützte sich mit seiner ausgestreckten Rechten vor dem Licht der Sonne. Er sah die etwas verzerrte Silhouette einer schmalen Straße vor sich, bemerkte nach genauerem Hinsehen, dass es sich um einen Ausschnitt der Schwarzrieslingstraße handelte. Im Vordergrund die Köpfe mehrerer Figuren, dann der in Teilen farbig angemalte Asphalt, dahinter der Ansatz des Holzstaketenzauns der Neubachers. Zwei Kinder im Alter von etwa acht oder neun Jahren, ein Mädchen und ein Junge, knieten auf dem Boden, bunte Kreide in den Händen. Sie waren dabei, ein Potpourri verschiedener Tiere auf die Straße zu zaubern; Darstellungen, die von überraschend großer Kunstfertigkeit zeugten. Braig beobachtete, wie akribisch sie an der Ausarbeitung der einzelnen Körperteile feilten, wunderte sich, wie perfekt es ihnen gelang, diese mit derart einfachen Mitteln zu veranschaulichen: den Rüssel eines Elefanten, den langen Hals einer Giraffe …

Plötzlich, für den Augenblick einer Sekunde, verdunkelte sich der Monitor. Ein großer schwarzer Schatten schoss von links nach rechts durchs Bild, ließ die Kinder wie den gesamten Hintergrund verschwinden. Bis Braig begriffen hatte, um was es sich bei dem dunklen Phantom handelte, war es auch schon wieder verschwunden. Er starrte auf den Laptop, sah die beiden Kinder vor ihren Bildern stehen und mit vor Schreck verzerrten Gesichtern in die Richtung starren, in der das Auto verschwunden war.

»Himmeldonnerwetter!« Vor Wut stampfte er auf den Boden. »Das darf nicht wahr sein!«

Seitele nahm den Laptop wieder an sich, blieb mit ernster Miene vor ihm stehen. »Sehen Sie, Herr Kommissar, jetzt haben Sie verstanden, wie es uns seit Jahren geht.«

»Wer war das? Scheuer?«

Seitele schüttelte den Kopf. »Es ist leider nicht zu erkennen. Dem Profil des Autos nach einer von dessen *Freunden.*« Er formulierte das Wort mit einem Unterton unüberhörbarer Abscheu.

»Darf ich es noch mal sehen?«

»Aber gerne.« Der Mann holte die Szene erneut auf den Monitor, schaltete in dem Moment auf Standbild, als das Auto auftauchte.

Braig erkannte die Umrisse eines ihm unbekannten SUVs, versuchte vergeblich, die Konturen des Fahrers auszumachen. Die Scheiben reflektierten das Licht der Sonne, verbargen den gesamten Innenraum. »Ich werde die Aufnahme unseren Fachleuten überlassen. Vielleicht können die was machen«, sagte er. »Dem Profil nach handelt es sich nicht um Scheuers Wagen?«

Seitele winkte ab. »Das besagt nichts. Die wechselten ihre Karren wie Sie Ihre Unterwäsche. In letzter Zeit waren sie ständig mit Elektrokisten zugange. Das ist doch deren einziger Lebensinhalt. Und was eine eventuelle Anzeige betrifft: Sie haben keine Chance, solange sich der Kerl am Steuer nicht eindeutig identifizieren lässt. Und das ist nun mal nicht der Fall. Auch auf der zweiten Aufnahme nicht.«

»Eine zweite Aufnahme?«

Seitele machte sich kommentarlos am Laptop zu schaffen, wandte sich Braig wieder zu. Dieselbe Silhouette, der Asphalt der Straße, der Ansatz des Zauns, nur ohne Kinder. Der große, schwarze Schatten schoss in ähnlichem Tempo durchs Bild wie auf dem anderen Film.

Der Mann schaltete auf Standbild, sah seine Worte bestätigt. Wieder war hinter den Scheiben nichts zu erkennen.

»Von wann stammen die Aufnahmen?«, erkundigte sich Braig.

Seitele wies auf die am äußersten unteren Rand eingeblendeten Daten. Mit bloßem Auge waren sie kaum zu erkennen. »Ich weiß es auswendig. Die erste vom 6.8., die zweite vom 5.7.«

»Vom 6. August dieses Jahres?«

Der Mann nickte.

»Eine Woche vor Scheuers Tod«, überlegte Braig. »Sie haben Scheuer mit dem Film konfrontiert?«

»Am selben Abend noch.«

»Wie reagierte er?«

Seitele wies auf die Figuren unter ihnen. »Sie wissen es doch. Zwei Tage später, Sonntag kurz vor Mitternacht, zerstörte er unsere Anlage.«

»Und das ließen Sie sich gefallen?«

Der Mann reagierte mit einem genervten Blick.

»Wer sind die beiden Kinder, an denen das Auto vorbeiraste?«

»Jana, unsere Jüngste«, antwortete Seitele. »Und Emil, Reimers Sohn. Sie spielen oft zusammen.«

»Sie haben den Reimers diese Aufnahme ebenfalls gezeigt?«

Seitele stöhnte laut auf. »Jetzt kommen Sie mir nicht damit, die Bilder hätten die Reimers oder uns veranlasst, den Dreckskerl abzumurksen. Er gefährdet das Leben unserer Kinder, eine Woche später zahlen wir es ihm heim. Wenn wir uns davon hätten leiten lassen – wir hätten es schon längst tun müssen.«

»Vielleicht hatte sich einfach noch keine gute Gelegenheit dazu ergeben«, spekulierte Braig. »Bis jetzt am Freitagabend. Sie zögerten nicht lange, nützten sie aus?«

Der Mann wandte sich genervt von ihm ab.

17. Kapitel

Der Wecker hatte noch nicht geläutet, als Braig am frühen Dienstagmorgen zu sich kam. Verschlafen öffnete er die Augen, merkte an der Intensität des durch die Ritzen des Ladens dringenden Lichts, dass der nervende Ton nicht mehr lange auf sich warten lassen würde. Er nahm das Gerät an sich – 6:52 Uhr –, sah das leere Bett neben sich. Offensichtlich hatte Ann-Katrin wieder schlecht geschlafen. Er drückte auf den Knopf, schaltete den Weckruf aus.

Das kräftige Miauen in der Küche verriet, weshalb seine Partnerin schon aufgestanden war. Tinnitus' unstillbare Sehnsucht nach Zärtlichkeit hatte den Kater veranlasst, sie mit unzähligen Nasenstübern in einen Knuddelaktivitäten zugänglichen Bewusstseinszustand zu überführen.

Braig schälte sich aus dem Bett, schob sich in die Küche. Der aromatische Duft frisch gebrühten Kaffees strich ihm in die Nase. Große Wirkung schien das Koffein allerdings noch nicht entfaltet zu haben: Ann-Katrin saß müde lächelnd am Tisch, Tinnitus auf dem Schoß, eine halb geleerte Tasse in der Hand.

»Guten Morgen zusammen«, grüßte er. Wenigstens seine Tochter schien noch zu schlafen.

Der Kater ließ augenblicklich ein kräftiges Miauen hören, sprang quer über den Tisch direkt in Braigs Arme.

»Danke«, seufzte Ann-Katrin. »Zum ersten Mal seit einer halben Stunde wieder Freiheit.«

Er spürte die weiche Nase des Tieres in seinem Gesicht, kraulte es am Bauch und auf dem Rücken, hörte sein lautes Schnurren. Der ganze Kater schien vor Vergnügen zu vibrieren. »Wenigstens einmal am Tag Erfolg mit meinen Bemühungen«, frotzelte er, den Stillstand seiner beruflichen Ermittlungen im Sinn.

Zum Abschluss seines erneuten Besuchs in der Schwarzrieslingstraße am Vorabend hatte er Scheuers Haus noch einmal gründlich durchsucht. Ihm war nicht klar gewesen, was er zu finden hoffte; er hatte einfach einen Teil der Papiere und unbeschrifteten Sticks und DVDs aus dessen Wohnzimmerschrank eingepackt und mitgenommen. Sobald sich die Zeit und die Gelegenheit ergaben, wollte er einen Blick darauf werfen.

»Tinnitus hat immer Erfolg«, nahm Ann-Katrin seine Bemerkung auf. »Fünfzehn Nasenstüber pro Minute, das holt jede aus dem Tiefschlaf!«

Braig kraulte den Kater ein letztes Mal, reichte ihn dann seiner Partnerin zurück.

»Wenn du Kaffee willst …« Sie wies auf die halb gefüllte Kanne, knuddelte das Tier.

»Danke, gerne. Heute werde ich die braune Brühe literweise inhalieren. Ich weiß nicht, wie ich sonst weiterkommen soll.« Er schenkte sich eine große Tasse voll, gab Milch dazu, griff dann nach der Müslipackung seiner Tochter, deren Frühstücksgewohnheit er sich vor wenigen Monaten angeschlossen hatte. Wenige Haferflocken, viele Trockenfrüchte, Mandeln, Nüsse und Schokokrümel, etwas Milch. Er hoffte, dass dieser Powerpack ihm die nötige Energie verleihen würde, die er benötigte, um auf der Suche nach dem Verantwortlichen für Scheuers Tod wenigstens einen kleinen Schritt vorwärtszukommen.

Eine knappe Stunde später hatte er das gesamte Material aus Scheuers Haus auf dem Schreibtisch seines Büros ausgebreitet. Papiere mit Rechnungen, Steuerbescheiden, Automodellen. Auf den ersten Blick nichts von Belang.

Er hörte das Klopfen an seiner Tür, sah auf.

»Hast du diesen Eck erreicht?«, fragte Neundorf.

Sie wirkte ungewohnt matt und erschöpft, schien sich kaum auf den Beinen halten zu können.

»Ich fürchte, du solltest nach Hause«, sagte er unverblümt, jede der Höflichkeit geschuldete Schmeichelei außer Acht lassend. »Der Dreck, in dem ich gerade wieder wühle, ist es nicht wert, deine Gesundheit noch mehr zu belasten.«

Neundorf stützte sich am Türrahmen ab, suchte nach einer Antwort. »Vor fünf Minuten hätte ich das noch vehement abgelehnt, aber jetzt …«

Er merkte, wie sie um Luft rang, wiederholte seine Aufforderung. »Der Dreckskerl hat es nicht verdient, ihm auch nur eine einzige Sekunde zu schenken«, fügte er hinzu. »Je mehr ich über ihn erfahre, desto deutlicher wird dieses Bild.«

»Wo ist dein Idealismus geblieben?«, frotzelte sie. »Du scheinst zur Realität zu finden.«

Zur Realität zu finden? Braig musterte seine Kollegin mit kritischem Blick. Ganz schien sie ihre Willenskraft doch noch nicht verloren zu haben. Natürlich hatte sich sein Idealismus im Verlauf der letzten Jahre reduziert, jene jugendliche Begeisterung, mit der er seinen Beruf angetreten hatte. Er war ruhiger, bedächtiger geworden. Auch realistischer?

Wahrscheinlich. Auf jeden Fall nüchterner, sachlicher. Nicht mehr so sensibel. Der Abstand zwischen ihm und dem Elend, das sich fast jeden Tag vor ihm türmte, war größer geworden. Er ließ es nicht mehr so nahe an sich heran, war nicht länger bereit, sich voll und ganz mit allen Sinnen dem Leid der Opfer auszuliefern. Ja, er hatte Illusionen verloren, viele Illusionen, unter deren Einfluss er einst begonnen hatte, die Welt ein Stück menschlicher zu machen – seiner damaligen Auffassung zufolge jedenfalls. Aber war das wirklich ein Wunder bei den ständigen Belastungen, den Unmengen von Morast, in denen er Tag für Tag wühlte?

Er erinnerte sich noch genau an den Moment, als ihm zum ersten Mal ein Stück seiner idealistischen Berufsauffassung zerbrochen war. Ein kleines Stück zwar nur, aber doch der erste Stein aus einem großen Mosaik.

Einer seiner ersten Einsätze als junger Beamter hatte sich unauslöschlich in sein Gedächtnis gebrannt. Nach monatelangen Observationen war es ihnen gelungen – glühend heiße Sommertage und fast vollständig durchwachte Nächte ununterbrochen im Einsatz – die Hintermänner einer Menschenhändlerorganisation auszuspähen, die seit Jahren immer neue Scharen junger, kaum volljähriger Osteuropäerinnen für westdeutsche Bordelle rekrutierten und damit Millionengewinne erzielten. Durch einen Zufall hatten sie dabei einen erfolgreichen und aufgrund seiner guten Beziehungen zu politischen Entscheidungsträgern unantastbaren Geschäftsmann ins Visier bekommen und dessen Beschattung trotz staatsanwaltlicher Bedenken aufgenommen, so lange, bis sie den gut genährten, durchtrainierten Enddreißiger dabei überraschten, wie er einer 18-jährigen Rumänin eine *persönliche Lektion* erteilte. Die junge Frau hatte sich geweigert, sich wie Hunderte ihrer Leidensgenossinnen der Prostitution hinzugeben, und war deshalb in den Fokus des Mannes geraten. Er hatte den Kopf der nackten, am ganzen Körper von brutalen Schlägen gezeichneten Frau gerade in eine Toilettenschüssel gedrückt und die Spülung betätigt, als sie in den kleinen Anbau in einem Hinterhof stürmten.

Braigs wie auch seines Kollegen erste Reaktionen waren spontan, ohne jede Überlegung erfolgt. Das in höchster Lebensgefahr Hilfe erheischende Röcheln der Frau im Ohr, ihren gemarterten, ausgemergelten, nackten Körper und die gut genährte Gestalt ihres Peinigers vor Augen, hatten sie keine Sekunde gezögert, sondern den Mann mit harten Schlägen und gezielten Tritten außer Gefecht gesetzt und die Frau aus seiner Gewalt befreit.

Braig wagte nicht daran zu denken, wie oft er in den vergangenen Jahren zu ähnlichem Vorgehen gezwungen gewesen war. Natürlich hatte er Skrupel gehabt, ihr hartes, allzu deutlich von ihren angespannten Nerven dominiertes Vorgehen selbst infrage gestellt. Als der Geschäftsmann aber einen Tag später mit trotz aller kosmetischen Korrekturversuche deutlich malträtiertem, aber dennoch süffisant grinsendem Gesicht wegen mangelnder Beweise aus der Untersuchungshaft entlassen worden war, ihnen selbst aber ein dienstinternes Untersuchungsverfahren angekündigt wurde, hatte er diese Skrupel blitzschnell verloren. Die junge Rumänin hatte sich geweigert zu reden – aus Angst um ihr Leben, was eigentlich nur ein Blinder, aber eben auch der Untersuchungsrichter hatte übersehen können.

Den Mann festzunehmen und vor Gericht zu stellen, war – seinen Informationen nach – bis heute nicht gelungen. Offensichtlich verfügte er über sehr gute Anwälte und noch bessere Beziehungen. Die hatten ihm wohl geraten, das Licht der Öffentlichkeit vorübergehend zu meiden, somit auch auf Maßnahmen gegen die auf ihn angesetzten Kriminalbeamten zu verzichten – nur dieser Vorsicht war die Niederschlagung des angekündigten dienstinternen Untersuchungsverfahrens zu verdanken. »Wir hätten die Drecksau erschießen sollen«, hatte sein an der Befreiungsaktion beteiligter Kollege geäußert.

Braig war ruhig geblieben, hatte den Kommentar als im Affekt des Geschehens erfolgte unüberlegte Reaktion abgetan. Er selbst hätte sich in jenen Jahren wohl niemals zu einer solchen Bemerkung hinreißen lassen. Opfer und Täter, beide waren menschliche Wesen und verdienten als solche eine respektvolle Behandlung, hatte er verinnerlicht.

Und heute?

»Womit zermarterst du dein Hirn?«, unterbrach Neundorf seine Gedanken.

»Mein Idealismus und die Realität«, gestand er.

»Wer als Jugendlicher nicht in einer Wolke von Idealismus schwebt, dem fehlt ein grundlegender Baustein menschlicher Existenz«, meinte sie. »Als Erwachsener musst du dich bemühen, die rauen Stürme der Realität nicht so stark werden zu lassen, dass sie die Wolke vollständig zerpflücken und du auf dem harten Boden von Frust und Lebensverachtung landest.«

»Hört, hört! Die Philosophin spricht! Was ist mit dir los?«

»Langzeitfolgen von Corona«, antwortete sie. »Ich begreife manchmal selbst nicht, was mir seither durch den Kopf geht.« Neundorf löste sich vom Türrahmen, seufzte laut. »Aber kommen wir wieder zur Sache. Ich wollte wissen, ob du diesen Eck erreicht hast.«

»Nur seine Mobilbox. Aber die mehrmals.«

»Was ist mit seiner Firma? Der müsste heute doch arbeiten, oder?«

»Ich werde es versuchen«, sagte Braig. »Jetzt sofort.«

»Dann gehe ich wieder«, erklärte sie. »Sonst verfallen wir nur noch ins Philosophieren. Ich komme einfach nicht voll auf den Damm.« Sie wandte sich um, lief aus seinem Büro.

»Denk an deine Gesundheit«, rief er ihr hinterher.

Er schob das Material aus Scheuers Haus zur Seite, schaltete den Computer ein. Kurz darauf hatte er seine Notizen über die bisher bekannten Vorgänge in der Tatnacht auf dem Monitor. Um 21:59 Uhr am Freitagabend, etwa eine Stunde also vor seinem Tod, war Scheuer von Gerald Eck angerufen worden. Der kurz darauf Ermordete hatte sich zu der Zeit in Feuerbach bei Michael Dilger aufgehalten, um sein Auto herrichten zu lassen. Was

Eck von ihm gewollt, worüber sich die beiden Männer fast fünf Minuten lang unterhalten hatten, war Braig immer noch nicht bekannt. Er griff zum Telefon, wählte Ecks Nummer.

Mobilbox.

Er überlegte, weshalb der Mann nicht an sein Handy ging, ihn trotz seiner Aufforderungen auch nicht zurückrief. Der Verbindungsliste nach war Eck die zweitletzte Person, mit der Scheuer kurz vor seinem Tod noch gesprochen hatte. Nur mit Dilger hatte er sich dann noch unterhalten; der Anlass wie der Inhalt dieses Telefonats waren allerdings geklärt. Hatte Eck irgendetwas mit Scheuers Tod zu tun?

Braig suchte nach der Nummer der Metallbau-Firma, gab sie ein. Er hatte zwar überhaupt keine Lust, sich noch einmal mit dem feisten Glatzkopf zu unterhalten, sah im Moment aber keine andere Möglichkeit, an dessen Mitarbeiter heranzukommen. Solange Eck nicht an sein eigenes Handy ging, musste er es auf einem anderen Weg versuchen, und sei es über seinen Chef. War er dabei auch gezwungen, sich akustisch auf den Mann einzulassen, blieben ihm wenigstens dessen Anblick wie auch sein grauenvoller Körpergeruch erspart.

Es dauerte ein paar Sekunden, es knackte und rauschte, dann hatte er die Stimme Mallers am Ohr. Der Mann schien außer Atem, rang nach Luft. Seine Stimme klang noch schriller als im direkten Gespräch. »Mal… Metallbau … Was isch?«

Braig spürte die Gänsehaut über seinen Rücken kriechen. Er nannte seinen Namen, erinnerte an seinen Besuch am Vortag.

»Sie scho wieder«, kreischte Maller. »Sie machet mir aber au sämtliche Mitarbeiter abspenstig.«

Er wusste nicht, wovon der Mann sprach. »Wieso?«

»Hano, erscht wird der Kevin umbracht, weil Sie net fähig sind, dem seine gemeingefährliche Nachbar rechtzeitig hinter Schloss und Riegel zu bringe. Und no …«

»Ich möchte heute nur mit Ihrem Mitarbeiter, Herrn Eck, sprechen«, fiel Braig ihm ins Wort. »Deshalb rufe ich an.«

»Den Gerry wellet Sie spreche?«, tönte Maller. »Des dät i au gern. I hätt den Kerle vor allem gern hier an seinem Arbeitsplatz, damit der was schafft. Aber des kann i ja au für die nächste Däg vergesse, wenn i des richtig verstande han.«

»Weshalb? Was ist mit ihm?«

»Ha, des wüsst i au gern. Aber die Ärzt dürfet oim ja nix mehr sage, von wege Datenschutz und so, net wahr. Er liegt im Robert Bosch in der Chirurgie, mehr wolltet die net rausrücke.«

»Im Robert-Bosch-Krankenhaus?«

»Zum Glück hat der Ronny die Schwester von dem Gerry erreicht. Der isch die Eugenstaffel in der Innenstadt runtergfloge, hat die erzählt. Gestern Abend oder heut Nacht.«

»Die Eugenstaffel heruntergestürzt? Wie ist das denn passiert?«

»Fraget Se mi net, i war net dabei. Er soll aber von einem Kampfhund oder wie die zu dene Drecksköter saget, verfolgt ond agfalle worde sei. Genau wie damals der Kevin.«

»Von einem Kampfhund?«, fragte Braig überrascht. Unwillkürlich hatte er die Szene vom Vorabend in Neubachers Garten vor Augen, als das Pitbull-ähnliche Ungetüm plötzlich auf ihn zugeschossen war. Zum Glück hatte der Hund einen Beißschutz getragen. *Im Tierheim geholt,* hatte Stefan Neubacher erklärt. *Den will keiner. Wir versuchen es mit ihm.*

Und jetzt dieser Eck möglicherweise als Opfer eines solchen Tieres. War das wirklich nur Zufall? Oder gab es Zusammenhänge? Irgendwelche Verbindungen, die er bis jetzt noch nicht verstand? Hier Eck, ein Arbeitskollege, vielleicht sogar Freund Scheuers, dort dessen Nachbarn. Der Ermordete hatte Neubachers Hund angefahren, sodass sie das Tier hatten einschläfern lassen müssen.

Braig lebte selbst seit Jahren mit mehreren Haustieren, Hunden und Katzen, zusammen. Er konnte gut nachempfinden, was der Tod des Vierbeiners für die Leute bedeutete. Der Hund war ein Familienmitglied, für die Eltern und vor allem auch die Kinder, er wusste das nur allzu gut. Von einem Familienmitglied Abschied nehmen zu müssen, nur weil ein ohnehin als verantwortungsloser Raser bekannter Nachbar nicht bereit war, seinem asozial-kriminellen Lebensstil abzuschwören, sorgte für tiefgreifende Trauer und nachhaltige Verbitterung, aber auch unbändige Wut und lodernden Hass. Berechtigte Wut, berechtigten Hass.

Braig konnte die Aggressionen der Neubachers gegen den verkommenen Nachbarn gut nachvollziehen. Was, wenn Eck als Kollege und vielleicht sogar Freund Scheuers in die Tat involviert war? Hatten sie heute Nacht zum zweiten oder gar dritten Mal für Vergeltung gesorgt?

»Die Schwester von Herrn Eck«, erklärte er deshalb, »haben Sie ihre Nummer?«

Die Antwort ließ nicht lange auf sich warten. »Moment, i geb Ihne den Ronny.«

Kurz darauf hatte Braig die Stimme Hörners am Ohr. Er versuchte, genauere Informationen über die Kampfhund-Attacke zu erhalten, wurde von dem Mann aber abschlägig beschieden.

»Ich weiß nicht, was da genau los war. Die Ärzte haben Gerrys Schwester auch nicht viel erzählt. Rufen Sie im Krankenhaus an. Die können Ihnen wohl eher Auskunft geben.«

Braig bat Hörner dennoch, ihm die Nummer und Adresse der Frau umgehend zu mailen, beendete dann das Gespräch. Er wartete, bis beides eingegangen war, gab die Ziffern ein. Ohne Erfolg. Nur die Mailbox meldete sich. Er verzichtete darauf, die Frau um einen Rückruf zu bitten, ließ sich mit dem Krankenhaus verbinden. Zehn Minuten später war er bis zur chirurgischen Abteilung vorgedrungen, wo ihm mitgeteilt wurde, dass der zuständige Arzt bis gegen zwölf Uhr dienstlichen Verpflichtungen unterliege, die keine Unterbrechung erlaubten.

Frustriert legte er den Hörer zurück, wandte sich wieder dem Material aus Scheuers Haus zu. Papiere mit Rechnungen, Steuerbescheiden, Automodellen. Er wischte sie zur Seite, hatte ein kleines, braunes Kuvert vor sich. Es war nicht verschlossen, enthielt mehrere Fotos sowie zwei DVDs.

Braig zog die Bilder vor, hielt erstaunt inne. Zwei halbnackte, junge Frauen in Schwesterntracht, die blanken Busen demonstrativ zur Schau gestellt. Es schien sich um den Ausschnitt aus einem älteren Film zu handeln, war mit dem Titel *Schwester Uschis Abenteuer auf der Männerstation – Farbfilm – 50 Minuten* überschrieben.

Braig musterte die Gesichter der beiden Frauen, stutzte. Die Linke war ihm unbekannt, aber die andere? Er wusste sofort, an wen sie ihn erinnerte, überlegte, ob er sich nicht täuschte. Andrea Neubacher, Scheuers Nachbarin, etwa zwanzig Jahre jünger. War das wirklich möglich?

Er legte das Foto zur Seite, hatte die Frau erneut vor sich. Diesmal allein, aber wieder mit nacktem Oberkörper. Die Überschrift war identisch. *Schwester Uschis Abenteuer auf der Männerstation – Farbfilm – 50 Minuten.*

Andrea Neubacher, ohne Zweifel. Jetzt war er sich sicher. Bestimmt zwanzig Jahre jünger, aber dennoch zu erkennen. Gut zu erkennen.

Was hatten die Fotos bei Scheuer zu suchen? Hatte der Mann seine Nachbarin damit erpresst?

Er blätterte weiter, sah jedes Mal dieselbe Person vor sich. Andrea Neubacher, mit blankem Busen. Fünf Fotos. Auszüge aus einem Film? Oder Fotomontagen? Am Computer erstellte Manipulationen, in denen der Kopf der Nachbarin auf einen anderen Körper montiert worden war?

Weshalb dann aber ein rund zwanzig Jahre altes Bild? Wenn schon Manipulation, wieso dann nicht mit einem aktuellen Foto?

Braig nahm sich die beiden DVDs vor, sah, dass sie nicht beschriftet waren. Beide im gleichen Kuvert wie die Fotos. Weil sie den dazugehörigen Film enthielten?

Er löste eine der silbernen Scheiben aus der Umhüllung, steckte sie ins Laufwerk. Es dauerte eine Weile, bis das Gerät den Inhalt der DVD erfasst hatte, dann leuchtete der Filmtitel auf dem Bildschirm auf. *Schwester Uschis Abenteuer auf der Männerstation*. Den teilweise vergilbt wirkenden Farben nach waren die Aufnahmen schon älteren Datums, auch die Qualität der DVD schien nicht gerade bester Wahl, die handelnden Personen allerdings waren sehr gut zu erkennen. Andrea Neubacher als angebliche Krankenschwester, die voller Vergnügen speziellen Männerwünschen nachkam.

Braig ließ den Film laufen, suchte seine Kollegin auf. Sie saß an ihrem Schreibtisch, war mit ihrem Computer beschäftigt. »Kleine Überraschung«, sagte er und bat sie, ihm in sein Büro zu folgen.

Sie starrte auf den Bildschirm, lachte laut. »Wo hast du das her?«

»Aus Scheuers Wohnzimmerschrank.«

»Fünfzigerjahre des letzten Jahrhunderts, schätze ich.«

»Das kann nicht sein«, widersprach Braig. »Der Film ist höchstens zwanzig, fünfundzwanzig Jahre alt.«

»Woher willst du das wissen?«

»Schwester Uschi«, er wies auf den Monitor. »Ich kenne sie.«

»Interessant.« Neundorf setzte ein schnippisches Lächeln auf. Ihr schien es wieder besser zu gehen. »Ich wusste nicht, dass du in diesen Kreisen verkehrst.«

»Schwester Uschi ist Scheuers Nachbarin.«

»Wie bitte? Die Nachbarin?« Sie schnappte nach Luft. »Du bist dir sicher?«

»Ich habe sie sofort erkannt. Deshalb kann der Film auch nicht älter als zwanzig, fünfundzwanzig Jahre sein. Ich schätze die Frau jetzt auf Mitte vierzig. Und hier …«

»Um die zwanzig«, überlegte Neundorf.

»Deshalb bin ich mir auch ziemlich sicher, dass es sich nicht um eine Fälschung handelt. Wenn jemand die Körper oder Gesichter austauscht, dann doch mit aktuellen Fotos und nicht mit so alten Aufnahmen.«

»Das klingt logisch, ja. Ich würde die Techniker trotzdem darum bitten, den Film zu überprüfen. Vorsichtshalber.«

»Werde ich tun«, versprach Braig. »Falls sie echt sind, wovon ich zuerst mal ausgehe, frage ich mich, wie der Typ zu diesen Aufnahmen kam und was er damit wollte.«

»Erpressung, was sonst?«

»Dann hätte die Frau ein Motiv gehabt, ihn zu killen.«

Neundorf wandte den Blick vom Bildschirm ab, musterte ihren Kollegen. »Und den Film lässt sie in seinem Wohnzimmer liegen? Um uns die Arbeit zu erleichtern?«

»Vielleicht wusste sie nicht, wo er ihn aufbewahrte?«

»Das Haus war durchsucht?«

Braig schüttelte den Kopf. »Nein. Wir fanden nicht den geringsten Hinweis darauf.«

»Was ist die Frau von Beruf?«

»Lehrerin, wenn ich mich richtig erinnere.«

»Oh.« Neundorf verdrehte die Augen. »Lehrerin.« Sie stampfte mit dem Fuß auf den Boden. »Lehrerin und diese Aufnahmen. Optimales Erpressungspotenzial, würde ich sagen. Da musste sie wirklich alles tun, die Veröffentlichung zu verhindern. Das ist pures Dynamit.«

»Denke ich auch«, stimmte er ihr zu. »Ich glaube, ich muss Frau Neubacher schon wieder einen Besuch abstatten.«

Braig nahm die DVD aus dem Gerät, läutete bei den Kollegen der Technik an, bat um eine kurzfristige Überprüfung des Films. »Es geht nur um die Hauptperson. Gibt es Hinweise, dass ihr Gesicht oder ihr Körper anstelle der ursprünglichen Darstellerin nachträglich eingefügt wurde?«

»Alle achtzig Deifel von Sindelfinge, woisch du, was des für a Arbeit isch?«, jammerte Rössle. »Do sind heut teilweise so kreizliadriche Schpitz am Werk, dass dene gar nimmer uf d' Schliche kommsch!«

»Das ist bei den Aufnahmen hier nicht der Fall. Glaube ich jedenfalls nicht. Wenn ihr nur einen kurzen Blick drauf werfen könntet. Ich bringe euch die DVD persönlich vorbei.«

»Hano ja, aber dann nadierlich! Welche Ehre, der Herr Hauptkommissar begibt sich zu seine Arbeitssklave!« Er machte eine kurze Pause, fügte dann »I sag's dem Heidebrink, der isch grad da« hinzu.

Braig kannte den neuen Kollegen bisher nur flüchtig, hatte jedoch von dessen aufsehenerregenden Erfolgen bei der Entlarvung manipulierter Fotos und anderer Dokumente gehört.

Keine Stunde später war sich der dem Klischee des Tag und Nacht vor dem Bildschirm festgeschweißten Computer-Nerds ähnelnde Experte absolut sicher. Lange, etwas wirr vom Kopf abstehende Haare, dicke Brille, bleicher Teint, selbst jetzt im Hochsommer hochgeschlossenes, schwarzes Sweatshirt. »Das war einfach«, erklärte er. »Keinerlei Hinweise auf irgendwelche Eingriffe. Es handelt sich um Originalaufnahmen. Ausnahmslos.«

Braig bedankte sich, nahm die Treppen zu seinem Büro. Neundorf stand vor ihrer Tür.

»Keinerlei Manipulation laut Heidebrink«, sagte er.

»Na, dann ist alles klar.« Sie nickte, folgte ihm zu seinem Schreibtisch. »Noch etwas zu dieser Familie Neubacher«, erklärte sie. »Beinahe hätte ich es vergessen.«

Er lief zu seiner Kaffeemaschine, füllte Pulver und Wasser nach, schaltete sie ein. »Um was geht es?«

»Ihr Alibi am Tatabend.«

»Ah, ich verstehe.« Er ging zu seinem Computer, rief die entsprechende Seite auf. »Sie waren lange auf einer Feier des Tierheims in Reutlingen, kamen erst nach Mitternacht nach Hause.«

»Angeblich, ja«, sagte sie. »Die Tierheim-Festivitäten waren jedoch schon um 20 Uhr beendet. Die letzten Besucher gingen gegen 20:30 Uhr Die Neubachers waren da längst weg. Behaupten übereinstimmend zwei verschiedene Besucher.«

»Oha.« Braig schaute auf, musterte seine Kollegin. Er hörte das kräftige Blubbern und Zischen seiner uralten Kaffeemaschine, massierte seine Schläfen. »Die Sache wird immer heißer. Die fuhren dort viel früher weg, als sie mir gegenüber behaupteten. Möglicherweise waren sie also auch viel früher zu Hause. Früh genug, um sich den erpresserischen Nachbarn – setzen wir mal voraus, dass er das war – vorknöpfen zu können. Die haben mich belogen. Glauben die echt, wir kriegen das nicht mit?«

»Ganz schön dreist, ja. Ich frage mich, ob Herr Neubacher von den freizügigen Aufnahmen seiner Frau weiß?«

»Vielleicht schauen sie sich den Film öfter mal gemeinsam an«, frotzelte er.

»Du kannst sie ja danach fragen, ob sie private Vorführungen anbieten. Ich bin dabei.«

18. Kapitel

Kurz nach zwölf Uhr gelang es Braig endlich, den leitenden Arzt des Robert-Bosch-Krankenhauses zu sprechen, der für die Behandlung Gerald Ecks verantwortlich war. Er stellte sich vor, erkundigte sich nach der Art der Verletzungen und den Einzelheiten des Geschehens.

»Tut mir leid, über den Hintergrund des Vorfalls liegt mir und meinen Mitarbeitern nur die Information vor, es handle sich um die Folgen einer Flucht vor einem aggressiven Hund«, erklärte der Mediziner. »Der Mann sei mehrere Stufen einer Steintreppe in der Innenstadt hinuntergefallen. Ich kann Ihnen aufgrund der vorliegenden Symptome nur sagen, dass er schwerwiegende Verletzungen erlitt. Wir hatten schon mehrfach Patienten, die aus den verschiedensten Gründen gestürzt waren, aber deren Zustand erwies sich selten als so besorgniserregend wie im Fall des Herrn Eck. Wenn der Mann wirklich von einem Hund verfolgt wurde, muss es sich um ein extrem aggressives Exemplar handeln. Sie wissen wahrscheinlich besser als ich, wo die Leute zu finden sind, die Tiere derart abrichten.«

»Das bedeutet, der Mann ist schwer verwundet.«

»Kurz gesagt: Ja. Ersparen Sie es mir bitte, in die Einzelheiten zu gehen, sonst sind wir heute Nachmittag noch damit beschäftigt.«

»Wann kann ich mit ihm sprechen?«

Die Antwort des Arztes ließ keine Sekunde auf sich warten. »Heute auf keinen Fall. Wir haben ihn sediert. Und morgen? Nein. Schlagen Sie sich das aus dem Kopf.«

»Es wäre aber wichtig für unsere Ermittlungen.«

»Die müssen warten. Die Gesundheit geht vor. Rufen Sie übermorgen wieder an.«

Braig wusste, dass es keinen Sinn hatte, dem Mann zu widersprechen, beendete das Gespräch. Er beschloss, den Neubachers einen unangemeldeten Besuch abzustatten, spürte seinen hungrigen Magen. Er holte sich das Angebot der Kantine auf den Bildschirm, überflog die Informationen zu den beiden Tagesessen.

Tagliatelle mit Champignon und Rahmsoße und grüner Salat

Nasi Goreng mit flüssig gewürzter und gegarter Hähnchenbrust

Er musste keinen Moment überlegen, wusste aus Erfahrung, welche hervorragenden Pilzgerichte der Koch herzustellen imstande war. Gleichgültig in welcher Kombination, er hatte sie immer genossen.

Braig lief in Neundorfs Büro, sah, dass sie gerade mit einem Müsli-Joghurt-Gemisch beschäftigt war. »Oh, alles klar«, entschuldigte er sich. »Ich wollte Champignons mit Rahmsoße anbieten, aber ich sehe, es hat sich erledigt.«

Sie hielt im Kauen inne, wies auf ihre Schüssel. »Solange ich nicht voll fit bin, versuche ich es auf die leichtere Art. Lass es dir trotzdem schmecken.«

»Ich gehe anschließend direkt zu den Neubachers. Ihr Alibi und der Film.«

Wenige Minuten nach 14 Uhr war er wieder in der Schwarzrieslingstraße angelangt. Er hatte die in feine Rahmsoße gehüllten Champignons mitsamt den Nudeln genossen und sich mit zwei Kollegen unterhalten, die zu ihm an den Tisch gekommen waren. Sosehr ihm das Essen geschmeckt hatte, Braig war froh, endlich das Gebäude verlassen und an die frische Luft treten zu können. Der ununterbrochene Lärmpegel mit dem ständigen Scheppern und Kratzen der Teller, Löffel, Messer, Gabeln und Gläser und dem unaufhörlichen Stühlerücken hatten ihn mehr und mehr genervt. Umso mehr freute er sich über die gegenüber den letzten Tagen spürbar abgesunkenen Temperaturen, nahm dankbar den leichten Windhauch wahr, der vom Cannstatter Kurpark her durch die Taubenheimstraße strich.

Am Augsburger Platz stieg er in die Stadtbahn, lehnte sich in seinem Sitz zurück. Braig streckte seine Füße von sich, schüttelte jeden Gedanken an seine Ermittlungen ab. Bahnfahren, ob in der Stadt oder über Land, schenkte ihm oft die einzigen Momente der Ruhe inmitten seines meist von Stress und Hektik geprägten Alltags. In einem Zug Platz zu nehmen und sich in einem der Sitze zurückzulehnen, ermöglichte es ihm, wenigstens für eine kurze Zeit aus der Realität abzutauchen und sich von all dem Dreck und Elend zu befreien, in dem zu wühlen er beruflich ständig gezwungen war. Wann immer es möglich war, nutzte er die

Minuten oder auch Stunden unterwegs, um innezuhalten und neue Kraft zu schöpfen. Wie andere sich einen ruhigen Platz irgendwo in der Natur suchten oder sich in einem stimmungsvollen Café mit einem Cappuccino für ein paar Augenblicke aus ihrem Leib und Seele belastenden Stress ausklinkten, genoss Braig die Zeit in einem Zug, um unbehelligt von ständig neuen beruflichen Anforderungen aus dem Fenster zu schauen und meditierend in der vorbeifliegenden Landschaft zu versinken. Oft gab er sich auch der unauffälligen Beobachtung anderer Reisender hin, er lauschte ihren Gesprächen und erhielt so innerhalb kurzer Zeit unverstellte Einblicke in die Lebenswirklichkeiten anderer Menschen.

Er müsse lernen, sich nicht den ganzen Tag über von den Ermittlungen in Beschlag nehmen zu lassen, hatte er während seines Studiums an der Polizeihochschule Villingen-Schwenningen gelernt, er solle immer wieder nach kurzen Auszeiten suchen, die es ihm ermöglichten, den Kopf freizubekommen und neue Energie zu tanken. Er solle jeden Tag aufs Neue für kurze Phasen der Regeneration sorgen, sonst hätte er auf Dauer keine Chance, die berufliche Belastung zu bewältigen. Er erinnerte sich noch genau an die Gewohnheit seines Ausbilders, eines älteren Hauptkommissars, mitten während der Ermittlungen für eine Viertel oder halbe Stunde auf einem an der Strecke gelegenen Friedhof abzutauchen, um dort auf einer stillen Bank neue Kraft zu gewinnen. Von vielen Kollegen für seine Marotte verspottet, hatte sich der Mann nicht beirren lassen. Seine weit über die

Dienststelle hinaus bekannte hohe Aufklärungsquote hatte Braig angespornt, sich daran ein Beispiel zu nehmen. Nicht Friedhöfe jedoch, sondern die ständig wiederkehrenden Momente in der Bahn hatte er als seine Chance entdeckt, für kurze Zeit aus der Realität auszusteigen und neue Kräfte zu mobilisieren. Dem Chauffeur vorne an der Spitze des Zuges oblag es, sich um das Erreichen des Ziels zu kümmern, Braig lehnte sich derweil in seinem Sitz zurück und überließ sich seinen Gedanken.

An diesem Mittag allerdings blieb ihm keine Zeit, länger abzutauchen. Die Fahrt war zu kurz. Er trat auf die Straße, sah die Silhouette des Kappelbergs vor sich liegen, lief auf den Zucchini-Weg zu. Keine vierhundert Meter weiter bog er in ihn ein.

Andrea Neubacher stand vor der geöffneten Haustür, einen Besen in der Hand. Braig blieb vor dem Gartenzaun stehen, grüßte.

»Sie wieder«, brummte sie, verzichtete aber auf weitere Bemerkungen. Ihr miesepetriger Gesichtsausdruck zeigte dennoch, was sie von seinem erneuten Auftauchen hielt.

»Ich muss mit Ihnen sprechen«, sagte er. »Ihr Kampfhund ist nicht in der Nähe?«

»Sie haben Schiss, was?«, grinste sie, schüttelte dann aber den Kopf. »Das war kein Kampfhund.«

»Er kam mir gefährlich vor«, beharrte er.

»Ach was!« Andrea Neubacher winkte mit der Rechten ab. »Der ist völlig harmlos. Glauben Sie, wir hätten ihn sonst genommen? Bellt wie ein Irrer, wenn er Fremde sieht, tritt aber sofort den Rückzug an, wenn man nur die Stimme erhebt. Aber nein, keine Angst, die Kinder sind gerade mit ihm unterwegs. Immer an der Leine. Er kann Sie nicht zerfleischen.« Sie bedeutete ihm einzutreten, lief ihm voran durch die Diele.

»Hier, bitte.« Sie öffnete die erste Tür auf der rechten Seite, führte ihn in ein geräumiges Wohnzimmer. Helles, weitgehend naturbelassenes Holz, weiche, bequeme Polster.

Er nahm an dem breiten Tisch in der Mitte des Raumes Platz, wartete, bis sie sich an der Längsseite niedergelassen hatte. »Sie sind allein?«, erkundigte er sich.

»Mein Mann arbeitet in seiner Praxis, wenn Sie das meinen. Er ist Physiotherapeut.« Sie musterte ihn mit leicht genervter Miene. »Und die Kinder sind mit unserem neuen Hund unterwegs. Jetzt können wir sie *endlich*«, sie betonte das Wort, »unbesorgt aus dem Haus lassen.«

Braig warf einen Blick auf das Foto an der Breitseite des Zimmers, sah die vier Mitglieder der Familie um einen großen Hund gruppiert in die Kamera strahlen. »Sie haben mich belogen«, erklärte er. »Was Ihr Alibi am Tatabend betrifft.«

»Belogen?« Andrea Neubacher verzog keine Miene. »Wieso?«

»Die Feier in dem Tierheim war schon um 20 Uhr beendet. Sie haben Reutlingen viel früher verlassen, als Sie mir gegenüber erklärt haben.«

»Richtig«, erklärte sie. »Weil wir noch bei meinem Schwager in Metzingen waren. Bis gegen elf.«

»Bei Ihrem Schwager?«

Die Frau griff in ihre Tasche, zog ihr Handy vor, machte sich kurz daran zu schaffen. »Hier ist die Nummer.« Sie reichte Braig das Gerät, wartete, bis er die Ziffern übernommen hatte.

»Warum haben Sie mir das nicht gleich gesagt?«

»Weil ich es nicht für nötig hielt«, blaffte sie ihn an.

Braig verfolgte, wie sie ihr Handy wieder an sich nahm, zog eines der Fotos vor, legte es auf den Tisch. »*Schwester Uschis Abenteuer auf der Männerstation*«, sagte er mit süffisantem Unterton.

Andrea Neubacher reagierte anders, als er es erwartet hatte. »Ach Gott, wie aufregend. Ist es endlich bei Ihnen gelandet«, maulte sie. Sie spitzte die Lippen, blies abfällig Luft von sich. »Eine Jugendsünde, na und?« Die Frau ließ sich anscheinend durch nichts beeindrucken.

»Scheuer hat Sie damit erpresst«, erklärte er.

»Und wenn schon?«

»Sie arbeiten als Lehrerin. Die Bilder oder gar der Film in der Hand Ihrer Schüler – das würde doch einschlagen wie eine Bombe.«

»Wahrscheinlich, ja«, gab sie zu.

»Sie mussten ihn beseitigen, um dem Schlimmsten vorzubeugen. Ihnen blieb keine andere Wahl.«

»Ach Gott, wie einfach ist doch die Welt!«, frotzelte sie. Ihr Ton hatte kein Gramm Aggressivität verloren. »Und damit Sie mich auf jeden Fall als böse Killerin entlarven, lasse ich das belastende Zeug in seinem Haus zurück, ja?«

»Woher wollen Sie wissen …?«

»Woher sollen Sie es sonst haben?«, keifte sie. »Noch hat er es ja nicht ins Netz gestellt.«

»Damit hat er gedroht?«

»Was glauben Sie denn? Der Kerl war von Grund auf verkommen, der kannte keine Grenzen.«

»Ein Grund mehr für Sie, das Problem endgültig zu lösen.«

Andrea Neubacher ließ ein lautes Seufzen hören. »Das sagt sich so leicht, ja. Aber der eigene Bruder …« Sie musterte ihn mit in Falten gelegter Stirn. »Glauben Sie, das ist wirklich so einfach?«

»Der eigene Bruder?«

»Einen Fremden, ja, wer weiß. Was er uns schon alles angetan hat. Dem wäre ich vielleicht wirklich längst an die Gurgel gegangen. Aber dem eigenen Bruder …«

Braig reckte seinen Kopf zur Seite, starrte der Frau ins Gesicht. »Sie wollen mir doch nicht erklären, Scheuer, ich meine …«

»Ach Gott, das haben Sie nicht gewusst?« Andrea Neubacher begann hemmungslos zu lachen. »Gibt es in Ihrer Dienststelle keine Computer? Was haben wir nur für eine Polizei!«

Braig hatte Mühe, Worte zu finden. »Bei dem ermordeten Nachbarn, Herrn Scheuer …«

»Mein Halbbruder, um es genau zu sagen«, fiel sie ihm ins Wort.

Braig schluckte, spürte das Pochen hinter seinen Schläfen. Die Aussagen der Frau hatten ihn kalt erwischt.

»Zwei Mütter, aber derselbe biologische Vater. Das soll es geben.« Sie genoss es sichtlich, ihn wie ein kleines, unwissendes Kind vorzuführen.

Braig war froh, nicht bei ihr in die Schule gegangen zu sein.

»Wobei der miese Charakter des Alten zum Glück nur auf seinen Sohn überging, wenn ich das ganz bescheiden bemerken darf. Auch wenn Sie das im Moment anders sehen mögen«, fügte sie hinzu.

Braig bemerkte ihr süffisantes Grinsen, kämpfte mit den Schmerzen hinter seinen Schläfen. »Sie sind gemeinsam aufgewachsen?«, erkundigte er sich.

»Gott bewahre!« Andrea Neubacher wehrte seine Vermutung mit hoch erhobenen Händen ab. »Meine Mutter war neunzehn, als sie mit mir schwanger wurde. Eine flüchtige Disco-Bekanntschaft. Sie schaffte gerade noch das Abitur, drei Monate vor meinem Erscheinen. Mit einem Schnitt von 1,2. Das brave Mädchen und der Fehltritt. Soll es öfter geben.«

»Und Ihr Halb…« Braig verstummte mitten im Wort, weil er immer noch Schwierigkeiten hatte, das Verwandtschaftsverhältnis zu akzeptieren.

»Scheuer? Für mich war er immer nur Scheuer. Ein Fremder. Der Kotzbrocken aus dem Hallschlag. Fünf Jahre älter, der Vater ein arbeitsscheuer Gelegenheitskrimineller, die Mutter ein Alki, ständig zugedröhnt. Asoziales Pack. Wir hatten so gut wie keinen Kontakt. Meine Eltern waren bemüht, ihn zu verhindern.«

»Ihr neuer Vater.«

»Neu?« Sie lachte laut. »Professor an der Universität Hohenheim. Er hat mich sofort adoptiert. Mit dem Hallschlag wollten sie nichts zu tun haben, weder er noch meine Mutter. Hallschlag, das war das Allerletzte. Ein Slum am anderen Ende der Welt. Damals jedenfalls. Nicht zu vergleichen mit heute. Nach all den Sanierungsbemühungen.«

»Und Sie?«

»Wie das so ist mit jungen Weibern in der Pubertät. Kotzbrocken sind ekelhaft, aber verdammt interessant. Nicht so langweilig wie die eigenen Bubis. Scheuer kam auf die Idee mit dem Film.«

»Scheuer?«, fragte Braig überrascht.

»Ja, glauben Sie etwa, der Herr Professor und die Frau Oberstudienrätin? Natürlich Scheuer, wer sonst? Ein halbes Jahr nach meinem Abitur. Seither hatte er mich in der Hand.«

»Ihr Mann weiß Bescheid?«

»Na klar. Er war doch der Produzent.« Andrea Neubacher verfiel in ein schallend lautes Lachen.

»Ihr Mann?« Braigs Miene brachte seine Skepsis deutlich zum Ausdruck.

»Sie kaufen mir auch alles ab, was? Natürlich weiß er Bescheid. Aber er hat nichts damit zu tun, Gott bewahre. So ein Schmuddel kommt doch nicht aus dem braven Stuttgärtle. Das waren zwei Wochen München damals, oder besser: zehn Tage. Mehr Zeit brauchte es nicht. Mein Mann wäre viel zu brav für so etwas. Der war selbst in seiner Jugend anständig und gediegen.«

»Das sind genau die Leute, die dann später explodieren. Zum Beispiel, wenn sie einem Dreckskerl endlich heimzahlen können, was er ihrer Partnerin angetan hat.«

»Oh nein, jetzt kommen Sie mir nicht so«, protestierte die Frau. »Erstens ist Stefan dazu gar nicht fähig, und außerdem war er zu der Zeit, als es Scheuer erwischte, bei mir und den Kindern. Am Freitagabend, wie Sie behaupten.«

»Das Alibi der Ehefrau zählt nicht viel«, beharrte Braig. »Ich denke, das ist Ihnen bewusst.«

»Dann beweisen Sie das Gegenteil, wenn Sie können«, konterte sie ungerührt.

19. Kapitel

Als *Stäffele* werden die oft romantischen, von Büschen, Bäumen und alten Villen gesäumten Treppenwege bezeichnet, die aus dem Zentrum Stuttgarts in die höher gelegenen Vororte führen. Der Stadtplan weist etwa dreihundert öffentlich begehbare, größere Treppenanlagen innerhalb des Stadtgebiets auf, nicht einbezogen all die vielen Fußgängerunterführungen, Stadtbahnzugänge und Weinbergstaffeln. Nicht alle sind einen Besuch wert. Manche erschließen nur auf kürzestem Weg unterschiedliche Höhenlagen. Viele dieser Stäffele aber sind pittoreske Kunstwerke, malerische Überbleibsel einer längst vergangenen Zeit. Ohne jeden Zweifel gehören sie zu den schönsten Ecken Stuttgarts. Etliche Einheimische wissen sie als ruhige, von üppiger Vegetation begleitete Frischluftparadiese zu genießen – einige der wenigen Winkel der Landeshauptstadt, die von Autos und deren schlimmstem Lärm und Abgasen verschont sind.

Die Stäffele gehen auf die beengte Lage Stuttgarts im schmalen Talkessel zurück, der die Bewohner dazu zwang, ihre Gärten, Obstbaumwiesen und Weinberge hangaufwärts anzulegen. Das im 19. Jahrhundert einsetzende stärkere Wachstum der Stadt folgte den Hängen in die Höhe, was auf dem kürzesten Weg nur mit ausgebauten oder frisch errichteten Stäffele zu bewältigen war. Manche erreichen ansehnliche Größen, die Sünderstaffel etwa mit 260 oder die Willy-Reichert-Staffel mit 407 Stufen.

Eine der schönsten, durch Zerstörungen im Zweiten Weltkrieg allerdings auf weniger als 100 Stufen reduziert, ist die Eugenstaffel. Sie ermöglicht nicht nur schöne Ausblicke aufs nahe Stadtzentrum, sondern wird auch von einer außergewöhnlichen Figur, der Göttin Galatea, gekrönt. Die Treppe mündet an ihrem oberen Ende, eingerahmt von einem über mehrere Absätze hinwegspringenden Wasserfall, in den Eugensplatz mit der pompös ausgestalteten Anlage des Galateabrunnens, auf dessen mächtigem, mehrere Meter hoch aufragendem Steinsockel die spärlich bekleidete Statue der Galatea thront.

Die außergewöhnlich schöne Anlage des Galateabrunnens wurde von der württembergischen Königin Olga gestiftet und 1890 vom Bildhauer Otto Rieth in Bronze gegossen. *Galatea* – ihr Name bedeutet »milchweiß« – soll der griechischen Sage nach in der Nähe Siziliens gelebt haben. Ihre Liebe galt dem jungen Hirten Akis. Als sich der Kyklop Polyphem in sie verliebte, warf dieser aus Eifersucht einen Felsbrocken auf den Hirten und tötete ihn. Galatea ließ unter diesem Felsen eine sprudelnde Quelle entstehen und kreierte Akis als Gott der Bäche und Flüsse.

Die Einweihung des Brunnens 1890 brachte viele ordentliche Bürger Stuttgarts in Rage. Die sehr sparsam bekleidete Figur und besonders ihr unverhülltes wohlgeformtes Hinterteil ließ die Befürchtung von »Unmoral« und »Jugendgefährdung« aufkommen. Königin Olga reagierte jedoch anders, als es sich die verklemmten Schwaben gedacht hatten: Sie drohte damit, die Göttin mit ihren unverhüllten Rundungen zur Innenstadt hin aufstellen zu lassen, wenn sich die engstirnigen Moralapostel nicht schnell beruhigten. Daraufhin wurde es plötzlich ganz ruhig um die Galatea, und alle, die heute auf den Eugensplatz kommen, bewundern die herrliche Aussicht auf die Stadt, genau wie die Göttin selbst.

Braig musste unwillkürlich an die Geschichte der Eugenstaffel und des Galateabrunnens denken, als er kurz vor 17 Uhr den Kollegen am Telefon hatte, der am späten Vorabend auf den schwer verletzten Gerald Eck gestoßen war.

»Wir waren keine zweihundert Meter vom Eugensplatz entfernt, als uns die Zentrale über den Notruf informierte. Ein Passant hatte beobachtet, wie eine Person einen Hund auf einen Mann hetzte. Das Tier hatte sich neben dem Galateabrunnen auf den Mann gestürzt und ihn zur Eugenstaffel verfolgt, war dann aber von der anderen Person zurückgepfiffen worden. Mehr hatte der anonyme Anrufer nicht mitgeteilt.«

»Und dann?«

»Na ja, wir fuhren sofort hin und suchten die Gegend um den Brunnen ab. Dabei fanden wir diesen Eck auf der Treppe. Er lag auf der achten Stufe von oben und war schwer verletzt. Hundebisse, wie von dem Anrufer beobachtet, und Sturzverletzungen. Es sah aus, als hätte er auf der Flucht vor dem Hund die Eugenstaffel abwärts entkommen wollen und wäre dabei gestürzt. Kein Wunder, die Treppe ist ziemlich steil. Wir riefen sofort den Notarzt.«

»Konnten Sie mit dem Verletzten sprechen?«

»Tut mir leid. Der Mann war nicht dazu fähig.«

»Was ist mit dem Anrufer? Wissen wir, um wen es sich handelt?«

»Soweit ich informiert bin, nein.«

Braig bedankte sich bei dem Kollegen, ließ sich mit der Notrufzentrale verbinden. Der Gedanke, die Hunde-Attacke auf Gerald Eck stehe in irgendeinem Zusammenhang mit dem Tod Scheuers, hatte ihn seit der überraschenden Begegnung mit dem aggressiven Tier in Neubachers Garten nicht mehr losgelassen. War es möglich, dass Scheuer seinen Arbeitskollegen und vermutlichen Freund Eck über die schauspielerischen Aktivitäten der jungen Andrea Neubacher informiert hatte und dieser die Familie jetzt mit der Drohung, den Film oder Bilder daraus ins Netz zu stellen, erpresste? Vielleicht hatte Eck den Galateabrunnen als Ort einer Geldübergabe ausgesucht, weil er von dort schnell in viele Richtungen entkommen konnte – die Sache aber war anders verlaufen, als er es sich erhofft hatte?

Das aggressive Auftreten Andrea Neubachers bei jeder ihrer Begegnungen im Sinn, konnte sich Braig eine solche Reaktion durchaus vorstellen. Sie hatten den Kampfhund benutzt, um Eck ein für alle Mal in seine Schranken zu weisen. So wie Scheuer wenige Tage vorher auch? Oder hatten sie nach dem verhängnisvollen Sturz Ecks Skrupel bekommen und die Notrufzentrale verständigt? Ein zweiter Mord innerhalb von vier Tagen war dann doch etwas zu viel?

Braig bat die Kollegin, sie möge ihm die am Vorabend eingegangene Information über das Geschehen am Eugensplatz vorspielen, hatte kurz darauf eine authentisch klingende männliche Stimme am Ohr.

»Du müssen kommen. Schnell. Eugensplatz. Hund beißen Mann neben Stein mit Wasser. Andere Person Hund loslassen bellen. Mann schreien springen auf Treppe. Jetzt ganz große Schreien. Andere Person zu Hund. Kommen schnell.«

Nein, das war keiner der Neubachers, Braig benötigte keine Wiederholung der Sequenz. Weder Andrea Neubacher noch ihr Mann. Und auch keiner der Nachbarn. Die Stimme war echt, er zweifelte keine Sekunde daran. Sie war nicht verstellt. Dem unüberhörbaren Akzent nach handelte es sich um einen Mann mit Migrationshintergrund. Möglicherweise war er wirklich nur zufällig Zeuge des Geschehens geworden. Und die Neubachers hatten sich um ihr übel zugerichtetes Opfer nicht weiter gekümmert, sondern sich so schnell wie möglich davongemacht. Oder das Ganze hatte mit Scheuers Tod und den anderen Vorgängen in der Schwarzrieslingstraße überhaupt nichts zu tun. Es war eines der vielen Verbrechen, die sich Tag für Tag und Nacht für Nacht auf unseren Straßen und Plätzen abspielten.

20. Kapitel

Erpressung«, urteilte Neundorf, als Braig sie am Mittwochmorgen über die Ergebnisse seiner Ermittlungen vom Vortag informierte. »Auch wenn wir noch keine Beweise dafür haben, deutet einiges darauf hin, dass die Neubachers von Scheuer erpresst wurden. Interpretiere ich das richtig?«

»Was meinen gegenwärtigen Kenntnisstand betrifft, ja.«

»Wie haben sie auf den Erpressungsversuch reagiert? So wie du die Frau schilderst, hat die sich das doch nicht einfach so bieten lassen? Noch dazu vom eigenen Bruder?«

»›Ich habe ihm klargemacht, dass er nicht einmal im Schlaf daran denken soll, die Bilder ins Netz zu stellen. Um seiner eigenen Gesundheit willen.‹« Braig hatte die Worte Andrea Neubachers bis ins Detail in Erinnerung.

»›Um seiner eigenen Gesundheit willen‹?«

»Genau so. Was immer das heißen mag.«

»Am späten Abend vor der eigenen Haustür von einem Kampfhund angefallen zu werden, zum Beispiel«, meinte Neundorf.

»Du denkst in dieselbe Richtung wie ich«, sagte er. »Offensichtlich zeigte die brachiale Maßnahme Erfolg.

Scheuer wagte es nicht, die Neubachers als Täter zu bezichtigen. Seine Anzeige richtete sich gegen Unbekannt.«

»Aber Eck war so dämlich, als Trittbrettfahrer davon profitieren zu wollen. Als guter Kumpel Scheuers wusste er von den Nacktaufnahmen und versuchte, dieses Wissen zu Geld zu machen. Dann wurde er aber am Galateabrunnen schnell eines Besseren belehrt.«

»Noch haben wir keine Beweise dafür«, warf Braig ein. »Bis jetzt ist das pure Spekulation.«

»Das würde aber zu der Frau passen, so wie du sie darstellst. Die muss nicht zum Äußersten greifen, weil sie sofort deutliche Grenzen setzt.«

»Noch mal zu Scheuer. Hielt er nach seinem ersten gescheiterten Erpressungsversuch wirklich still? Oder unternahm er doch noch einen zweiten Anlauf?«

»Was die Neubachers zu einer finalen Lösung des Problems veranlasste?«, fragte Neundorf.

»Bruder hin oder her. Halb-Bruder«, betonte er. »Aus dem Hallschlag, wie sie eigens erwähnte. Dem damals übelsten Revier der gesamten Umgebung. So abfällig, wie sie über seine Herkunft und seinen Charakter herzog, existiert da keine geschwisterliche Verbundenheit.«

»Dann sollten wir diesen Schwager, bei dem sie am Freitagabend angeblich noch waren, eingehender befragen. Wie lange sie wirklich dort waren und ob überhaupt. Persönlich, nicht nur am Telefon.«

Braig nickte. »Wo wohnt der Mann?«

»In Metzingen. Solange der Verdacht gegen die Neubachers nicht vollständig ausgeräumt ist.«

»Das ist er nicht«, bestätigte er. »Genauso wenig wie gegen die anderen Nachbarn.«

»Du willst immer noch keinen von ihnen ausschließen, für den Tod Scheuers verantwortlich zu sein?«

»Wie sollte ich? Die wohnen alle dermaßen nahe am Tatort, das hätte jeder innerhalb weniger Minuten bewerkstelligen können. Vielleicht war wieder irgendetwas am Morgen oder an den Tagen vorher vorgefallen, was einen der Nachbarn zur Weißglut gebracht hatte: Möglicherweise hatte Scheuer das Verbot, den schmalen Weg zu befahren, erneut missachtet und dazu noch eines der Kinder oder einen Erwachsenen selbst in Gefahr gebracht. Und dann hockt der Betroffene den ganzen Tag in stiller Wut zu Hause und steigert sich von Stunde zu Stunde immer mehr in seinen Hass und in den Gedanken, es dem Kerl endlich richtig heimzuzahlen. Und gerade ist es dunkel geworden und alle anderen sind in ihren Häusern verschwunden, kommt Scheuer angerast. Der Nachbar rennt raus, greift nach den erstbesten Gegenständen, die er sieht, der Guanoflasche und dem Stein, und donnert sie voller Wut auf dessen Wagen. Scheuer springt raus, sieht, dass er keine Chance gegen den vor Rache geifernden Nachbarn hat, versucht in der Garage das Seil zu schnappen – aber da hockt der andere schon in seinem Karren und rast los, das Gehirn vernebelt von Hass und dem alles beherrschenden Gedanken nach Vergeltung für all die vielen erlittenen Demütigungen …«

»Dann kommen wirklich alle Nachbarn infrage«, konstatierte Neundorf. »Rache und Vergeltung: Jeder von denen hätte Grund gehabt auszurasten.«

»Die Brandners für die stinkende Pest in ihrem Wohnzimmer. Die Seiteles für die Zerstörung ihrer Figuren«, stimmte Braig zu. »Die Neubachers wegen der Erpressung. Und natürlich die Gerlachs. Weil er ihren Sohn angefahren und schwer verletzt hat. Alle zusammen, weil sie wegen Scheuer und seinen Kumpanen ständig in Angst um die Gesundheit ihrer Kinder leben mussten.«

»Eine Familie hast du vergessen«, warf Neundorf ein.

Braig musterte sie fragend, fand dann selbst zur Antwort. »Die Reimers, richtig.«

»Der Mann, der den Toten entdeckte, oder?«

»Robert Reimer, ja.«

»Du willst sie außen vor lassen?«

»Sie haben zwei Kinder. Die sind genauso betroffen«, sagte Braig.

»Und darüber hinaus?«

»Ihr Gartenzaun«, überlegte er. »Er lag am Boden. Hat nicht irgendjemand behauptet, Scheuer habe ihn demoliert?«

»Du hast so was erwähnt. Es gibt aber noch etwas anderes. Schau mal her.« Sie reichte ihm ein eng bedrucktes Blatt.

»Was ist das?« Er nahm es entgegen, sah, dass es sich um den Ausdruck mehrerer Mails Kevin Scheuers handelte. Dem Datum nach stammten sie aus den letzten Monaten. Empfänger: Robert Reimer.

28.5.

Wie es der Zufall so will: Nichts bleibt geheim. Ich habe mich immer gefragt, warum ihr euch in der Sache mit dem jungen Gerlach so bemüht. Gut, ihr wart gemeinsam mit ihm unterwegs. Aber deshalb so ein Aufruhr? Das kann doch nicht alles sein. Endlich

habe ich verstanden, was euch antreibt, so ein Theater um den kleinen Gerlach zu veranstalten. Oder soll ich besser sagen: den jungen Reimer? Oder noch treffender: den jungen Herrn Bischof Reimer?
Das soll nicht bekannt werden, was? Das darf nicht bekannt werden, richtig?
Die Sache hat ihren Preis. Sagen wir mal: 50.000. Das sollte sie dem hoch angesehenen Herrn Bischof wert sein, sonst .... Ich glaube, ihr habt verstanden. Ich warte auf euer Angebot.
PS: Werft einen Blick auf den Anhang: Die Sache ist eindeutig!

Braig hielt mitten im Blatt inne, musterte seine Kollegin mit irritiertem Blick. »Wann hast du das entdeckt?«

»Heute Morgen. Eine halbe Stunde bevor du aufgetaucht bist. Ich war gestern schon mit der Auswertung seiner Mails und Papiere beschäftigt, aber das hier ist mir erst vorhin untergekommen. Übrigens: Den Anhang habe ich dir auch ausgedruckt. In Farbe. Zwei interessante Fotos. Hier.« Sie reichte ihm ein weiteres Blatt.

Braig sah das großformatige Bild eines im Stil eines katholischen Geistlichen gekleideten Mannes, der wie ein jüngerer Bruder Robert Reimers wirkte, darunter das Foto eines etwa zwölfjährigen Jungen, den er sofort erkannte. Max Gerlach. Groß und schlank, mit dunklen, lockigen Haaren, einem schmalen Gesicht und intensiv blauen Augen. Dem Mann auf dem anderen Foto wie aus dem Gesicht geschnitten. Die Ähnlichkeit war wirklich frappierend. Er erinnerte sich an den Gedanken, der ihm vor ein paar Tagen, als er den jungen Max zum ersten Mal gesehen hatte, unvermittelt durch den Kopf gegangen war. *Der sieht Robert Reimer ähnlich, die Form des Gesichts, die strahlend blauen Augen …*

»Du kennst die beiden?«, fragte Neundorf.

»Den Jungen. Max Gerlach. Scheuer hat ihn schwer verletzt.«

»Und den anderen?«

»Er sieht Robert Reimer ähnlich. Und dem Jungen.«

»Ich habe mich schlaugemacht. Hier, schau her.« Neundorf lief zu Braigs Computer, machte sich an der Tastatur zu schaffen, wies auf den Bildschirm. Das Foto des Mannes aus dem Anhang der Mail prangte auf dem Monitor, begleitet von einem kurzen Text.

Anton Reimer, österreichischer katholischer Bischof. Reimer ist Anhänger der streng konservativen Bewegung, die auf die penible Einhaltung der katholischen Glaubensvorschriften pocht.

»Verstehst du, um was es hier geht?«, fragte sie.

»Ich fürchte, ja«, sagte Braig. »Robert Reimer spricht mit einem leichten österreichischen Akzent.« Er nahm sich das Blatt mit Scheuers Mails, überflog den folgenden Abschnitt.

> *14.6.*
> *Ich warte seit über zwei Wochen auf euer Angebot. Wie viel ist euch oder besser: dem Herrn Bruder, mein Schweigen wert? Machen wir uns nichts vor: Wenn ich unser gemeinsames Geheimnis an die Medien weitergebe, kostet ihn das den Job! Also: Rafft euch endlich auf! Meine Geduld ist nicht unendlich. Ich warte!*

Braig wandte seinen Blick von dem Blatt ab, pfiff leise vor sich hin. »Es ist kaum zu fassen. Der Kerl hatte wirklich keinerlei Skrupel, Leute fertigzumachen. Wenn es um irgendwelche Vorteile für sich ging, haute der auf die Pauke. Der erpresste seinen Nachbarn, weil er glaubte, in dessen Bruder den biologischen Vater des Jungen erkannt zu haben, den er selbst mit seiner Raserei schwer verletzte. Ein hochrangiger katholischer Geistlicher, den er eines Fehltritts beschuldigt. Nur aufgrund der verblüffenden Ähnlichkeit der beiden? Oder gibt es irgendwelche Hinweise, dass der Typ wirklich der Vater des Jungen ist?«

»Wie alt ist dieser Max?«

»Zwölf, soweit ich weiß.«

»Dann schau dir mal das an.« Sie zeigte auf den Bildschirm.

Anton Reimer, geboren am 5.4.1976 in Graz. Studierte katholische Theologie in Wien, Freiburg und Tübingen. War von 2005 bis 2009 als Seelsorger in Stuttgart, von 2009 bis 2017 in Salzburg …

»Du verstehst, was ich meine?«, unterbrach Neundorf seine Lektüre.

Braig nickte. »Von 2005 bis 2009 war er in Stuttgart«, sagte er.

»Und?«

»Das passt genau.« Er lief zum Fenster, warf einen Blick auf die Weinberge über dem dicht besiedelten Neckartal, sah das filigrane Gebäude der Grabkapelle der Königin Katharina in den Strahlen der Sonne aufleuchten. »Max ist zwölf, also wohl 2009 geboren. In dem Jahr, in dem der feine Herr sich davonmachte. Und Robert Reimer kümmert sich nach allem, was ich hörte, absolut rührend um den Jungen. Als Max angefahren wurde, war er mit Reimer unterwegs, Eis essen oder so. Und der Junge machte eine Bemerkung, die mich schon damals, bei meinem ersten Besuch, aufhorchen ließ. ›Onkel Robert hat mir versprochen, ihn umzubringen.‹ Und dann fügte er noch hinzu: ›Die Drecksau soll genauso am Boden liegen wie du, sagt Onkel Robert immer.‹«

»So ist es dann ja auch gekommen«, meinte Neundorf.

»Für mich waren das die affektbeladenen Worte eines Mannes, der das Leiden des Kindes, verursacht durch die Raserei des rücksichtslosen Dreckskerls, hautnah miterleben musste. Die wären mir genauso über die Lippen gekommen, wenn ich das erlebt hätte.«

»Und jetzt ist er möglicherweise sogar der Onkel des Jungen. Er könnte emotional also wesentlich stärker betroffen sein, als wir bisher dachten.«

»Wenn dieses Verwandtschaftsverhältnis existiert, ganz sicher«, stimmte Braig ihr zu.

»Wir müssen die Geburtsurkunde des Jungen überprüfen.«

»Falls sie den Vater aktenkundig gemacht haben. Wenn nicht, werde ich Frau Gerlach direkt darauf ansprechen.«

»Du glaubst, sie sagt dir die Wahrheit? Noch dazu, wenn der Onkel seine Drohung wahrgemacht hat?«

Braig wusste keine Antwort, wandte sich erneut der Liste der Mails zu.

30.6.

Ich finde, das ist kein Benehmen! Anderen Leuten ihr Auto demolieren, dem schönen neuen Fahrzeug die

Scheibe einwerfen, das gehört sich nicht. Den Stein hättet ihr euch sparen können. Wir sind doch ehrenwerte Leute! Deshalb mein letztes Angebot für eine Lösung im Guten! Ihr macht mir einen Vorschlag – innerhalb von vierzehn Tagen!

»Ehrenwerte Leute!«, zischte Braig. »Der verkommene Halunke beklagte sich, dass sein Karren beschädigt wurde, während er ein paar Jahre vorher den Jungen schwer verletzt hatte. Er glaubt, dieser Steinwurf sei die Antwort auf seine Erpressung.«

Neundorf hatte sich erneut dem Computer zugewandt, wies auf den Monitor. »Hier, die Liste der Anzeigen, die Scheuer bei unseren Kollegen einreichte. Am 30. Juni, dem gleichen Tag, an dem er sich in der Mail über die Attacke auf sein Auto beschwerte, erstattete er deswegen Anzeige. Aber nicht gegen Robert Reimer, dem er das ja in der Mail vorwirft, sondern gegen Unbekannt.«

»Weil er Angst hatte, dass Reimer unsere Kollegen über die Erpressung informieren würde«, überlegte Braig. »Das hätte ihn vor Gericht und vielleicht sogar hinter Gitter gebracht.«

Neundorf wandte sich vom Bildschirm ab. »Das muss Reimer aber ebenfalls bewusst gewesen sein. Wäre er mit Scheuers Mails bei unseren Kollegen vorstellig geworden, hätten die sich den Kerl schnell vorgenommen. Er verzichtete aber darauf und warf stattdessen einen Stein auf dessen Auto.«

»Falls er es wirklich war. Bisher ist das reine Spekulation.«

»Richtig. Aber gleichgültig, ob Reimer für die Attacke auf das Auto verantwortlich ist oder nicht – spricht nicht der Tatbestand, dass er Scheuers Mails nicht zur Anzeige brachte, dafür, dass er den Inhalt der Erpressung nicht ans Licht der Öffentlichkeit bringen wollte?«

»Weil sein Bruder wirklich der Vater des Jungen ist?«, fragte Braig.

»Genau«, stimmte Neundorf ihm zu. »Die Erpressung ging ja weiter. Scheuer gab keine Ruhe. So lange, bis …« Sie schwieg, wies auf das Blatt mit dem Ausdruck der Mails.

Er folgte ihrem Fingerzeig, überflog die folgenden Zeilen.

14.7.
Weil ihr immer noch nichts von euch hören lasst, zeige ich euch heute mal, wie so eine Information für die Presse aussehen könnte. Ist natürlich nur ein Vorschlag meinerseits, und zuerst würde er auch an die Medien in Österreich gehen. Ich habe mich erkundigt, wer dafür besonders infrage kommt: Die Fernsehsender, die Kronen-Zeitung und viele mehr. Also schaut in meinen Anhang rein und teilt mir endlich mit, was es euch wert ist, dass sich nicht das halbe Land an diesen schönen Fotos ergötzt. Sagen wir mal: 50.000? Ein lieber Gruß unter Freunden!

»Der elende Dreckskerl!«, schimpfte Braig. »Was ist das für ein Anhang?«

»Du hast ihn vor dir«, antwortete Neundorf. »Ich habe ihn auf der Rückseite der anderen Fotos ausgedruckt.«

Er nahm das Blatt wieder her, drehte es um, atmete kräftig durch. »Das ist Dynamit!«, war er sich augenblicklich bewusst. Er starrte auf das Foto, sah den vermeintlichen Bruder Reimers in der typischen Kleidung katholischer Geistlicher vor sich, den kleinen Max zärtlich an seine Brust gedrückt. Wenn es sich um eine Montage handelte, war sie raffiniert ausgeführt. Besondere Brisanz gewann das Bild durch seine Überschrift: *Der erzkonservative Bischof und das Resultat seines Fehltritts: Sünder verdammen, selber aber Liebe machen.*

»Was sagst du jetzt?«, meinte Neundorf. »Ist das nicht einen Mord wert?«

»Das ist Dynamit«, wiederholte Braig. »Jedenfalls für einen Vertreter eines Ladens mit derart absurden Moralvorstellungen.«

»Du sagst es. Ich begreife ja nicht, wie krank man sein muss, Menschen ein normales Sexualleben zu verweigern und dieses Verbot auch noch als von einer höheren Gewalt verordnet zu deklarieren – was wäre das für ein seltsames Wesen, das seine Geschöpfe als sexuelle Existenzen in die Welt setzt, ihnen dann aber verbietet, die von ihm geschaffene Veranlagung zu leben! Aber im Reich Absurdistan ist nichts abstrus genug, doch befolgt zu werden, und so hat auch dieser seltsame Verein immer noch einige Anhänger. Und die Vorstellung, der Herr Bischof wäre nicht der geistige, sondern der biologische Vater dieses Jungen, käme in deren Horrorkabinett wohl erst kurz vor dem Weltuntergang.«

»Anstatt sich darüber zu freuen, dass er so einen hübschen und trotz Scheuers Verbrechen einigermaßen gesunden Jungen sein Eigen nennen konnte.«

»Fragt sich nur, ob Robert Reimer die Vorstellungen seines Bruders in vollem Umfang teilt«, überlegte Neundorf.

»Du meinst, ob er bereit war, Scheuer umzubringen, um dessen Karriere zu verteidigen?«

»Genau. Du hast mit ihm gesprochen. Was meinst du?«

Braig schüttelte den Kopf. »Ich sehe mich nicht in der Lage, das zu beurteilen. Es war nur ein kurzes Gespräch. Er wirkte zwar von der angeblichen Entdeckung des Toten getroffen, aber was heißt das schon? Warum soll jemand, der zu einem Mord fähig ist, nicht auch eine falsche Gefühlslage vortäuschen können?«

»Er war immerhin bereit, Gewalt gegen den Wagen und das Haus seines Erpressers anzuwenden. Falls Scheuers Vermutung stimmt.«

»Gegen Scheuers Haus?«, fragte Braig.

»Hier. Lies weiter.« Sie wies auf das Papier mit den Mails.

30.7.
Ihr wollt es also nicht anders. Erst demoliert ihr mein schönes Auto und jetzt werft ihr mir auch noch die Fensterscheiben ein. Das hat mein Wohnzimmer nicht verdient. Ihr wollt also, dass ich unser Geheimnis bekanntmache. Gut, dann fangen wir an. Lasst euch überraschen!
PS: Noch habt ihr Zeit. Sagen wir: 60.000? Alles wird teurer! Auch die Reparatur meiner Wohnzimmerscheiben.

»Er soll ihm Fensterscheiben im Wohnzimmer eingeworfen haben«, sagte Braig. »Gibt es eine Anzeige dazu?«

»Am 31. 7., ja«, bestätigte Neundorf. »Einen Tag später also. Gegen Unbekannt.«

»Erst das Auto, dann das Wohnzimmer. Wenn es wirklich Reimer war …«

»Dann zögert er nicht mit deutlichen Antworten. Bis hin zum Finale?«

»Gibt es weitere Mails?«, fragte Braig.

»Hier.« Neundorf reichte ihm ein weiteres Blatt. »Den Anhang solltest du dir anschauen.«

Er betrachtete das Foto, sah die Rückfront von Scheuers klobigem Elektro-SUV vor sich, auf der ein großes Plakat prangte. Er erkannte es sofort: Es handelte sich um das Bild des vermeintlichen Bruders Robert Reimers, Max Gerlach in den Armen.

»Der Dreckskerl kannte keine Skrupel«, kommentierte Neundorf.

»Du glaubst, er fuhr tatsächlich mit diesem Plakat durch die Gegend?«

»Er behauptete es jedenfalls. In seiner letzten Mail.«

Braig nahm sich den Ausdruck noch einmal vor, überflog die letzten Zeilen.

11.8.
Meine Lieben, was fahre ich ein schönes Auto! Kaum parke ich in der Stadt, ist es schon von vielen Neugierigen umringt. Aber seltsam: Alle wollen nur die Rückseite sehen. Wie die gaffen und starren! Hauptsache, die haben ihr Vergnügen! Findet ihr nicht auch?

Damit auch ihr euch an dem schönen Anblick erfreuen könnt, als Anhang drei Beleg-Fotos. Auch euch viel Spaß! Und wie erwähnt: 60.000 und das Plakat ist weg!

»Am 11. August geschrieben«, überlegte Braig. »Zwei Tage vor seinem Tod also.«

»Schau dir die Fotos an. Ich habe sie auf der Rückseite ausgedruckt. Möglicherweise war das der endgültige Auslöser für die Tat.«

Braig musste nicht lange darüber grübeln, was es mit den Fotos auf sich hatte. Alle drei zeigten die Rückseite von Scheuers voluminösem Wagen, jeweils von mehreren Menschen umringt. Teile des Plakats waren deutlich zu erkennen. Die erste Aufnahme stammte vom Rand des Stuttgarter Schlossplatzes, die zweite aus dem Zentrum Ludwigsburgs, die dritte …

»Fellbach«, meinte Neundorf. »Direkt vor dem Rathaus und der Lutherkirche, richtig?«

Er nickte. »Du glaubst, die sind echt?«

»Was spricht dagegen?«

Braig konzentrierte sich auf die auf den Fotos abgebildeten Menschen, merkte, dass es sich jedes Mal um verschiedene Personen handelte. Einige liefen an dem Auto vorbei, andere standen gaffend vor dessen Rückfront. Auf jedem Bild waren unterschiedliche Teile des Plakats zu erkennen. »Nichts«, sagte er. »Die sind authentisch.« Er atmete kräftig durch, lief zu seiner Kaffeemaschine, musterte das Gerät. Es war uralt, stammte, wie er oft lästerte, noch aus dem vergangenen Jahrtausend, erfüllte dennoch unter heftigem Schnaufen und Ächzen seinen Zweck. »Das bedeutet, ich muss den Mann, der den Toten entdeckt haben will, zur Rede stellen.«

Neundorf wartete, bis er die Maschine mit Wasser und Pulver versorgt hatte, wies auf die Fotos. »Vielleicht war er noch draußen im Garten, als der Kerl mit dem Plakat auf der Rückfront angefahren kam. Reimers Grundstück liegt auf der anderen Straßenseite, Scheuers schräg gegenüber, hast du erzählt. Ein einziger Blick auf das Auto – das war vielleicht der Funke im Pulverfass.«

21. Kapitel

Braig war gerade dabei, in die Schwarzrieslingstraße aufzubrechen, als Neundorf in sein Büro stürmte. Er hatte Robert Reimer wenige Minuten vorher telefonisch erreicht und ihn um ein weiteres Gespräch gebeten.

»Das musst du dir ansehen«, erklärte seine Kollegin. »Bevor du gehst.« Sie winkte ihm, ihr zu folgen, wartete vor ihrem Computer auf ihn.

»Was hast du entdeckt?«

Neundorf ersparte sich die Antwort, wies auf das Foto auf ihrem Monitor.

Braig erkannte das Auto sofort. Die Rückseite von Scheuers Elektro-SUV mit einem großen Plakat. Irritiert nahm er die großen Lettern der Überschrift wahr. *Schwester Uschis Abenteuer auf der Männerstation.* Darunter das Foto der jungen Andrea Neubacher mit nacktem Oberkörper.

»Wo hast du das her?«, fragte er.

»Von einer Mail Scheuers. Das Foto war als Anhang dabei.«

»An wen adressiert?«

»Hier«, antwortete sie.

Braig konzentrierte sich auf die im oberen Rand des Bildschirms aufgeführte Mail-Adresse, stutzte. »Hanna Neubacher. Ist das nicht die Tochter der Familie?«

»Zehn Jahre jung«, bestätigte Neundorf.

»Und die hat schon eine eigene …« Er verstummte, als ihm der Inhalt der Mail gewahr wurde.

8.8.
Liebe Hanna, schön, dass du mir deine Mail-Adresse verraten hast. Als Belohnung schicke ich dir öfter mal schöne Bilder. Das hier habe ich selbst gemacht, mein Ehrenwort! Kennst du das Gebäude?
Schöne Ferien wünscht dir Kevin

»Der hatte wirklich keine Skrupel«, meinte Neundorf. »Schickt der Kleinen ein Nackt-Foto ihrer Mutter. Wenn die nicht ausgerastet sind …«

»Jetzt doch wieder die Neubachers.« Braig massierte seine Schläfen. »Und ich dachte schon, ich hätte die endgültig abgehakt. Am 8.8. rausgehauen. Fünf Tage vor seinem Tod.«

»Was hättest du gemacht? Ein Nackt-Foto Ann-Katrins an deine Tochter?«

»Ich hätte keine fünf Tage gewartet.«

»Ich auch nicht. Der Kerl hat es doppelt und dreifach verdient.«

»Was ist das für ein Gebäude?«, überlegte Braig. »Kommt mir irgendwie bekannt vor. Das Auto parkt direkt vor dem Haupteingang.«

»Sieht aus wie eine Schule«, meinte Neundorf. »Oder?«

»Eine Schule?« Er runzelte die Stirn. »Andrea Neubacher ist Lehrerin. Der wird doch nicht …«

»Wahrscheinlich genau das. Der parkte das Auto samt Plakat vor der Schule der Mutter. Vielleicht geht die Kleine auch dorthin.«

»Zum Glück sind im Moment Ferien.«

»Das bedeutet aber nicht, dass das Plakat unbeachtet blieb. Nicht alle sind in den Ferien außer Landes.«

»Natürlich nicht. Fragt sich nur, was er mit der Aktion erreichen wollte. Bloße Provokation?«

»Du musst die Leute fragen«, sagte sie. »Vielleicht erhältst du eine ehrliche Antwort.«

»Vielleicht«, antwortete er. »Wahrscheinlich aber nicht. Schließlich sind die Neubachers jetzt wieder genauso verdächtig wie die Reimers.«

»Möglicherweise brauchte er wirklich dringend Geld«, überlegte Neundorf. »So wie dir das seine Ex erzählt hat. Sieht ja fast nach einer Verzweiflungstat aus.«

»Ein Zwei-Fronten-Krieg. Er versucht, gleichzeitig die Reimers und die Neubachers zu erpressen. Etwas viel auf ein Mal.«

»Ging ja auch schief.«

»Gibt es noch weitere Mails?«, fragte er.

»Nada. Ich bin durch. Jedenfalls mit dem Material, das mir vorlag.«

»Dann mache ich mich jetzt auf den Weg. Robert Reimer wartet auf mich, er hat Urlaub, will heute den Gartenzaun reparieren. ›Jetzt müssn mir ja koane Angst mehr ham, dass er bald wieda zamm gfahrn wird‹, meinte er.«

»Wem er das wohl zu verdanken hat? Eigenen Bemühungen oder denen seiner Nachbarn?«

Ariane und Robert Reimer waren gerade dabei, gemeinsam mit Meike Gerlach das zersplitterte Holz am Rand ihres Grundstücks zusammenzutragen und zu zersägen, als Braig bei ihnen eintraf. In der Schwarzrieslingstraße tummelten sich wieder Scharen spielender Kinder; die Luft war erfüllt von ihrem Lachen und der Begeisterung über die neu gewonnenen Freiräume. Braig tupfte sich den Schweiß von der Stirn, nahm überrascht die kräftig rot blühenden Oleanderbüsche wahr, die am Straßenrand an der Stelle, wo Tage vorher die Überreste des zerstörten Gartenzauns gelegen hatten, aus zwei großen Blumenkübeln wuchsen. Auch der Garten schien frisch gehackt und ergiebig bewässert; das gesamte Areal hatte an Farbe und Charme gewonnen. Er merkte, wie sich die Aufmerksamkeit der Leute auf ihn konzentrierte, grüßte. »Das sieht sehr gut aus«, lobte er, das Grundstück vor sich im Blick. »Sie waren fleißig.«

»Jetzt lohnt sich das wieder«, erklärte Ariane Reimer. Sie legte die Säge aus der Hand, wies auf ihre Terrasse. »Dürfen wir Ihnen was anbieten?«

Braig nickte, sah, dass die Nachbarin Anstalten machte, sich zu verabschieden. »Aber nur, wenn Frau Gerlach uns weiter Gesellschaft leistet.«

Die Angesprochene wirkte erstaunt. »Ich?«

»Dann muss ich Sie nachher nicht extra bemühen«, bestätigte er.

Wie ein paar Tage zuvor nahmen sie hinter der Sichtschutzwand Platz und ließen sich von Robert Reimer aus einer Glaskaraffe frisches Wasser einschenken. »Oder darf ich Ihnen …«

Braig sah die Augen des Mannes auf die fast volle Birnenlikör-Flasche mitten auf dem schmalen Gartentisch gerichtet, winkte ab. »Birne, eigene Früchte, ich weiß. Vielen Dank.«

»Der Herr Kommissar ist im Dienst«, frotzelte Ariane Reimer.

»Die Hitze«, warf er ein. Er wunderte sich, dass es ihm alle gleichtaten, auch niemand zu einer Zigarette griff, musterte die Palme und den grünen Strauch am Rand der Terrasse. Auch sie schienen frisch gewässert.

»Darf ich fragen, was Sie von uns wollen?« Meike Gerlach rutschte nervös auf ihrem Stuhl hin und her.

»Ihr Schwimmbecken ist fertig?«, erkundigte er sich.

»Gestern haben wir es eingeweiht«, antwortete sie.

»Da kann man nur träumen. Ein wunderbares Geschenk für Ihren Sohn.«

»Nicht nur für Max«, mischte sich Ariane Reimer ins Gespräch. »Lena und Emil, unsere Kinder sind auch dabei.«

Braig horchte überrascht auf. »Oh, ich dachte …«

»Nur für Max?« Meike Gerlach schüttelte den Kopf. »Wir haben es vergrößert, damit auch andere Kinder mit ins Wasser können.«

»Sie scheinen ein gutes Verhältnis zu haben. Sie helfen mit, den Gartenzaun zu beseitigen, das Schwimmbecken …«

»Nachbarn sollten füreinander da sein«, erklärte Robert Reimer. »Einer hilft dem andern, so lebt sich's besser.«

Braig musterte den Mann, versuchte festzustellen, ob er die Floskel ernst meinte oder sich über ihn lustig machen wollte. Reimer hielt seinem Blick stand, ließ keine Anzeichen irgendwelcher ironischer Hintergedanken erkennen. »Wir haben Scheuers Mails überprüft. Er hat Sie erpresst«, sagte er dann.

»Ohne Erfolg.« Ariane Reimers Antwort kam postwendend, ohne jede Überlegung.

»Das ging über mehrere Monate hinweg«, setzte Braig fort. »Ständig neue Drohungen. Und dann, zwei Tage vor seinem Tod, schickte er Ihnen die Fotos mit dem Plakat. Aufgenommen mitten in Stuttgart, in Ludwigsburg und in Fellbach. Der Herr Bischof und sein Sohn. Ich an Ihrer Stelle wäre explodiert vor Wut und Hass. Jeder wird verstehen, dass Sie so reagiert haben.«

»Wir *hätten* reagiert«, erklärte Ariane Reimer. »Aber wie Sie wissen, kam uns jemand zuvor.«

»Sie hätten ihm das Geld doch nicht gezahlt. Der wäre ständig mit neuen Forderungen gekommen. Sein ganzes Leben lang.«

»Das hätten wir nicht gezahlt, nein«, bestätigte die Frau. »Aber wir haben ihn auch nicht getötet. Wir waren den ganzen Freitagmittag und -abend mit dem Schwimmbecken beschäftigt, alle fünf, auch Meikes Mann und Max, das haben wir Ihnen erzählt.«

»Und was hätten Sie getan, wenn er nicht …?«

»Darüber müssen mir uns nimmer den Kopf zerbrechen«, antwortete Robert Reimer. »Mir ham Glück ghabt, a wahnsinnigs Glück. Des darf ma au ham im Leben.«

22. Kapitel

Der kleine Federball landete genau in dem Moment auf dem Terrassentisch, als Robert Reimer zu einer weiteren Erklärung ansetzte. »Wissen's, Herr Kommissar, nicht dass Sie glauben, wir hätten uns Sorgen um meinen Bruder und seine Karriere gemacht.« Der Mann legte eine kurze Pause ein, griff nach dem Federball und warf ihn über die Sichtschutzwand hinweg in die Richtung der Straße. »Mein Bruder ist ein selten dämliches Rindvieh, das merken alle, die ihn a bisserl näher kennenlernen«, fuhr er dann fort. »Der interessiert sich überhaupt nicht für Menschen und ihre Sorgen. Der hat nur sich selber und seinen Laden im Kopf. Der Anton wollte Karriere machen, schon immer. Und jetzt ist er halt bei dem schiachen Verein gelandet. Da passt er na. Voll und ganz. Ich will ihn nimmer sehen, das habe ich ihm längst übermittelt. Deswegen ist es uns auch wurscht, ob der depperte Deifel da drüben die Fotos öffentlich macht oder net. Nur wegen der Meike und dem Max tät mir das leid, wegen dem Theater, das einige draus machen würden. Wenn's dem Anton das Genick bricht – selber schuld! Und wissen's was?« Reimer wandte sich Meike Gerlach zu. »Zum Glück hat der Max außer seinen schönen, blauen Augen so überhaupts gar nix von ihm geerbt, sondern alles von der Meike! Der Bub ist ein Sonnenschein durch und durch wie unsere Lena und unser Emil auch, deswegen kann uns das ganze Schmierentheater von meinem Bruder egal sein.« Er griff nach seinem Glas, setzte es an den Mund, trank es mit kräftigen Schlucken leer.

Braig signalisierte dem Mann mit zustimmendem Kopfnicken, seiner Argumentation folgen zu können, nahm überrascht Meike Gerlachs Stimme wahr.

»Damit Sie es endlich wissen: Ich sehe doch schon die ganze Zeit, dass Sie vor Neugier fast vergehen. Ja, Max stammt aus meiner Beziehung zu Roberts Bruder. Ich war damals noch nicht verheiratet. Meinen Mann lernte ich erst zwei Jahre später kennen. Anton hielt sich zu der Zeit in Stuttgart auf. Beruflich. Ich war so naiv zu glauben, dass er sich zu seinem Sohn und mir bekennt, aber dieser Vollidiot – entschuldige, Robert – hat sich für seinen kranken Verein entschieden.«

Braig streckte abwehrend seine Hände von sich. »Sie müssen hier nicht Ihre persönlichen Verhältnisse offenlegen. Ihr Privatleben geht mich nichts an.«

»Na, jetzt wissen Sie Bescheid, Herr Kommissar«, meldete Robert Reimer sich wieder zu Wort. »Und du, Meike, brauchst dich nicht zu entschuldigen. Mein Bruder ist ein selten dämliches Rindvieh, wenden wir uns endlich wieder freundlicheren Leuten zu.«

Braig spürte sein Handy vibrieren, sah, dass es sich um einen Anruf seiner Kollegin handelte. Er entschuldigte sich bei seinen Gesprächspartnern, lief von der Terrasse in den Garten, hatte Neundorf am Ohr.

»Tut mir leid, wenn ich störe«, erklärte sie. »Aber es gibt zwei Neuigkeiten, die du wissen solltest.«

»Ja, ich höre.«

»Die Kollegen in Metzingen haben das Alibi der Neubachers vom Freitagabend überprüft. Die waren bis gegen 22:15 Uhr bei ihren Verwandten.«

»Bis gegen 22:15 Uhr? Dann kommen sie wohl kaum noch für die Tat infrage«, überlegte er. »Es sei denn, sie kamen zu Hause an, rannten über die Straße und massakrierten den Kerl.«

»Das scheint mir auch unwahrscheinlich. Allerdings stammt das Alibi von Verwandten. Hast du die Frau schon erreicht?«

»Nein. Ich war die ganze Zeit bei den Nachbarn.« Er lief ein paar Schritte, sprach erst, als er die Straße mit den spielenden Kindern erreicht hatte, leise weiter. »Frau Gerlach bekannte sich zu der Beziehung mit dem Kirchentyp. War aber nur eine kurze Sache. Sowohl sie auch als Robert Reimer sprachen sehr abfällig über den Kerl. Angeblich existiert so gut wie keine Beziehung mehr.«

»Das ist die optimale Schutzbehauptung, um jedes Tatmotiv abzuweisen.«

»Zugegeben, ja«, meinte Braig.

»Dein Bauchgefühl?«

»Ich neige dazu, ihnen zu glauben«, bekannte er.

»Es geht nicht vorwärts, wie?«

»Einen Schritt nach vorne, zwei zurück.«

»Wenigstens hast du deinen Humor noch nicht ganz verloren«, meinte sie. »Außerdem gibt es eine weitere Neuigkeit. Die Spurensicherer haben jetzt endgültige

Belege dafür, dass die Spuren an Scheuers Wagen vorne rechts von einem Fahrrad stammen. Auch wenn, wie Dolde schimpfte, intensiv daran gearbeitet wurde, die Folgen zu beseitigen.«

»Das war dieser Dilger in Feuerbach. Scheuer besuchte ihn noch am späten Abend.«

»Ich weiß. Willst du dir den Kerl noch mal vorknöpfen? Ins Krankenhaus zu diesem Eck kannst du heute eh noch nicht.«

»Das werde ich tun, ja.«

»Dann nehme ich mir die Meldungen vom Freitagabend vor«, erklärte Neundorf. »Der hat versucht, die Spuren eines Unfalls zu vertuschen. Das bedeutet es doch, oder? Ich will nicht wissen, was da passiert ist. Am Freitagabend, nachdem Scheuer seinen Sohn in Esslingen abgeliefert hatte.«

»Vielleicht war da schon früher was. Am späten Nachmittag etwa.«

»Das ist möglich. Mal sehen, ob ich das schaffe.«

»Traust du dir das wirklich zu? Da war garantiert sehr viel los.«

»Ich werde es versuchen.«

23. Kapitel

Als Braig an diesem Abend nach Hause kam, fand er seine Tochter in Gesellschaft ihrer Nachbarin sowie deren Mutter vor. Sie waren jedoch weder mit Gartenarbeit noch mit Tierpflege beschäftigt, schrubbten und polierten stattdessen das Auto der Zahnärztin. Verwundert nahm er wahr, mit welcher Intensität sie sich der Außen- und Innenreinigung des Fahrzeugs widmeten.

Er grüßte, blieb mit fragender Miene stehen. Ann-Sophie wischte sich die Hände mit einem Tuch trocken, sprang auf ihn zu, umarmte ihn. »Weißt du, was wir hier tun, Papa?«

»Meine Tochter übt für den Großputz unserer Wohnung am Wochenende«, frotzelte er.

»Falsch, Papa, total falsch«, konterte sie. »Unsere Wohnung wird nicht verkauft. Dieses Auto aber.«

Er merkte, wie sich die Aufmerksamkeit seiner beiden Nachbarinnen auf ihn zentrierte, musterte sie interessiert.

»Meine Mutter steigt um«, erklärte Katharina Mander. »E-Bike und Öffi-Jahreskarte. Sie hat es endlich kapiert. Das Auto kommt weg. Dafür kaufen wir ein Lastenrad wie der Tierarzt und Sie.« Der Stolz in ihrer Stimme war nicht zu überhören.

Braig pfiff anerkennend durch die Zähne. »Glückwunsch. Manchmal ist es wirklich gut, wenn Eltern von ihren Kindern lernen. Daran sollten sich viel mehr Leute ein Beispiel nehmen.«

Dr. Nicolette Mander trat auf ihn zu, sah sich sorgfältig nach allen Seiten um. »Der Begriff *Eltern* trifft es nicht ganz. Bei uns ist es nur die Mutter, die auf ihre Tochter hört.«

»Ach, lass doch *den* aus dem Spiel«, wandte Katharina Mander ein. »Dem fehlt doch jeder Durchblick.«

Braig begriff sofort, von wem die Rede war, auch wenn die Person namentlich nicht vorgestellt worden war. Er musste sich ein Grinsen verkneifen, stimmte der jungen Frau insgeheim voll zu. Besser konnte man Söderhofer nicht charakterisieren, wusste er aus seiner langjährigen beruflichen Erfahrung mit dem Mann. Ein ewig gestriger Wichtigtuer, der nur eine Losung kannte: sein eigenes, maßlos aufgeblähtes Ich. So anstrengend er die ehemals pubertierende, junge Nachbarin lange Zeit empfunden hatte, so leid tat sie ihm jetzt, mit dem Oberstaatsanwalt unter einem Dach leben zu müssen. Er hoffte, dass sie weiterhin genügend Selbstbewusstsein zeigen würde, den verqueren Ansichten des Mannes Paroli zu bieten.

»Der labert doch tatsächlich was von: ›Nur nichts überstürzen. Das mit dem Klima ist alles nicht so schlimm‹«, fuhr sie voller Entrüstung fort. »Dabei sind sich alle Fachleute einig, dass wir sofort handeln müssen, wenn wir uns die Chance auf lebensfreundliche Verhältnisse langfristig erhalten wollen. Ich verstehe nicht, wie man als Erwachsener allen notwendigen Veränderungen gegenüber so verantwortungslos im Weg stehen kann.«

»Ich glaube, das hängt damit zusammen, dass sich viele die Gefahren, die von steigenden Durchschnittstemperaturen ausgehen, nicht richtig vorstellen können«, überlegte Braig. »Explodiert ein mit gefährlichen Flüssigkeiten gefüllter Tank, begreift jeder, weshalb man mit solchen Materialien vorsichtig umgehen muss. Die schlimmsten Auswüchse der Klimaveränderung werden sich dagegen erst in wenigen Jahrzehnten zeigen. Dann werden sie zwar irreversibel sein, aber eben nur die Menschen jener Zeit treffen.«

»Das ist schon richtig«, meinte sie. »Aber ein vernünftig denkender Mensch sollte doch fähig sein, die Konsequenzen seines Handelns zu bedenken. Auch wenn sie sich in aller Härte erst in Zukunft zeigen. Im Übrigen sind es auch die eigenen Kinder und Enkel, denen sie das Leben zur Hölle machen werden.«

Ein vernünftig denkender Mensch als Ideal, ging es Braig durch den Kopf. Davon war er als Jugendlicher auch ausgegangen. Aber wo waren sie nur, die vernünftig denkenden Menschen? »Ich bin Kriminalbeamter«, antwortete er deshalb, »und habe in meinem Leben nur wenige vernünftig denkende und handelnde Menschen getroffen. Ich weiß nicht, ob das mit meinem Beruf zusammenhängt. Die meisten lassen sich von ihren Bedürfnissen und ihren Gewohnheiten leiten. Und von den Bildern, die Medien ihnen in die Hirne pflanzen. Das hat mit Vernunft, Logik und wissenschaftlichen Erkenntnissen meist wenig zu tun. Im Gegenteil.«

»So möchte ich nie werden«, protestierte Katharina Mander. »Manchmal könnte ich nur noch kotzen, wenn ich das Verhalten vieler Erwachsener sehe.«

»Katharina!«, schimpfte die Zahnärztin.

»Nein.« Braig konnte die Gedanken der jungen Frau gut nachvollziehen. »Ihre Tochter hat vollkommen recht. Das Verhalten der Mehrheit der Erwachsenen in diesem Land ist völlig indiskutabel. Wer sich über die neuesten Erkenntnisse der Klimatologen informiert, weiß, dass wir unseren verschwenderischen Lebensstil verändern müssen. Drastisch verändern.«

»Aber nicht vom Benzin- oder Diesel-SUV zum Elektropanzer«, warf Katharina Mander ein. »Das ist das Einzige, worüber dieser Vollhonk mit sich reden lässt.« Sie warf ihren Kopf zur Seite, in die Richtung ihres Elternhauses, ließ ein verächtliches Zischen hören.

»Nein«, kam Braig einem erneuten Einwand ihrer Mutter zuvor. »Die Zeit der Blechpanzer ist endgültig vorbei. Unsere Politiker sind nur zu feige, das deutlich zu formulieren.«

»›Die Chinesen sollen anfangen‹, labert er immer, ›die verbrauchen viel mehr als wir.‹ Dabei haben wir Deutsche gemeinsam mit Amerikanern und Briten die weitaus größte Menge an klimaschädlichen Gasen zu verantworten. Wir praktizieren diesen Lebensstil schon seit zweihundert Jahren, bei anderen setzte die Industrialisierung weit später ein. Und pro Kopf der Bevölkerung gerechnet, zählen wir sowieso zu den Hauptverursachern. Wenn also jemand seine Lebensweise ändern muss, dann wir. Und nicht erst in fünfzig Jahren, sondern jetzt.«

»Du musst ihm etwas Zeit geben«, versuchte Dr. Nicolette Mander ihre Tochter zu besänftigen. »Lass ihn mal in Ruhe darüber nachdenken, dann kommt er schon selber darauf.«

»Der doch nicht!«, zischte die junge Frau. »Ich verstehe nicht, warum du den Kerl immer noch verteidigst. Außerdem haben wir nicht mehr die Zeit abzuwarten, bis selbst der letzte Irre begreift, wie die Sache steht. Wir wissen seit Jahren, dass wir die Atmosphäre nicht weiter aufheizen dürfen, weil sonst die dauerhaft gefrorenen Böden in Sibirien, Alaska und Kanada auftauen. Sollte dies geschehen und die in ihnen gespeicherten unvorstellbar großen Mengen des Klimagases Methan entweichen, würde das den Prozess der Erderhitzung irreversibel beschleunigen. Es gäbe dann keinerlei Möglichkeit mehr, dem noch entgegenzuwirken. Derselbe Effekt ist zu befürchten, wenn die gewaltigen Eisschilde der Arktis ins Schmelzen geraten. Die heute noch vorhandene helle Eisoberfläche wirft den größten Teil der Sonnenstrahlung ins Weltall zurück. Sollte das Eis aber verschwinden, werden die dunklen Massen des arktischen Kontinents wie der ihn umgebenden Meere die solare Energie nicht mehr abweisen, sondern aufnehmen und den Prozess der Erwärmung dadurch zusätzlich beschleunigen: ein Teufelskreis, der unbedingt verhindert werden muss.«

»Mein Kompliment«, erklärte Braig. »Sie haben sich bis ins Detail informiert.«

»Dass man sich nach bestem Wissen und Gewissen informiert, sollte eigentlich selbstverständlich sein«, konterte die junge Frau. »Ich war gestern extra auf einem Seminar in Freiburg. Die neuen Studien zweier renommierter amerikanischer Universitäten zur Klimaentwicklung wurden vorgestellt. Die haben detaillierte Belege dafür, dass beide Prozesse, sowohl das Auftauen der Permafrostböden als auch das Abschmelzen des arktischen Eises, bereits voll im Gang sind. Verstehen Sie, was das bedeutet? Wir reden jetzt nicht mehr von einer Erhöhung der Durchschnittstemperaturen von 1,5 oder 2 Grad Celsius, sondern von 6 oder 7 Grad. Noch in diesem Jahrhundert! Das bedeutet das Ende menschlich zivilisierten Lebens. Gewaltige Ernteausfälle, Überschwemmungen, neue globale Virusinfektionen, Massenmigration werden zum Alltag gehören. Der Teufelskreis, den wir unbedingt aufhalten müssen, ist bereits im Gange! Wir müssen jetzt handeln, alle neuen Erkenntnisse deuten darauf hin!«

Braig, der sich privat gemeinsam mit seiner Partnerin und dem Tierarzt ständig über den aktuellen Stand der Forschung informierte, kam nicht umhin, die junge Nachbarin zu bewundern. Ihre Bereitschaft, sich akribisch in die wissenschaftlichen Grundlagen einzuarbeiten, der Fleiß, mit dem sie dies betrieb, beeindruckten ihn immer mehr. Sie opferte einen großen Teil ihrer Freizeit, um sich für die Bewahrung der natürlichen Lebensgrundlagen zu engagieren. Was für ein Kontrast zu der widerlichen Ignoranz allzu vieler Erwachsener, die Dinge einfach treiben zu lassen, dafür aber den kranken egomanischen Lebensstil, den sie sich angewöhnt haben, mit aller Energie zu verteidigen.

»Papa sagt immer, die Typen mit ihren dicken Karren ekeln ihn voll an«, meldete sich seine Tochter zu Wort.

»Und er meint, Politiker, die heute noch neue Straßen bauen wollen, gehören ins Gefängnis.«

»Dein Vater hat echt den Durchblick!«, bekundete Katharina Mander. »Der dagegen …« Sie warf ihren Kopf zur Seite, in die Richtung ihres Elternhauses, ließ ein verächtliches Zischen hören. »Der kommt mir mit seinem: ›Ich bin Oberstaatsanwalt. Ich habe das Recht, meinen SUV zu fahren, wann immer ich will.‹ Ich verstehe meine Mutter nicht, wieso wir mit diesem Vollhonk zusammen sein müssen.«

»Katharina!«

»Ist doch wahr!« Sie verstummte, weil vom Haus her ein kräftiges Husten zu hören war.

Braig schaute auf, sah Söderhofer mit einem warmen Hausanzug und dickem Schal bekleidet in der geöffneten Eingangstür stehen. Der Oberstaatsanwalt hustete und keuchte, winkte ihnen zu. »Braig, ich höre Sie gerade reden.«

»Oh, Sie sind hier? Ich dachte, Sie halten sich bei Ihrer Verwandtschaft auf?«

»Er kam heute Mittag zurück«, erklärte die Zahnärztin. »In dem Zustand, den Sie gerade erleben.«

»Das klingt nach Sommergrippe«, meinte Braig.

»Ach was!« Söderhofers Protest erstickte in einem neuen Hustenanfall. »Morgen bin ich wieder …«

»Geschieht ihm recht«, zischte Katharina Mander. »Dann kann er wenigstens keinen Schrott mehr labern.«

»Katharina!«

»Wie steht es mit Ihrem neuen Fall?« Söderhofers Stimme schien wieder funktionsfähig.

Braig hatte keine Lust, dem Oberstaatsanwalt seine Ermittlungen hier vor der Haustür darzulegen. »Im Moment habe ich Feierabend!«, verkündete er laut.

Die junge Frau vor ihm jubelte laut auf. »Oh, jetzt haben Sie es ihm aber gegeben!«

»Oha!«, maulte Söderhofer. »Braig, was ist mit Ihnen los? Hat die freche Göre Sie etwa angesteckt?« Er schlurfte in Hausschuhen durch den Garten auf sie zu, hustete in einem fort.

»Welche freche Göre? Wir haben uns sehr gut unterhalten.«

»Tun Sie nicht so. Sie wissen genau, von wem ich spreche.« Er warf Katharina Mander einen bösen Blick zu, blieb in zwei Metern Entfernung vor ihnen stehen.

»Ich bewundere Leute, die sich politisch und wissenschaftlich informieren. Wenn sie dafür dann auch noch ihre Freizeit opfern, empfinde ich den größten Respekt vor ihnen.«

»Respekt«, schnaufte Söderhofer. »Das ist es doch, was diesem frechen Weib voll abgeht.«

»Vor dem alten Motzkopf habe ich allerdings keinen Respekt. Null!«, bellte Katharina.

»Da hören Sie's! Und Sie schleimen sich bei der Göre auch noch ein!« Die Worte des Oberstaatsanwalts gingen in einem heftigen Hustenanfall unter.

»Mein Papa hat noch nie so was wie *Göre* zu mir gesagt«, nutzte Ann-Sophie die Gesprächspause.

Braig musste sich ein Lachen verkneifen, schaute zur Seite. Kindern war diplomatische Rücksichtnahme weitgehend fremd, überlegte er. Sie kamen der Realität mit wenigen Worten oft näher als Erwachsene mit ellenlangen Tiraden. Er merkte, dass Söderhofer wieder Luft fand, wandte sich ihm zu.

»Respekt und Benehmen, das ist es doch, woran es heute mangelt. Braig, was erleben wir denn andauernd in unserem Beruf?«

Braig wunderte sich, dass der Mann ihre beiden Berufe in einem einzigen Atemzug nannte. Wo er doch sonst seine höherwertige Sonderstellung als Akademiker so betonte.

»Respektlosigkeit und keinerlei Benimm«, gab Söderhofer sich selbst die Antwort. »Hier sehen Sie, wo die Wurzeln liegen.« Sein Blick zielte unübersehbar in Katharina Manders Richtung.

»Zum Glück werde ich in zwei Wochen 18. Dann muss ich mir das kranke Geschwafel nicht mehr länger anhören«, konterte die junge Frau. »Und auf das Geschenk verzichte ich gerne.«

»Was für ein Geschenk?«, fragte Braig.

»Er will mir ein Wochenend-Seminar schenken«, erklärte sie in abfälligem Tonfall. »Das kann er dann selbst besuchen.«

»Zu welchem Thema?«

»*Gutes Benehmen im 21. Jahrhundert*«, mischte sich Söderhofer wieder ins Gespräch. »*Eine Anleitung für junge Leute*. Bei Frau Feiler, der Partnerin des Tierarztes. Das ist sie doch, oder?«

Braig nickte.

»Sie ist Filmregisseurin, wie ich hörte. Der Kurs wurde mir sehr empfohlen. Ich habe die Teilnehmerkarte dafür schon gekauft. Vielleicht hilft das etwas. Obwohl die Lage vollkommen aussichtslos scheint.«

»*Gutes Benehmen*«, zischte Katharina Mander. »Steck es dir doch sonst wo hin!«

Braig sah, dass sowohl der Oberstaatsanwalt als auch die Mutter der jungen Frau zu heftigen Repliken ansetzten, und kam ihnen zuvor. »*Gutes Benehmen im 21. Jahrhundert,* von Frau Feiler veranstaltet«, wiederholte er. »Das finde ich eine hervorragende Idee. Frau Feilers Seminare genießen zu Recht einen hervorragenden Ruf. Das ist ein wunderbares Geburtstagsgeschenk. Mein Respekt!«

Er bemerkte den ungläubigen Blick Katharina Manders, sah, wie sie ihre Augen verdrehte. *Was ist jetzt mit dem los,* las er in ihrer Mimik, *spinnt der jetzt genauso wie der alte Idiot?* Er verzichtete darauf, ihr zu erklären, dass Marietta Feiler die Inhalte ihres Seminars in endlosen Gesprächen und Diskussionen mit Dr. Genkinger, Ann-Katrin und ihm entwickelt hatte, sah, wie sie tief Luft holte und sich ihm dann zuwandte.

»Sie wollen mich verarschen, was?«

»Katharina! Was fällt dir ein?«, schimpfte ihre Mutter.

Ann-Sophie rettete ihn aus seiner Verlegenheit. »Mein Papa würde dich nie verarschen! Der hält ganz große Stücke auf dich! Viel mehr als auf deinen komischen Vater.«

Söderhofers vernichtender Blick blieb ihm noch Tage danach in Erinnerung.

24. Kapitel

Neundorf war es tatsächlich gelungen, die Meldung von einem Radfahrer zu eruieren, der am vorherigen Freitagabend von einem unbekannten Autofahrer angefahren worden war.

»Letzten Freitag gegen 19:30 Uhr am Ortsrand von Nürtingen«, informierte sie Braig am Donnerstagmorgen, wenige Minuten nachdem er im Amt angelangt war. »Unfallflucht. Verursacher ein dunkler SUV, sonst ist nichts bekannt. Das Auto scherte plötzlich nach rechts aus. Mehr konnten die Kollegen nicht ermitteln. Der Radfahrer wurde vom Notarzt ins Krankenhaus gebracht. Das könnte es doch sein, oder?«

»Das könnte es sein, ja«, überlegte Braig. »Was ist mit dem Radfahrer?«

»Das kann ich im Moment nicht sagen. Hier steht nur der Vermerk: *außer Lebensgefahr.*«

»Na, wenigstens das. Vielleicht können wir die Identität des Mannes feststellen. Dann werde ich versuchen, mit ihm zu sprechen.«

»Ich kümmere mich darum.«

Braig informierte Neundorf über sein Gespräch mit Michael Dilger vom Vortag. Er hatte ihn gegen 16 Uhr noch einmal in seiner Werkstatt aufgesucht und eingehend nach den Beschädigungen der Frontpartie von Scheuers Fahrzeug befragt. Dilger hatte zugegeben, dass ihm die Behauptung, es wären Folgen eines Aufpralls auf einen Zaun, von Anfang an dubios vorgekommen sei.

»Aber, Herr Kommissar, bevor Sie mir jetzt da draus an Strick drehet – denket Se mal dra, wie spät das war. I han de ganze Dag gschafft wie oin Brunneputzer, ond no spätabends isch der Kerle da uftaucht mit seinere Schäderbichs. No han i dra rumgwerkelt, aber nix rechts zustand bracht. I war oifach fertig, verstandet Se?«

»Sie haben nicht überlegt, was da wirklich passiert sein könnte?«

»Herr Kommissar, i sag's Eahne, das war zu spät am Dag! I war fertig, oder?«

Braig hatte die Sache auf sich beruhen lassen und dem Mann versichert, dass er nicht mit etwaigen strafrechtlichen Folgen zu rechnen habe.

»Herrschaftsdonderwetter aber au, no bin i aber beruhigt!«, hatte sich Dilger von ihm verabschiedet.

Kurz nach neun Uhr an diesem Donnerstagmorgen gelang es ihm, Gerald Ecks behandelnden Arzt im Robert-Bosch-Krankenhaus zu erreichen. Er hatte insgeheim eine erneute Ablehnung seines Gesprächswunsches befürchtet, nahm die Reaktion des Mannes umso erfreuter wahr.

»Ich rufe an wegen Ihrem Patienten, Herrn Eck. Wir haben vorgestern schon …«

»Ja, ich erinnere mich«, antwortete der Arzt. »Sie wollen persönlich mit ihm sprechen, richtig?«

»Genau.«

»Sie können kommen. Herr Eck hat sich schneller erholt, als wir befürchtet hatten. Eine angenehme Überraschung. Zum Glück gibt es auch das!«

Keine Stunde später war er im Krankenhaus angelangt. Gerald Ecks linke Gesichtshälfte war unter einer dicken Bandage verborgen, auf seiner rechten Wange prangte ein hässlicher Kratzer. Auch sein rechter Arm schien samt der Hand einiges abbekommen zu haben.

Braig stellte sich vor, fragte den Mann nach seinem Befinden. »Fühlen Sie sich imstande, mir ein paar Fragen zu beantworten?«

Eck versuchte, seinen Körper in die Höhe zu schieben, hielt stöhnend mitten in der Bewegung inne. »Was wollen Sie hören?«

»Wer hat Sie so übel zugerichtet?«

Das Gesicht des Mannes verkrampfte sich zu einer unkenntlichen Grimasse. »Woher soll ich das wissen? Es war dunkel. Ich konnte niemand sehen. Plötzlich schoss so ein irrer Dreckskoter auf mich los.«

»Wer war bei dem Tier?«

Eck zog seine Nase hoch, schnaufte laut. »Ich sage doch, es war dunkel. Da war niemand. Nur zwei …«

»Ja?«

»Das hat nichts zu sagen«, erklärte er. »Zwei Weiber. Die waren weiter weg. Auf der anderen Seite des Brunnens.«

»Zwei Frauen?«, hakte Braig nach. »Hinter dem Galatea-Brunnen?«

»So nennen die den, ja. Die Weiber … Ich konnte nur ihren Umriss sehen, nicht einmal das richtig. Keine Ahnung, ob der Köter was mit denen zu tun hatte.«

»Sie können die nicht genauer beschreiben?«

»Ich sage Ihnen doch …« Eck verfiel in ein kräftiges Husten.

»Was wollten Sie so spät an dem Brunnen?«

Der Mann hustete immer noch, hatte Mühe, zu einer verständlichen Sprache zu finden. »Überhaupt nichts. Ich war was trinken. Kam zufällig dort vorbei.«

»Zufällig«, wiederholte Braig.

»Genau.« Eck zog erneut seine Nase hoch. »Ich wollte nach Hause. In die Urbanstraße.«

Braig setzte zu einer neuen Frage an, wurde von dem Mann unterbrochen. »Plötzlich fiel mich der Drecksköter an.«

»Lassen wir es vorerst mal dabei. Mich interessiert noch eine andere Sache.«

»Was denn?«

»Kevin Scheuer, Ihr Arbeitskollege.«

Eck wandte seinen Kopf zur Seite, stöhnte leise auf. »Scheiße, ja. Dass das so kommen musste.«

»Sie waren nicht nur Kollegen, oder?«

»Gute Kumpels, Freunde«, erklärte der Mann. »Seit wir unsere Weiber los sind und uns ungestört unseren Hobbies widmen können, umso mehr.«

»Am Freitagabend haben Sie noch miteinander telefoniert. Eine Stunde vor seinem Tod. Mehrere Minuten lang. Um was ging es da?«

»Am Freitagabend?« Eck warf seinem Besucher einen fragenden Blick zu.

»Um 21:59 Uhr«, präzisierte Braig.

»Ach so, ja, das hatte ich vergessen. Wegen dem Dreckskröter und so. Vor lauter Schmerzen.«

»Sie erinnern sich wieder?«

»Freitagabend, ja klar. Da hatte mich die doofe Kuh doch versetzt.«

»Von wem sprechen Sie?«

»Ach!« Eck ließ ein abfälliges Zischen vernehmen. »Nicht der Rede wert!«

»Der Inhalt des Gesprächs?«

»Was er am Wochenende vorhatte. Ob wir was gemeinsam unternehmen wollen.«

»Das fiel Ihnen so spät ein?«, wunderte sich Braig.

»Ich sagte Ihnen doch, meine Neue hatte mich versetzt. Wir wollten zusammen an den Bodensee, und dann sagte die kurzfristig ab. Ihre Schwester hätte einen Unfall und sie müsste ihr jetzt beistehen. Was Besseres fiel der nicht ein. Und ich dachte, die sei spitz wie eine Paprika.«

»Wann sagte sie ab?«

»Am Freitagabend, Mann, hören Sie nicht zu? Mir fiel die Decke auf den Kopf. Ich fuhr durch die Gegend, hatte aber keine Lust, allein was zu trinken, deshalb rief ich Kevin an. 21:59 Uhr, sagen Sie. Dann wird es wohl um die Zeit gewesen sein. Ich wusste, dass er an dem Mittag mit seinem Kleinen unterwegs war, und dachte, der ist längst zurück, aber nein, ich erwischte ihn in Feuerbach.«

»Erzählte er Ihnen, was er dort wollte?«

»Er war bei Dilger. Der kümmert sich um unsere Fahrzeuge, wenn es was auszubessern gibt, was wir nicht hinkriegen. Hat einen Kfz-Handel direkt bei unserem Arbeitgeber. Der hilft bei Tag und bei Nacht, wenn du ihn brauchst. Na ja, wir sind auch seine besten Kunden.« Eck ließ ein schrilles Lachen hören.

»Scheuer hatte einen Unfall?«

»Irgendwas mit einem Fahrrad. Ich weiß es nicht genau. Nichts Großes auf jeden Fall, deshalb verabredeten wir uns auf eine Stunde später.«

»Wie bitte?« Braig riss aufgeregt seinen Kopf zur Seite. »Habe ich das richtig verstanden: Sie verabredeten sich mit Kevin Scheuer noch für denselben Abend?«

»Das sagte ich Ihnen doch. Was ist denn los? Hören Sie mir nicht zu?«, maulte der Mann.

»Wo wollten Sie sich treffen?«

»Bei Kevin. Wir hatten keine Lust, noch irgendwohin ...«

»Bei ihm zu Hause?« Braig drohte seine Contenance zu verlieren. Er trat einen Schritt zurück, stampfte mit dem Fuß auf den Boden.

»Sag ich doch«, erklärte Eck. Er zog seine Nase hoch, schnaufte laut.

»Und?«, rief Braig.

Der Mann hatte Schwierigkeiten, genügend Luft zu bekommen, zog erneut die Nase hoch. »Was, und?«, maulte er dann.

»Haben Sie ihn getroffen?«, brüllte Braig.

Eck wandte seinen Kopf von ihm ab, zischte leise. »Wie denn? Sie sind gut.«

Braig kämpfte mit sich, nicht zu explodieren. Er atmete kräftig durch, versuchte, zu einer geordneten Fragestellung zu finden. »Wie ging es weiter, nach dem Telefongespräch?«

»Ich fuhr zu 'ner Tanke und besorgte uns was zum Trinken«, antwortete der Mann. »Vier oder fünf Sixpacks und ein paar Kurze. Und dann machte ich mich auf den Weg zu Kevin.«

»Am Freitagabend?«, vergewisserte sich Braig.

»Von was reden wir denn die ganze Zeit? Am Freitagabend, logisch.«

»Und?«

»Da war die Hölle los. Ich sah es schon von Weitem.«

»Ja?«

»Ich kam von der anderen Seite. Von Fellbach her. Die Straße entlang. Also nicht den schmalen Weg wie sonst meistens.«

Den für Autos verbotenen, allein Fußgängern und Radfahrern sowie spielenden Kindern vorbehaltenen Zucchini-Weg, rumorte es irgendwo in Braigs Hinterkopf. Eigentlich müsste der Dreckskerl jetzt noch dafür … Er war aber zu angespannt, sich auf den Gedanken einzulassen, drückte ihn deshalb augenblicklich zur Seite. »Was haben Sie gesehen?«, sprudelte er stattdessen hervor.

»Kevins Nachbarn. Diese verrückten Idioten samt ihren hysterischen Weibern, die ihn ständig schikanierten und ihm das Leben mit ihren ewigen Beschuldigungen und Anzeigen vermiesten. Ich glaube, die waren alle da.«

»Wo?«

»Auf dem Platz vor seiner Garage. Hinter seinem Wagen.«

»War es nicht dunkel?«

»Die Garage stand offen. Sie war hell erleuchtet. Dazu die Scheinwerfer des Autos. Die waren alle gut zu erkennen. Dazu das hysterische Geschrei.«

»Was für ein Geschrei?«

»Die Frau. Sie schrie wie eine Wahnsinnige. Völlig hysterisch. Ich hörte es schon, als ich fünfzig Meter davor stoppte und auf die Straße trat. Ich schaltete meine Scheinwerfer aus, stand völlig im Dunkeln. Auf dem Abschnitt gibt es ja keine Häuser, nur eine Gärtnerei. Die nächste Straßenlaterne ist ein Stück entfernt. Die Garage lag wie die Bühne bei einem Rockkonzert hell erleuchtet vor mir. Kevin vor seinem Wagen, das Ladekabel in der Hand. Sämtliche Nachbarn um das Auto versammelt. Dazu das hysterisch schreiende Weib.« Eck verstummte, starrte irgendwohin in eine imaginäre Ferne.

»Und?«, drängte Braig.

»Und?«, wiederholte der Mann. »Glauben Sie etwa, es macht mir Spaß, mich daran zu erinnern?«

»Was passierte dann?«, drängte Braig.

»Dann?« Eck zog erneut die Nase hoch, ächzte und schnaufte, musterte seinen Besucher mit vorwurfsvollem Blick. »Mit einem Mal verstummte ihr hysterisches Schreien. Ich war so überrascht, dass ich stehen blieb und alles von dort aus verfolgte.«

»Ja?«

»Die sprang in seinen Wagen und raste los. Voll auf ihn drauf in die Garage. Und sämtliche Nachbarn standen hinter dem Auto und schauten zu.«

»Um wen handelt es sich?« Braig hatte Mühe, Worte zu finden. »Haben Sie die Frau erkannt?«

»Ob ich sie …?« Eck verstummte, seine Stimme drohte sich zu überschlagen. »Allerdings habe ich sie erkannt. Das bleibt nicht aus, wenn man Kevin öfter mal besucht.«

25. Kapitel

Endlich hatten wir mal wieder einen rundum schönen Tag. Sonne am Himmel und in unseren Herzen, angenehme Temperaturen, die den Sprung ins Wasser des Badesees genauso zum Erlebnis werden ließen wie den Besuch im Eiscafé.

Am Vormittag schon waren wir mit den Rädern gestartet, hatten stille Wege abseits der großen Straßen gesucht und später dann im Schatten hoher Bäume Stunden am See verbracht. Die Kinder im Wasser, wir am Rand, abgetaucht in die Unbekümmertheit eines wolkenfreien Sommertags. Der Besuch der Eisdiele als Krönung. Dass es so spät wurde an diesem Tag – wen kümmerte es? Die Kinder hatten Ferien, wir Urlaub. Warum nicht die Alltagssorgen abschütteln, so lange wie möglich?

Es ging schon auf 19 Uhr zu, als wir die Pizzeria in Schwäbisch Gmünd betraten. Wir ließen uns Zeit, nahmen erst zwei Stunden später den Zug zurück. Die Nacht war längst hereingebrochen, der Sternenhimmel weit über den Wipfeln der Büsche und Bäume zu erahnen. Wir bogen in den Zucchini-Weg ein, die Kinder vorneweg, wir wenige Meter dahinter. Vor uns tauchte die Schwarzrieslingstraße aus der dunklen Umgebung. In Gedanken befanden wir uns schon unter der Dusche und im Bett, als plötzlich das schwarze Ungetüm hinter uns durch die Büsche brach. Es schoss laut hupend den Weg entlang, streifte Büsche und Sträucher, jagte keine Handbreit Abstand an mir vorbei. Der Schock vernebelte mir für den Bruchteil einer Sekunde das Bewusstsein. Ich sah einen Schatten vor mir zur Seite fliegen, begriff erst, als ich auf ihr Fahrrad prallte, dass es sich um meine Tochter handelte.

»Katrin, was ist mit dir?«, schallte die Stimme meines Mannes durch die Nacht.

Wir fanden gleichzeitig in die Realität zurück, sprangen zu ihr hin, nahmen das laut heulende und am ganzen Körper zitternde Kind in unsere Arme.

»Tut dir was weh, mein Schatz?«, hörte ich Thomas fragen.

Ich bückte mich zu Katrin nieder, strich ihr sanft über den Kopf. Sie schluchzte noch einmal auf, kuschelte sich in die Arme ihres Vaters.

Die Stimmen kamen vom Rand der Straße. Ariane und Robert, begleitet von Meike und Julian, standen vor deren Haus. Sie hatten wohl wieder gemeinsam an ihrem Schwimmbecken gebaut.

»Was war das?«, fragte Ariane.

»Katrin. Beinahe hätte er sie überfahren.« Ich musste den Sachverhalt nicht genauer formulieren. Jeder wusste, von wem ich sprach.

»Das muss aufhören!« Ich schaute auf, sah Michael, unseren Sohn, unmittelbar neben mir stehen. Im gleichen Moment war ich mir darüber im Klaren, dass ich nicht mehr länger warten durfte. Es musste jetzt passieren, heute Abend noch, innerhalb der nächsten Minuten. Ob Michaels Worte zum Auslöser wurden für das, was dann geschah?

Mag sein. Nie zuvor war ich so stolz auf meinen gerade einmal neun Jahre jungen Sohn.

»Das hört jetzt auf! Endgültig!« Arianes Worte rissen uns aus unserer Erstarrung. Wir machten uns auf den Weg, passierten Kerstins und Jürgens Figuren. Sie standen mit Taschenlampen mitten in der Anlage, hatten wohl wie an den Abenden zuvor noch daran gearbeitet.

»War er das?«, fragte Jürgen.

»Katrin«, antwortete ich. »Zum Glück ist nichts passiert.«

»Dann erledigen wir das jetzt«, erklärte Kerstin. »Es ist an der Zeit.« Ich sah sie nach einer ihrer Steinkugeln greifen, hörte das Geräusch von der anderen Straßenseite.

»Er wieder?«, fragte Andrea.

Sie waren gerade von ihrem Tierheim-Fest zurück, begriffen sofort, was die Stunde geschlagen hatte.

»Wir kommen mit«, hörte ich Stefans Stimme. »Das regeln wir gemeinsam.« Sie schickten ihre Kinder ins Haus, warteten, bis wir Katrin und Michael versorgt hatten.

Als ich wieder ins Freie trat, sah ich Ariane mit einer Guano-Flasche in der Hand. »Bis zum letzten Schluck«, erklärte sie.

Im gleichen Moment hörten wir das Geschrei. Zwei Stimmen, eine aufgeregt und schrill, die andere von höhnischem Gelächter geprägt.

»Du hast einen Mann auf seinem Fahrrad überfahren und eine Katze. Vor den Augen des Jungen …«

»Ach was, Manuel und ich hatten einfach etwas Spaß miteinander!«

»Spaß gehabt, nennst du das?«

Wir kamen um die Ecke, sahen Scheuers Garage und deren Vorplatz in helles Licht getaucht. Der Kerl stand vor seinem

Wagen, ein Elektrokabel in der Hand, krümmte sich vor Lachen.

»Manuel ist total traumatisiert. Der heult die ganze Zeit!«

»Ach was! Du hysterische Kuh bist doch zu doof zu begreifen, wenn Männer Spaß haben! Zum Glück ist der Junge nicht so verweichlicht wie …«

Er kam nicht mehr dazu, den Satz zu vervollständigen. Wir wollten gerade eingreifen und uns den Kerl vorknöpfen, als die schmale, kleine Person zu dem Auto hechtete und es blitzschnell in Bewegung setzte. Es ging so schnell, dass wir nicht einmal genau verfolgen konnten, wie es geschah. Als sie es wieder abrupt zum Stillstand brachte, liefen wir zu ihr hin und schlossen sie in unsere Arme.

»Endlich! Das war höchste Zeit!«, hörte ich Andreas kräftige Stimme.

»Das waren wir alle gemeinsam!«, schrie ich in die Nacht. »Wir alle!«

Im gleichen Moment donnerte Kerstin die Steinkugel in die Rückfront des Wagens. Und während der Schlag noch laut durch die Nacht hallte, warf Ariane die Guano-Flasche hinterher.

»Jetzt kann ich sie ihm leider nicht mehr ins Maul stopfen!«, hörte ich sie rufen.

Wer sich noch alles an dem Karren zu schaffen machte, mit Kratzen, Schlagen oder Treten, bekam ich nicht mehr mit. Thomas warf noch ein Seil auf den Kerl, das sah ich noch. »Damit es danach aussieht, als hätte er mit jemandem gekämpft«, erzählte er mir später.

Wir nahmen Laura Rössle in die Mitte, versuchten, sie zu trösten.

»Er hat es verdient.«

Wir waren uns alle einig.

»Du bist uns nur zuvorgekommen.«

Ich weiß nicht, wie lange wir beieinanderstanden. Wichtig ist nur, dass wir uns alle einig waren. »Niemand hat etwas gesehen. Niemand von uns hat damit zu tun.«

Irgendwann im Verlauf der Nacht brachten wir sie nach Hause. »Morgen fahrt ihr wie geplant an den Bodensee«, prägten wir ihr ein. »Vergiss niemals: Du bist uns nur zuvorgekommen. Um wenige Augenblicke. Drei, vier Minuten später – und wir hätten es getan. Alle gemeinsam. Es war höchste Zeit.«

26. Kapitel

An diesem Mittag hatte Braig kein Gespür für die Schönheit und den Charme der Esslinger Altstadt. Er folgte den schmalen Gassen, durchstreifte das Pflasterstein-Labyrinth, ohne etwas von dem einzigartigen Zauber wahrzunehmen, der von all den vielen verträumten Winkeln und lauschigen Plätzen ausging. Auf den Stufen der Katharinenstaffel drohte ihm der Atem auszugehen, sodass er mitten auf der Treppe stehen blieb und um Luft kämpfte. Er benötigte fast eine Viertelstunde länger als bei seinem ersten Besuch, blieb antriebslos und von heftigen Kopfschmerzen geplagt vor dem Nachbarhaus stehen.

Bettina Rössle.

Er läutete an der Glocke ihrer Mutter, wie sie es ihm am Telefon empfohlen hatte, folgte den Stufen ins zweite Obergeschoss. Die Frau stand breitbeinig vor der Tür, die Arme vor ihrem Oberkörper verschränkt. Braig zog seinen Ausweis, stellte sich vor.

»Meiner Tochter geht es nicht gut. Sie sollten sie in Ruhe lassen«, blaffte sie ihn an.

»Ihrer Tochter? Ich dachte, Ihrem Enkel?«

»Das ist es ja. Sein Zustand macht ihr große Sorgen. Wenn es mit Manuel nicht bald besser wird … Sie reitet sich da in was rein. Ich weiß nicht, wie das weitergehen soll.«

»Was ist mit dem Jungen?«

Bettina Rössle winkte ab. »Sie haben genug Probleme. Was Sie in Ihrem Beruf so erleben, meine ich.«

»Schon, ja. Das bedeutet aber nicht, dass mir die Sensibilität fehlt, die Sorgen anderer Menschen nachempfinden zu können.« Er wies ins Innere der Wohnung, merkte, dass ihr Widerstand schmolz.

Sie ließ ihn passieren, dirigierte ihn in ihr Wohnzimmer, wies ihm einen der bunten Stühle zu, die um einen runden Tisch platziert waren. Er wartete, bis sie Platz genommen hatte, setzte sich ebenfalls.

»Ich bin nicht nur Polizeibeamter«, betonte er, »sondern auch Vater. Glücklicher Vater. Meine Tochter ist zehn. Ungefähr im gleichen Alter wie Ihr Enkel, glaube ich.«

Bettina Rössle taxierte ihn mit nachdenklichem Blick, deutete ein zustimmendes Nicken an.

»Am vergangenen Freitag scheint es ihm noch gut gegangen zu sein, oder?«, fragte Braig.

Ihre Miene verdüsterte sich augenblicklich. »Wieso?«

»Da war er bis in den späten Abend mit seinem Vater unterwegs. Auf abenteuerlichen Rallye-Touren, wie ich hörte.«

»Das ist es ja«, erklärte die Frau.

»Was?«

»Dieser elende Nichtsnutz.«

»Kevin Scheuer?«, fragte er.

»Den Namen möchte ich nie mehr hören.«

»Er ist immerhin der Vater Ihres Enkels.«

»Es reicht!«, donnerte sie mit zornigem Unterton. »Zum Glück bleibt uns jede weitere Begegnung erspart!«

Er verfolgte, wie sie ihren Blick von ihm abwandte und aufs Fenster richtete. »Was ist am Freitag passiert?«, fragte er.

Bettina Rössle schwieg.

»Scheuer war mit Ihrem Enkel unterwegs«, fuhr er fort. »Es gab einen Unfall mit einem Radfahrer, richtig?«

Die Frau zeigte keinerlei Reaktion. Nur ihre regelmäßigen Atemzüge wiesen darauf hin, dass sie noch lebte.

»Manuel war dabei«, spekulierte Braig. »Er hat es miterlebt.«

Es dauerte mehrere Minuten, bis sie sich ihm wieder zuwandte. »Der Junge ist völlig paralysiert«, kam es kaum hörbar von ihren Lippen.

Er bemerkte ihre versteinerte Miene, ahnte, wie es in ihr arbeitete.

»Manuel schreit Nacht für Nacht. Er schreckt dauernd aus dem Schlaf. Seit dem Wochenende macht er in die Hose. Der Junge ist nur noch ein Schatten ...« Sie verstummte, weil an der Tür ein Geräusch zu hören war, sprang auf, als ihre Tochter ins Zimmer trat. »Laura, du sollst im Bett bleiben. Im Bett, hörst du!« Sie versuchte, die junge Frau mit weit ausgestreckten Händen am Betreten des Raumes zu hindern, hatte keinen Erfolg.

»Lass das, Mutti! Es hat doch keinen Sinn!«

Braig erhob sich von seinem Stuhl, blieb ruhig. Die beiden Frauen mühten sich für einen Moment miteinander ab, sanken sich dann gegenseitig in die Arme. Mit einem Mal begann die Ältere heftig zu schluchzen.

Braig zog ein frisches Papiertaschentuch aus seiner Umhüllung, reichte es Bettina Rössle. Die Frau bemerkte es erst nach einer Weile, nahm es dann entgegen. Sie entfaltete das Tuch, fuhr sich damit übers Gesicht und den Hals, ließ sich dann auf einen Stuhl fallen. Braig und ihre Tochter taten es ihr nach.

»Manuel war völlig verstört, als er ihn meiner Mutter zurückbrachte«, erklärte Laura Rössle mit schwacher Stimme. »Ich zog mich nach Dienstschluss gerade um, da rief sie schon an.« Sie fuhr sich über die Stirn, wischte ein Büschel Haare zur Seite, das ihr in die Augen gefallen war.

»Ich schnappte mir mein Fahrrad und raste nach Hause. Der Junge heulte nur. Er stammelte was von einem Mann, der durch die Luft flog, und einer kleinen Katze, die das Scheusal absichtlich angefahren hatte, und zitterte am ganzen Körper. Wir waren beide am Ende.« Mit einer Kopfbewegung wies sie zu ihrer Mutter.

»Dann riefen Sie ihn an«, sagte Braig.

Laura Rössle nickte. »Ich wollte ihn zur Rede stellen, erfahren, was da vorgefallen war. Aber er …« Sie konnte nicht mehr weiter, verfiel in ein schrilles, hysterisches Lachen.

»Er …er machte sich lustig«, fuhr sie fort, als sie wieder zu Worten fand. »Er lachte die ganze Zeit, verspottete mich und kam mit: ›Was willst du denn, der Junge ist doch total begeistert von unseren Schlamm-Rallyes, was laberst du verrückte Kuh denn die ganze Zeit?‹ Er ließ mich überhaupt nicht zu Wort kommen, überschlug sich fast vor Lachen. Es hatte keinen Sinn. Er hörte mir überhaupt nicht zu.«

»Und dann fuhren Sie zu ihm«, ergänzte er.

Sie hielt abwehrend beide Hände vor sich hin. »Irgendwann hielt ich es nicht mehr aus. Manuel war völlig verstört. Der Junge heulte nur noch, wand sich in Weinkrämpfen. Ich wollte wissen, was da passiert war. Den Dreckskerl persönlich zur Rede stellen.«

»Sie trafen ihn in seiner Garage. Er war ebenfalls erst kurz vorher gekommen.«

Laura Rössle nickte. »Er polierte die Vorderfront seines Karrens, versuchte, die Spuren des Aufpralls des Fahrrads zu beseitigen. Ich fragte ihn, was geschehen war, aber er ging nicht darauf ein. Genau wie am Telefon. Er beachtete mich überhaupt nicht, mühte sich nur mit den Kratzern und Dellen ab. Ich konnte sagen, was ich wollte, es interessierte ihn nicht. Ich schilderte ihm Manuels Zustand, ging auf sein Gestammel ein, dass der Papa unterwegs eine schwarze Katze entdeckt hatte und die totfahren wollte, weil schwarze Katzen Unglück bringen, und dass er dabei einen Radfahrer übersehen hatte und der Mann mitsamt dem Fahrrad durch die Luft flog …. Aber er reagierte überhaupt nicht auf meine Worte, spottete die ganze Zeit über mein aufgeregtes Theater und dass er und Manuel heute wieder so viel Spaß miteinander gehabt hätten … ›Spaß gehabt, nennst du das?‹, schrie ich ohnmächtig vor Wut. Ich konnte schreien, wie ich wollte, er hörte mich gar nicht. Sein hämisches Lachen übertönte jedes Wort.

Und dann, irgendwann, als er von seinem Auto abließ und in die Garage lief und das Aufladekabel für seinen wunderbaren neuen Elektrokarren in die Hand nahm … Ich weiß nicht mehr, wie es dazu kam, aber er lachte und lachte und lachte, spottete ohne Ende, machte sich über mich hysterische Kuh lustig, da sprang ich in seinen Wunderwagen und raste los … Ich raste einfach los … einfach so …

Ich weiß nur noch, dass er plötzlich verschwunden war und das Auto holperte und ich es zum Stehen brachte. Und dann waren da die vielen Leute, lauter freundliche Leute, Frauen und Männer, ich kannte sie alle noch von früher. Die nahmen mich in den Arm und drückten mich, eine Frau und ein Mann fingen an, mich zu küssen, die ließen mich gar nicht mehr los, und dann tat es ein paar Schläge, irgendwo splitterte Glas, und einige schrien, aber die hielten mich die ganze Zeit fest, umarmten mich und …«

Braig wusste später nicht mehr, wie sie zu Ende gekommen war und wie lange sie, alle drei, still, ohne jedes Wort und ohne jede unnötige Bewegung einander gegenübersaßen. Zehn, fünfzehn, zwanzig Minuten, eine halbe Stunde?

Irgendwann durchbrach Laura Rössle das Schweigen. »Was ist jetzt?«, fragte sie. »Muss ich …«

»Sie werden mir doch nicht meine Tochter wegnehmen wollen? Wegen diesem Saukerl?« Mit einem Mal schien das Leben wieder zurückgekehrt zu sein. Bettina Rössle sprang von ihrem Stuhl auf, reckte ihren Oberkörper über den Tisch, Braig entgegen. »Manuel ist krank. Der Junge braucht seine Mutter!«

Er erhob sich ebenfalls, blieb ruhig. »Nein«, sagte er. »Sie bleiben hier bei Ihrem Kind. Manuel ist jetzt auf Sie angewiesen. Auf Sie und Ihre Mutter. Aber Sie versprechen mir, Esslingen nicht zu verlassen. Ehrenwort?«

Laura Rössle benötigte mehrere Sekunden zu begreifen. »Ich verspreche es«, erklärte sie dann mit belegter Stimme. »Ehrenwort.«

27. Kapitel

Wie in Trance war Braig der Katharinenstaffel hinunter zum Zentrum gefolgt, dann durch die Altstadtgassen zur Maille gelaufen. Mütter mit ihren Kindern schlenderten durch die Grünanlagen, Senioren verweilten, Neuigkeiten austauschend, am Rand der Wege, Gruppen von Jugendlichen johlten und sprangen um die Wette. Er erreichte den schmalen Lauf des Wehrneckarkanals, nahm aus einem plötzlichen Impuls heraus auf einer leeren Bank unweit der Stelle, wo die Boote zu den Kanalrundfahrten starteten, Platz und versuchte, zur Ruhe zu kommen.

Spaß gehabt, hatte der verkommene Halunke seiner angesichts ihres traumatisierten Sohnes völlig verzweifelten ehemaligen Partnerin erklärt, Manuel und er hätten *wieder so viel Spaß miteinander gehabt.*

Braig war sich absolut sicher, dass Laura Rössle den Ablauf des Geschehens wahrheitsgemäß wiedergegeben hatte. Scheuers Tod war aus einer bis ins letzte Detail nachvollziehbaren emotionalen Gefühlsaufwallung heraus geschehen, ohne Vorsatz, ohne jede Berechnung. Dass die Frau so reagiert hatte – wer wollte es ihr verdenken? Scheuer hatte sie garantiert nicht zum ersten

Mal so behandelt, wahrscheinlich war er ihr über Jahre hinweg derart gefühlskalt begegnet. Ihre Beziehung war nicht ohne Grund gescheitert. Und im Verlauf der Zeit war nicht nur sie, sondern auch ihr gemeinsamer Sohn zum Opfer des egomanischen Monsters geworden.

Braig hatte die Beschreibungen der Nachbarn in der Schwarzrieslingstraße, das Verhalten und den Charakter Scheuers betreffend, im Ohr. Das Bild, das alle ohne Unterschied von ihm gezeichnet hatten, stimmte haargenau mit den Schilderungen seiner ehemaligen Partnerin überein. *Manuel war völlig verstört,* hatte sie erklärt. Scheuer aber ... *Er beachtete mich überhaupt nicht. Ich konnte sagen, was ich wollte, es interessierte ihn nicht. Ich schilderte ihm Manuels Zustand, ging auf sein Gestammel ein ... Aber Scheuer spottete nur über mein aufgeregtes Theater und dass er und Manuel heute wieder so viel Spaß miteinander gehabt hätten. Und er machte sich über mich hysterische Kuh lustig ...*

Und dann war es passiert.

Nein, wusste Braig, diese Frau war nicht schuldig. Sie war Opfer, nicht Täter. Niemand hatte das Recht, sie wegzusperren, ihr das Kind zu nehmen. Ihren Sohn, der seine Mutter jetzt in seinem traumatisierten Zustand mehr benötigte denn je. Nur, wie das einem bornierten Vollidioten wie Söderhofer erklären, wie gemeinsam mit einem verständnisvollen Staatsanwalt einen Haftrichter finden, der sich der besonderen Herausforderung der Situation gewachsen zeigte?

Plötzlich erinnerte er sich an den Zustand des Mannes am Vorabend, als er sich mit seinen Nachbarinnen unterhalten hatte, das unaufhörliche Husten und Schnaufen, die unüberhörbaren und unübersehbaren Anzeichen einer Sommergrippe. Sollte er ausnahmsweise Glück haben?

Er zog sein Handy vor, gab die Nummer von Söderhofers Sekretärin ein, wurde unmittelbar, nachdem er sich vorgestellt hatte, von der Frau unterbrochen.

»Oh, das tut mir leid. Der Herr Oberstaatsanwalt ist leider unpässlich. Er hat das Büro vor etwa einer Viertelstunde verlassen. Heute ist er nicht mehr zu sprechen.«

Die Frau war neu. Braig hatte erst ein oder zwei Mal mit ihr zu tun gehabt. Sie sprach noch vom *Herrn Oberstaatsanwalt,* fing nicht von ihrem Unterbewusstsein gesteuert automatisch zu seufzen an, sobald man auf den Namen ihres beruflichen Tyrannen zu sprechen kam. Söderhofers Sekretärinnen und Sekretäre wechselten häufiger als Hoch- und Tiefdruckgebiete über Mitteleuropa, kaum eine der bemitleidenswerten Personen hatte es bisher länger im Büro des Mannes ausgehalten. Auch wenn es sich deshalb empfahl, seiner telefonischen Gesprächspartnerin gegenüber Zurückhaltung zu üben, sah Braig sich außerstande, seine Emotion zu verbergen. »Wau, habe ich das verdient? Glück muss der Mensch haben! Vielen Dank und noch einen schönen Tag!« Er brach die Verbindung ab, atmete kräftig durch.

Kurz darauf, zwei junge Männer rangelten unter heftigem Gejohle am Rand des Kanals gerade darum, wer wen zuerst ins Wasser katapultierte, hatte er Neundorf am Ohr. »Hast du einen Moment Zeit?«, fragte er.

»Für dich doch immer«, frotzelte sie. Ihr schien es besser zu gehen.

»Die Götter meinen es gut mit uns: Söderhofer ist krank«, erklärte er. »An wen könnte ich mich stattdessen wenden?« Er schilderte ihr die Umstände von Scheuers Tod, ging auf die Beobachtungen Ecks, die die Worte der Frau weitgehend belegten, ein.

»Du vertraust ihr?«, fragte Neundorf.

»Wie lange arbeiten wir in unserem Beruf?«

»Dann hat sie ein Recht darauf, bei ihrem Sohn zu bleiben. Bis die Sache endgültig entschieden wird. Hoffentlich zu ihren Gunsten.«

»Wie schaffen wir das?«

Sie schien einen Moment zu überlegen. »Bockisch«, sagte sie dann. »Er wird dich verstehen.«

Braig sah auf, weil das Gejohle vor ihm in lautes Plätschern und Schreien übergegangen war, bemerkte, dass die beiden jungen Männer gemeinsam im Wasser des Kanals gelandet waren. Mehrere Passanten blieben stehen und klatschten Beifall.

»Bockisch«, stimmte er ihr zu. »An ihn habe ich auch gedacht.«

»Du musst es versuchen. Die Frau hat es verdient.«

Braig verabschiedete sich von seiner Kollegin, verfolgte, wie die jungen Männer mit klatschnasser Kleidung aus dem Wasser stiegen und lachend auf die Wiese torkelten. Er gab die zentrale Nummer der Staatsanwaltschaft ein, ließ sich mit Bockischs Büro verbinden.

»Sie haben Glück«, begrüßte ihn der Sekretär. »Er ist gerade von einem Gespräch zurück.«

Braig hatte wie Neundorf nur angenehme Erinnerungen an die vielen Jahre ihrer beruflichen Zusammenarbeit mit dem damaligen Staatsanwalt. Stets um die zielgerichtete Fortführung ihrer Ermittlungen bemüht, war innerhalb kurzer Zeit eine Vertrauensbasis entstanden, die ihre Tätigkeit auch und gerade in schwierigen Momenten ungemein erleichterte. Bockisch hatte sich als weitgehend frei von bornierten Vorurteilen, politisch subjektiven Vorlieben und persönlichen Stimmungsschwankungen erwiesen; je länger ihre Zusammenarbeit währte, desto mehr hatten sie sich gegenseitig schätzen gelernt. Bockischs Versetzung in eine andere Abteilung der Strafverfolgungsbehörden, der seinem beruflichen Karrieresprung zum Oberstaatsanwalt gefolgt war, hatten sie daher mit großem Bedauern hingenommen. Zu Braigs Glück stand der Mann inzwischen der parallelen Abteilung Gewaltkriminalität II vor.

Er grüßte den Oberstaatsanwalt, erkundigte sich vorsichtig, ob es möglich sei, ohne Termindruck ein kurzes Gespräch zu führen, nahm dessen zustimmende Antwort voller Freude wahr. Er schilderte den Ablauf seiner Ermittlungen im Fall Scheuer, ging ausführlich auf die Umstände des Tathergangs ein. »Um es kurz zu sagen«, beendete er seine Darstellung, »Söderhofer ist heute Nachmittag nicht mehr zu erreichen. Sommergrippe.«

Bockischs Reaktion ließ mehrere Sekunden auf sich warten. Braig hörte den Mann leise atmen, ahnte, wie es in ihm arbeitete.

»Der geschätzte Kollege ist also krank«, nahm Bockisch dann seine Information auf. »Und wir beide sind uns heute Mittag im Amt zufällig über den Weg gelaufen. Unmittelbar nachdem Sie das mit der schlimmen Erkrankung erfahren hatten.«

»Sie waren im LKA?«

»Da komme ich gerade her«, bestätigte der Oberstaatsanwalt. »Und weil die Angelegenheit heute noch einem Richter vorgelegt werden muss, habe ich mich erboten, genau dies zu tun.«

»Sie wären dazu bereit?«

»Wir kennen uns gut genug, Braig. Ich schätze Ihre Urteilskraft. Wie Sie die Frau schildern, ist sie bestraft genug. Nennen wir es Glück, dass der geschätzte Kollege verhindert ist. Wir wissen beide, dass er der Sache nicht gewachsen wäre. Ich setze mich sofort mit der Justiz in Verbindung. Ich denke, ich weiß auch schon, wo ich anklopfen werde. Geben Sie mir ein, zwei Stunden. Sie hören von mir.«

28. Kapitel

Den Technikern des Amtes war es tatsächlich gelungen, ein detailgetreues Bild des Mannes zu erstellen, der von der integrierten Kamera in einer von Seiteles Figuren aufgenommen worden war, als er mit überhöhter Geschwindigkeit an den spielenden Kindern vorbei durch die Schwarzrieslingstraße gerast war.

»Hier«, sagte Neundorf und wies auf ihren Monitor, kurz nachdem Braig ins Amt zurückgekehrt war. »Sie konnten die Reflexion des Sonnenlichts in der Scheibe vollständig eliminieren, das haben sie geschickt.«

»Eck.« Er erkannte den Mann sofort. »Der sieht im Moment zwar nicht mehr ganz so gut aus wie auf diesem Foto, aber das ist er. Ohne Zweifel.«

»Das reicht für eine Anklage«, überlegte sie. »Was meinst du?«

»Der Film dokumentiert das unverantwortliche Tempo, mit dem der Kerl durch die als Spielstraße definierte Zone rast. Schrittgeschwindigkeit, maximal sieben Kilometer pro Stunde sind dort vorgeschrieben. Der hat mindestens das Sieben- bis Achtfache drauf. Fast hautnah an den Kindern vorbei. Die Aufnahme stammt vom

Ende der Straße. Das bedeutet, er ist den schmalen, allein Fußgängern und Radfahrern vorbehaltenen und an beiden Enden von Metallschranken geschützten Zucchini-Weg entlanggekommen. Um die Schranken zu umfahren, musste er zwei Mal durch Büsche brettern, deren Umfeld Kindern als Spielfläche dient. Ein Wunder, dass keines dabei zu Schaden kam.«

»Der gehört weggesperrt. In der Schweiz käme der hinter Gitter. Mehrere Jahre, garantiert. Bei uns dagegen ...«

»Manchmal könnte ich nur noch kotzen«, gestand Braig. Er trat von Neundorfs Bildschirm zurück, fragte nach dem anderen Film. »Seitele hatte ein paar Tage oder Wochen vorher, genau weiß ich das nicht mehr, eine weitere Aufnahme erstellt.«

»Mit der war leider nichts anzufangen«, antwortete sie. »Die Person am Steuer sei nicht kenntlich zu machen, schreiben sie.«

»Na ja, immerhin haben wir jetzt diesen Eck überführt. Und der andere ... Vielleicht handelt es sich um Scheuer. Der hat seine Strafe ja erhalten.«

»Was kein großes Bedauern ausgelöst hat.«

»Im Gegenteil. Ich kann die Leute gar nicht zählen, die sich darüber freuen«, stimmte er ihr zu.

»Was für ein verkorkstes Leben! Der nippelt ab, und alle, die ihn gekannt haben, freuen sich darüber. Beschissen gelaufen, wie?«

»Nicht unbedingt nachahmenswert. Aber sicher kein Einzelfall.«

»Sicher nicht, nein. Ich stell's mir trotzdem beschissen vor: bin schwer krank, habe nur noch ein paar Tage zu leben, weiß aber genau: Mir heult niemand eine Träne nach. Im Gegenteil: Die freuen sich. Alle, mit denen ich zu tun hatte.«

»Ich weiß nicht, ob Typen wie Scheuer sich dessen wirklich bewusst sind«, wandte Braig ein. »Was für egomanische Kotzbrocken sie sind, meine ich.«

»Was soll sie hindern, sich dessen bewusst zu werden? Hat nicht jeder mal eine klare Minute?«

»Eine klare Minute vielleicht, ja. Aber dann wieder Wochen und Monate der Realitätsverweigerung. Und ein dickes Fell, jede Form der Kritik erst gar nicht an sich heranzulassen.« Er seufzte laut auf, dachte an den Ermittlungsbericht, den er noch fertigstellen musste.

»Du musst noch deinen Abschluss schreiben«, schien sie seine Gedanken gelesen zu haben.

Er nickte, lief winkend aus ihrem Büro.

Zwei Stunden später, er tippte die letzten Sätze in den Computer, hörte er sein Telefon läuten. Mechanisch, ohne großes Nachdenken griff er zum Hörer.

»Es ist geschafft.« Der Oberstaatsanwalt kam direkt zur Sache.

»Sie haben …«

»Sobald mir Ihr Ermittlungsbericht vorliegt, leite ich ihn weiter. Herr Giegold war sehr schnell einverstanden, die Sache in unserem Sinn zu behandeln. ›Ich schätze die Arbeit von Herrn Braig seit vielen Jahren. Und wenn Sie sich dafür verwenden …‹ Er hatte nur einen kleinen Einwand. ›Aber sagen Sie, wird Herr Braig normalerweise nicht von Ihrem Kollegen Söderhofer begleitet?‹«

»Was haben Sie geantwortet?«

»Der geschätzte Kollege ist leider erkrankt«, erklärte Bockisch.

»Ich weiß nicht, wie ich Ihnen danken soll.«

»Indem Sie mir den Ermittlungsbericht zukommen lassen. Heute noch.«

»In zehn Minuten«, versprach Braig.

»Anschließend informieren Sie die Frau, okay?«

»Selbstverständlich.«

»Die Sache läuft nach dem üblichen Prozedere«, setzte Bockisch hinzu. »Sie muss sich jeden zweiten Tag beim örtlichen Polizeirevier melden. Persönlich oder, falls die Kollegen mitspielen, per Funkzellenabfrage ihres Handys. Sie klären das ab?«

Braig sagte dem Oberstaatsanwalt zu, bedankte sich für dessen Bemühungen.

»Da nicht für«, erklärte Bockisch. »Bleiben Sie sich treu. Und halten Sie durch. Was den geschätzten Kollegen betrifft, meine ich.«

29. Kapitel

Keine zwei Stunden später traf Braig auf die »angepartnerte« Tochter des *geschätzten Kollegen.* Sie kniete in einem der neugewonnenen Beete, schien es zu bepflanzen.

Er hatte den Abschlussbericht gründlich überprüft und dann Bockisch übermittelt. Die Bestätigung des Oberstaatsanwalts, ihn erhalten zu haben, war mitsamt einem kurzen Kommentar wenige Minuten später bei ihm eingegangen: *Wir schaffen das.*

Laura Rössle hatte die Bedingungen ihrer vorläufigen Freiheit ohne jeden Einwand akzeptiert. Wie auch kurz darauf ihre Mutter hatte sie ihm hoch und heilig versprochen, die geforderten Auflagen akribisch zu befolgen. »Ich habe mir die nächsten Tage im Krankenhaus freigenommen. Unser Kinderarzt hat mir dazu geraten.«

»Fühlen Sie sich dieser Aufgabe gewachsen?«, hatte er gefragt.

»Meine Mutter. Sie wird mir helfen. Sonst …«

»Sie werden es schaffen. Ich wünsche Ihnen alles Gute.«

»Danke«, hatte sie sich verabschiedet. »Danke für alles.«

Katharina Mander wischte sich den Schweiß von der Stirn, blickte zu ihm auf. »Ich möchte mich bei Ihnen entschuldigen«, meinte sie.

Er musterte den großen Korb voller Jungpflanzen, überlegte. »Wofür?«

»Ich glaube, ich war ziemlich unverschämt zu Ihnen. Gestern Abend. ›Sie wollen mich verarschen?‹«

»Ach so.« Braig erinnerte sich an ihre Unterhaltung, winkte ab. »Das war im Überschwang der Emotionen. Mit Ihrem Stiefvater im Hintergrund. Da kann das schon mal passieren.«

»Der mit seinem Benimm-Kurs!«, zischte sie.

»Frau Feiler hat den Inhalt des Kurses ausführlich mit uns besprochen. Gemeinsam mit uns erarbeitet, kann ich sagen. Mit dem Tierarzt, meiner Frau und mir. Sie werden überrascht sein, wenn Sie ihn besuchen.«

Katharina Mander hielt in ihren Bewegungen inne, starrte verwundert zu ihm hoch. »Mit Ihnen, Ihrer Frau und dem Tierarzt?«, wiederholte sie ungläubig.

Braig nickte. »Unter uns gesagt«, er blickte sich nach allen Seiten um, merkte, dass kein unbefugter Zuhörer in der Nähe war, »wenn Ihr Stiefvater wüsste, was Frau Feiler in dem Kurs empfiehlt …« Er ließ den Rest des Satzes offen, verfolgte, wie neues Leben in seine Gesprächspartnerin zurückkehrte.

»Sie wollen mich nicht verar…« Sie stockte, setzte zu einem neuen Satz an. »Sie machen keine Witze, wollte ich sagen, oder?«

Braig hob seine Rechte wie zum Schwur. »Sie kennen mich doch.«

»Das klingt echt heiß«, erklärte sie. »Da bin ich wirklich gespannt.«

»Das sollten Sie auch sein. Ich hoffe, Frau Feiler hat viel Erfolg mit ihren Kursen. Die Zeiten ändern sich.

Wir brauchen neue Verhaltensweisen.« Er musterte das Beet, zeigte auf einen großen, mit Pflanzen gefüllten Korb. »Die wollen Sie alle einpflanzen?«

Katharina Mander nickte. »Das sind verschiedene Salate. Lollo, Batavia und so. Meine Mutter und ich mögen die sehr. Und Ihre Tochter ebenfalls. Sie will nachher vorbeischauen und mir helfen.« Sie griff nach einem der kleinen Salatköpfe, hielt ihn hoch. »Ich habe mich extra kundig gemacht: Die kann man jetzt noch einpflanzen und so in sechs bis acht Wochen ernten. Ich habe sie vorhin in Fellbach in einer Gärtnerei gekauft. Man soll die Wurzeln vor dem Einpflanzen gut nässen, damit sie besser anwachsen.«

Braig sah den fast bis zum Rand gefüllten Eimer hinter ihr und nickte.

»Und nur im Abstand von ungefähr dreißig Zentimetern einen Salat einpflanzen, damit sich eine Krankheit wie die Salatfäule nicht ausbreiten kann.« Sie zeigte auf das Maßband, mit dem sie die Stellen für den jeweiligen Setzling genau berechnete.

»Sie arbeiten sehr akkurat«, lobte er. »Hoffentlich wachsen da bald viele kräftige Salatköpfe.«

»Wenn wir es schaffen, sie vor den Schnecken zu schützen«, erklärte sie. »Sie dürfen sich dann auch einige aussuchen. Falls Sie sie gerne essen. Ann-Sophie meinte, ja.«

»Sie hat recht. Ich mag Salat sehr gerne. Ich wünsche Ihnen viel Erfolg.« Braig wandte sich von der jungen Frau ab, hörte, wie sie sich räusperte.

»Und, übrigens …«

Er blieb stehen, musterte sie interessiert.

»Ich bin froh«, Katharina Mander stockte, suchte nach Worten, »Sie zum Nachbarn zu haben. Sie und nicht so einen Vollhonk wie den Typ meiner Mutter. Wenn ich mir vorstelle, wir hätten einen wie den als Nachbarn! Oh Gott, nein!«

»Oh, vielen Dank«, erklärte Braig. »Das Kompliment gebe ich gerne zurück. Aber was den ›Typ Ihrer Mutter‹ betrifft: Es gibt schlimmere Nachbarn als ihn, viel schlimmere!«

KBV KRIMINALROMAN

Ulrike Bliefert

DER TOD DES TASCHENSPIELERS

Taschenbuch, 296 Seiten
ISBN 978-3-95441-588-5
13,00 EURO

Sein letztes Zauberkunststück
Die Fotografin Auguste Fuchs ermittelt wieder

Spiritistische Zirkel, Geisterfotos und Botschaften aus dem Jenseits haben im Berlin des ausgehenden 19. Jahrhunderts Hochkonjunktur. Als der Magier »Adolphe le Magicien« – bürgerlich Adolf Klingbeil – bei einer Bühnenprobe im Apollo-Theater von einem herabstürzenden eisernen Taubenkäfig erschlagen wird, darf die junge Fotografin Auguste Fuchs inoffiziell Fotos vom Tatort machen. Auf einem der Bilder scheint man ein seltsames Schattenwesen – nicht Mensch, nicht Tier – erkennen zu können. Augustes Foto sorgt für Furore, und im Nu ranken sich die abenteuerlichsten Theorien um Klingbeils Tod.

Doch die offiziellen Ermittlungen führen Kommissar von Barnstedt und seinen Assistenten Jakob Wilhelmi, Augustes Verlobten, in die höchst diesseitigen Niederungen der Hauptstadt. Als von Barnstedt nur mit knapper Not einen Mordanschlag überlebt und dann auch noch Jakob verschwindet, muss Auguste einspringen – und tritt damit der besten Berliner Gesellschaft gehörig auf die Füße.

Näheres unter www.augustekrimi.de

»Ein fesselnder Krimi aus der Kaiserzeit! (…) fängt gekonnt das Zeitkolorit ein.« (Brigitte Pons, #krimifrauenlesen zu »Der Tod der Schlangenfrau«)